밤은 부드러워 2

세계문학의 숲 039

Tender is the Night

밤은 부드러워 2

F. 스콧 피츠제럴드 지음
공진호 옮김

시공사

일러두기

1. 이 책은 1934년 찰스 스크리브너스 선스 출판사(Charles Scribner's Sons)에서 처음 단행본으로 출간된 F. 스콧 피츠제럴드(Francis Scott Key Fitzgerald)의 《밤은 부드러워(Tender Is the Night)》를 우리말로 옮긴 것이다.
2. 번역은 2003년 스크리브너 출판사(Scribner)에서 출간된 페이퍼백 《밤은 부드러워》(1934년 판본과 동일)를 대본으로 삼았고, 피츠제럴드 연구가 매슈 J. 브루컬리(Matthew Joseph Bruccoli)와 주디스 S. 보프먼(Judith S. Baughman)의 《F. 스콧 피츠제럴드의 〈밤은 부드러워〉 독서노트(Reader's Companion to F. Scott Fitzgerald's Tender Is the Night)》(Columbia, SC: University of South Carolina Press, 1977)와 워즈워즈 클래식스가 출간한 《밤은 부드러워와 마지막 거물(Tender Is the Night & The Last Tycoon)》(Hertfordshire, UK: Wordsworth Editions, 2011)에 포함된 헨리 클래리지(Henry Claridge)의 주석을 참고했다.
3. 본문의 주는 원주와 옮긴이 주를 구분하지 않고 별표(*)로 표시했으며, 머리에 [원주]라고 밝힌 것은 피츠제럴드 본인의 주이다.

차례

2부 7

3부 145

해설 비극적 의존과 사랑, 인생의 아이러니 287
F. 스콧 피츠제럴드 연보 309

11

 리처드 다이버 박사와 엘시 스피어스 부인은 8월에 알리에 카페의 탁한 빛깔의 시원한 나무 아래 앉아 있었다. 지면은 햇볕에 바짝 말라 운모의 광채가 흐릿했고, 미스트랄 돌풍이 지중해 연안을 따라 불다가 에스테렐 지역에 침투해 부두에 정박한 어선들을 뒤흔들어 단조로운 하늘을 배경으로 돛대가 이리저리 흔들렸다.
 "오늘 아침에 편지를 받았어요." 스피어스 부인이 말했다. "그 흑인들 때문에 모두에게 끔찍한 시간이 되었겠어요! 하지만 박사님이 로즈메리를 위해 지극히 경탄할 만한 행동을 보이셨다더군요."
 "로즈메리에게 연공수장(年功袖章)*이라도 달아줘야 합니다. 아주 끔찍한 일이었죠⋯⋯ 그 일로 피해를 입지 않은 건 에이브 노스뿐이에요. 에이브는 급히 르아브르로 갔죠. 아마 아직도 그 일을 모를 겁니다."

"부인께서 충격을 받으셨다니 죄송합니다." 그녀가 조심스럽게 말했다.

로즈메리의 편지는 다음과 같았다.

    니콜이 미친 것 같았어요. 딕의 코가 석 자라 저는 남쪽으로 함께 내려가고 싶지 않아요.

"집사람은 이제 괜찮습니다." 그가 거의 초조하게 말했다. "내일 여기를 떠나신다고요. 귀국은 언제 하세요?"

"곧장 귀국해요."

"아, 이런, 떠나신다니 정말 섭섭합니다."

"여기 오길 잘했어요. 박사님 덕분에 아주 잘 지냈어요. 박사님은 로즈메리가 처음으로 원했던 남자예요."

돌풍이 또 한 번 라 나풀의 반암(斑岩) 언덕을 필사적으로 굽이돌았다. 이 땅이 다른 기후를 향해 서두르는 기운이 공기 중에 감돌았다. 시간을 벗어난 한여름의 화려한 순간은 이미 끝나 있었다.

"전에도 누군가에게 반했던 적은 몇 번 있었지만 항상 오래

---

*군복에 다는, 복무 연수를 표시하는 소매의 줄.

지 않아 제게 떠넘겼죠." 스피어스 부인이 웃었다. "―해부해 달라고요."

"그러니까 저는 그걸 면했군요."

"제가 할 수 있는 건 아무것도 없었을 거예요. 로즈메리는 제가 박사님을 보기 전에 이미 사랑에 빠졌거든요. 저는 그러라고 했죠."

그는 스피어스 부인의 계획에 그에 대한 배려도, 니콜에 대한 배려도 전혀 없었다는 것을 알았다―그녀에게 도덕관념이 없는 것은 그녀 자신이 안으로 움츠러든 상태에서 말미암은 것임을 알았다. 그것은 그녀의 권리, 그녀의 감정에 지급되는 은퇴 연금이었다. 여자는 생존을 위한 투쟁에 처하면 부득이 거의 무엇이든 할 수 있어서 '잔인'과 같이 인간이 만들어내는 범죄들에 대해서 유죄 선고를 받는 일이 거의 없다. 적절한 비밀을 유지하는 한 그녀는 사랑과 고통의 혼합을 내시의 초연함과 유머로 바라보았다. 그녀는 로즈메리가 다칠 수도 있다는 가능성을 고려하지도 않았다―아니면 로즈메리가 다칠 리 없다고 확신한 걸까?

"부인의 말이 사실이라면 로즈메리가 그 일로 다쳤을 것 같지 않군요." 그는 로즈메리에 대해 아직도 객관적으로 생각할 수 있다는 가식을 끝까지 유지했다. "로즈메리에게 그건 이미 지난 일이에요. 하지만…… 인생의 아주 많은 중요한 시기들이 부수적으로 보이는 것에서 시작하기는 하죠."

"이건 부수적인 게 아니었어요." 스피어스 부인이 힘주어 말했다. "박사님은 첫 남자였어요. 로즈메리의 이상형이에요. 편지마다 그 말을 하더군요."

"로즈메리는 예의가 발라서요."

"박사님과 로즈메리는 제가 아는 그 누구보다 예의가 발라요. 하지만 로즈메리 말은 진심이에요."

"제 예의바름은 마음의 착각입니다."

이 말은 어느 정도 사실이었다. 그는 남북전쟁 후에 북으로 올라온 남부의 젊은이였던 아버지에게서 좋은 예절을 배웠다. 그는 배운 예절을 자주 썼지만 그에 못지 않게 자주 그것을 경멸했는데, 이기심이 얼마나 불쾌한 것인지에 대한 항변이 아니라 그것이 얼마나 불쾌하게 보이는지에 대한 항변이라서 그랬다.

"저는 로즈메리와 사랑에 빠졌습니다." 딕이 느닷없이 말했다. "이건 일종의 방종한 기분에서 나온 말입니다."

스스로가 느끼기에도 아주 낯설고 공식적인 말 같았다. 알리에 카페의 테이블과 의자조차 그 말을 영원히 기억할 것 같았다. 이미 그는 이 하늘 아래 그녀가 없음을 느끼고 있었다. 모래사장에서는 햇볕에 손상된 그녀의 어깨만 기억났다. 타르메의 집에서는 정원을 가로지르며 애써 그녀의 발자취를 지웠다. 오케스트라가 지금은 모습을 감춘 지난해의 흥청거림의 메아리인 니스 카니발 송을 연주하자 그녀의 온몸에 작게 번

지던 춤이 그의 눈앞에 어른거렸다. 그녀는 백시간 만에 세상의 모든 주술을 소유하기에 이르렀다. 그것은 눈을 어지럽히는 벨라도나, 물리적인 에너지를 신경계의 에너지로 바꾸는 카페인, 조화를 강제하는 맨드레이크.

그는 자기가 스피어스 부인의 초연함을 공유한다는 허상을 애써 한 번 더 받아들였다.

"부인과 로즈메리는 사실은 닮지 않았어요." 그가 말했다. "로즈메리가 부인에게서 물려받은 지혜는 모두 로즈메리의 페르소나를 이루고 있어요. 외부 세계를 접할 때 쓰는 가면이라는 것이죠. 로즈메리는 생각하지 않아요. 로즈메리의 진정한 인격, 그 심층은 아일랜드 사람 같고 낭만적이고 비논리적입니다."

스피어스 부인도 로즈메리가 가냘픈 외양과는 달리 쌩쌩한 야생마라는 것을 알고 있었다. 미합중국 군의관이었던 아버지 호이트 대위의 씨를 받은 게 역력했다. 로즈메리의 횡단면을 보면 아름다운 외피 아래 꽉 채워진 매우 큰 심장과 간과 영혼이 보였을 것이다.

작별 인사를 고하며 딕은 엘시 스피어스의 충만한 매력을 깨달았다. 마지못해 단념한 로즈메리의 마지막 조각보다는 그녀가 더 가치 있다는 것을 깨달았다. 가령 로즈메리는 만들어낼 수 있을지 몰라도 스피어스 부인은 절대로 만들어낼 수 없었을 것 같았다. 로즈메리가 떠날 때 지니고 간 가면과 자극과 광휘를 그가 부여해주었다면, 이와는 대조적으로 그가 유발한 무엇이 아님을 분명히 알기 때문에 스피어스 부인의 우아함을 지켜보는 것은 기분 좋은 일이었다. 그녀에게는 무언가 기다리는 것 같은 느낌을 주는 구석이 있었다. 전쟁이랄지 수술이랄지 남자가 그녀 자신보다 더 중요한 무언가를 끝마치기를 기다리는 것 같은 느낌. 남자가 그런 일을 치르는 동안에는 보채거나 방해를 해서는 안 되는 것이다. 남자가 볼일을 다 마치기까지 그녀는 안달하거나 짜증 내지 않고, 어딘가 높은 의자에 앉아 신문을 뒤적이며 기다리고 있을 것이다.*

"안녕히 가세요…… 그리고 니콜과 제가 두 분을 얼마나 좋아하게 됐는지 항상 기억해주세요."

빌라 다이애나에 돌아온 딕은 작업실로 가 한낮의 눈부신 빛을 가리기 위해 닫아두었던 덧창문을 열었다. 잡다하지만 정리된 두 개의 기다란 책상 위에 그의 책과 관련된 자료들이 놓여 있었다. 제1권은 '분류'에 관한 것인데, 보조금을 지원받은 소책자로 상당한 성공을 거두었다. 그는 재판을 협상하는 중이었다. 제2권은 첫 번째 소책자를 크게 늘린 증보판으로서, 《정신과 의사를 위한 심리학》이 될 것이었다. 다른 많은 사람들과 마찬가지로 그도 자기가 한두 가지 견해밖에 없다는 것을 알고 있었다. 독일어 판이 이제 50쇄를 찍은 소논문 모음에는 그가 앞으로 생각할 수 있는, 또는 알 수 있는 모든 것의

---

*앙리 마티스의 1914년 유화 〈등받이 없는 높은 의자에 앉은 여자(Femme au tabouret)〉를 연상시키는 구절.

기원이 담겨 있었다.

　하지만 최근 들어 그는 모든 일에 마음이 편치 않았다. 뉴헤이븐에서 헛되이 보낸 세월이 원망스러웠다. 하지만 대개는 점점 규모가 커지는 사치스러운 생활, 그리고 분명 이에 수반되는 것으로 보이는 과시 욕구 사이의 불일치에서 오는 것이었다. 다년간 아르마딜로의 뇌를 연구한 사람에 대한 루마니아인 친구의 이야기를 떠올리고 딕은 참을성 있는 독일인들이 베를린이나 빈의 도서관 가까이에 진을 치고 태연히 선수를 치는 것은 아닌가 생각했다. 그는 다음에 좀 더 학술적인 책을 여러 권으로 내기로 하고, 이에 대한 입문서로서 현재까지 준비된 상태로 입증 자료는 포함시키지 않고 10만 자로 요약한 책을 내기로 거의 마음먹고 있었다.

　그는 작업실에 들어오는 늦은 오후 햇살 주변을 빙빙 돌면서 그 결정을 확정했다. 이 새로운 계획대로 하면 봄까지는 작업을 끝낼 수 있을 것이다. 자신과 같은 활동력을 가진 사람이 한 해가 지나도록 점점 커지는 의혹을 떨치지 못한다는 것은 그 계획 자체에 어떤 결함이 있음을 암시하는 것이라 생각했다.

　그는 문서 다발들을 문진으로 쓰는 금도금을 한 막대로 눌러 놓았다. 가정부는 작업실에 출입이 금지되어 있었기 때문에 손수 작업실을 청소하고 작업실에 딸린 화장실은 대충 본 아미 세제로 처리했다. 그리고 방충망을 고치고 취리히의 출판사에 도서 주문을 보냈다. 그런 다음 약간의 진에 물을 두

배로 타서 마셨다.

　그는 정원에 있는 니콜을 보았다. 곧 그녀를 마주해야 했다. 그 생각을 하자 마음이 무거워졌다. 그녀 앞에서는 완전한 태도를 유지해야 한다. 지금도 내일도, 내주에도 내년에도. 파리에서 그는 니콜이 진정제 기운으로 선잠을 자는 동안 밤새도록 그녀를 품에 안고 있었다. 그리고 이른 아침 니콜의 혼돈이 형성되기 전에 다정하고 두둔하는 말로 개입했고, 그녀는 향기롭고 온기 어린 머리칼을 그의 얼굴에 대고 다시 잠들었다. 그녀가 다시 깨기 전에 그는 옆방의 전화를 사용해 모든 것을 주선했다. 로즈메리는 다른 호텔로 숙소를 옮기도록 했다. 그녀는 '아빠의 딸'이 되는 것이었다. 그래서 그들에게 인사하는 것마저 그만두었다. 호텔 주인 맥베스 씨는 눈과 코와 귀를 가린 사람이 되기로 했다. 딕과 니콜은 구매한 물건들이 담긴 수많은 상자들과 포장용 박엽지 사이에서 짐을 싸 정오에 리비에라로 떠났다.

　그리고 약에 대한 반작용이 나타났다. 침대차에 편안히 자리를 잡자 딕은 니콜이 그것을 기대하고 있었다는 것을 알았으며, 그것은 기차가 순환 철로를 벗어나기도 전에 빠르게, 필사적으로 찾아왔다. 그의 본능은 기차가 아직 천천히 움직일 때 내려서 서둘러 달려가 로즈메리가 어디에 있는지, 무엇을 하고 있는지 보라고 말할 뿐이었다. 침대칸 맞은편에서 니콜이 베개에 머리를 대고 누워 자기를 바라보고 있다는 걸 알고 딕은 책을 펴고 외알 안경을 기울였다. 글자가 눈에 들어오지 않자 그는 피곤한 척하고 눈을 감았지만 그녀는 그를 계속 바라보았다. 약의 부작용 때문에 여전히 비몽사몽간이었지만 그녀는 마음이 놓였고 그가 다시 자기 것이어서 거의 기쁘기까지 했다.

 그로서는 눈을 감고 있자니 찾고 놓치고, 찾고 놓치고 하는 게 계속 반복되어 더 힘들었다. 하지만 안절부절못하는 것으로 보이지 않기 위해 정오까지 그대로 누워 있었다. 점심을 먹을 때엔 사정이 좀 나아졌다—좋은 식사는 언제나 도움이 되었다. 여인숙과 음식점, 침대 기차, 정거장의 간이식당, 비행기에서 둘이 함께 먹은 수많은 점심을 합하면 하나의 거대한 간식이나 마찬가지였다. 식당차 웨이터들이 서둘러 다니는 익숙한 풍경, 작은 병에 든 와인과 생수, 파리-리옹-메디테라네 선의 훌륭한 음식은 두 사람에게 모든 게 전과 다름없다는 착각을 선사했다. 하지만 니콜과 함께한 여행 중에 무엇을 향하여 가지 않고 무엇에서 멀어지는 여행은 이번이 거의 처음이었다. 그는 니콜에게 와인을 한 잔 따라주고 남은 한 병을 모두 마셨다. 그들은 집과 아이들 이야기를 했다. 하지만 일단 객실로 돌아오자 침묵이 깔렸다. 뤽상부르 공원의 건너편에 있는 음식점에서의 침묵 같았다. 깊은 슬픔에서 빠져나오면 애초에 그 상태에 이르게 된 과정을 되짚어보는 일이 필요한 것으로 생각된다. 그의 마음속에 낯선 짜증이 자리 잡았다. 니콜이 불쑥 말을 꺼냈다.

"로즈메리를 그렇게 내버려두고 와서 참 유감이에요…… 로즈메리, 괜찮을까요?"

"물론이지. 어디에 가든 제 몸 하나는 건사할 수 있을 거야……" 이 말이 니콜에겐 그런 능력이 적다는 것처럼 들릴까봐 그는 다음같이 말을 이었다. "어쨌든 로즈메리는 배우니까, 그래서 자기 어머니가 뒤에서 받쳐주더라도 스스로를 돌보지 않을 수 없지."

"로즈메리는 아주 매력 있어요."

"젖먹이지 뭐."

"하지만 매력 있어요."

그들은 서로를 대변하며 막연하게 말을 주고받았다.

"생각했던 것만큼 똑똑하지 않아." 딕이 말했다.

"꽤 영리하던데."

"하지만 별로…… 좀처럼 가시지 않는 육아실 냄새가 나는 걸."

"아주…… 아주 예뻐요." 니콜이 초연하고 단호한 어조로 말했다. "그리고 영화를 보면 연기를 아주 잘한다는 생각이 들어요."

"연출을 잘한 거지. 다시 생각해보니, 별로 개성이 없었어."

"개성 있던데. 로즈메리가 남자들에게 얼마나 매력적인지 알 수 있는 걸요."

그 말이 그의 가슴을 저몄다. 어떤 남자들에게? 얼마나 많은 남자들에게?

　—커튼 내려도 돼?

　—그래, 이 안이 너무 밝아.

　그녀는 지금 어디에 있을까? 누구와 있을까?

　"몇 년만 있으면 당신보다 열 살은 더 나이 들어 보일 거야."

　"그 반대죠. 하루는 밤에 극장 프로그램을 보고 스케치해봐서 하는 얘긴데 로즈메리의 젊음은 오래갈 거예요."

　두 사람 모두 밤새 잠을 이루지 못했다. 딕은 로즈메리의 유령이 그들과 함께 갇히기 전에 조만간 그것을 추방할 것이다. 그러나 당장은 그럴 힘이 없었다. 즐거움보다 괴로움을 자제하는 게 더 힘들 때가 있다. 당장은 기억에 단단히 사로잡혀 태연한 척하는 것 말고는 할 수 있는 게 아무것도 없었다. 지금은 니콜에게 화가 나 있어서 그러는 게 더 힘들었다. 그토록 오랜 세월이 흘렀는데, 내부에서 일어나는 긴장의 증상들을 자각하고 조심해야 하는데. 그녀는 두 주 동안 두 번 허물어졌다. 타르메에서 사람들과 저녁을 함께 한 날 밤, 그녀는 매키스코 부인에게 열쇠를 우물에 던져버려서 화장실을 쓸 수 없다고 말하면서 침실에서 정신을 잃고 광기 어린 웃음을 웃고 있었다. 매키스코 부인은 깜짝 놀랐고 분개했고 당황했고 그게 무엇인지 어느 정도 이해했다. 그때 딕은 특별히 걱정하지 않았다. 그녀가 나중에 뉘우쳤기 때문이었다. 니콜이 고스 호텔로 전화를 했지만 매키스코 부부는 이미 떠나고 없었다.

파리에서의 신경 쇠약은 먼젓번에 그랬던 것에 의미가 추가되어 문제가 달랐다. 그것은 어쩌면 또 다른 주기, 그 병의 또 다른 발작을 예고하는 것이었다. 니콜이 톱시를 출산하고 재발한 병이 오래 지속되는 동안 전문가답지 않은 번민을 겪은 그는 병든 니콜과 정상적인 니콜의 경계를 분명히 긋고는 억지로 그녀에 대해 마음을 독하게 먹었다. 그래서 이제는 자기 방어적 성격을 지닌 직업상의 거리 두기와 마음속에 새로 생긴 냉담을 구별하기가 어려워졌다. 냉담은 품고 있거나 퇴화하게 내버려두면 텅 빈 무엇이 된다. 마찬가지로 그는 본의 아니게 부인하고 감정을 방치하면서 니콜을 비울 수 있게 되었다. 피부 병리를 엉성하게 끌어낸 말인, 상처가 아문다는 말을 쓰지만, 개인의 삶에 그런 것은 없다. 노출된 상처가 있을 뿐이다. 때로는 핀으로 찌른 것 같은 크기로 줄어들지만, 그래도 상처는 상처다. 고통의 흔적은 손가락 한 개를 잃는 것 또는 한쪽 눈의 실명에 더 가깝다. 한시도 그게 없다는 것을 모르지 않지만, 설령 그렇다 해도 그것을 어떻게 할 도리는 없다.

12

그는 정원에서 어깨 높이로 팔짱을 끼고 있는 니콜과 마주쳤다. 그녀의 회색 눈이 똑바로 그를 쳐다보았다. 호기심에 찬 어린아이가 탐색하는 표정이었다.

"칸에 갔었어." 그가 말했다. "우연히 스피어스 부인을 만났지. 내일 떠난다더군. 여기 와서 당신에게 작별 인사를 하겠다는 걸 그러지 말라고 잘라버렸어."

"유감스럽군요. 나도 보면 좋았을걸. 난 스피어스 부인이 좋아요."

"또 누굴 봤는지 알아? 바르톨로뮤 테일러."

"설마."

"그 얼굴을 어떻게 몰라보겠어, 그 닳고 닳은 노회한 족제비를. 치로의 동물원* 자리를 보려고 답사를 온 거야. 내년엔 그들 모두 이리 내려올 거야. 에이브럼스 부인이 일종의 척후병 노릇을 한 게 아니었나 싶어."

"베이비 언니는 우리가 여기에 내려와 처음 맞은 여름에 와보고는 아연해했는데."

"장소에 구애받지 않는 사람들인데 그냥 도빌에 있다가 얼어 죽지 못하고 왜들 그러는지 알 수가 없어."

"여기에 콜레라가 돈다든가 하는 소문을 퍼뜨리면 안 될까요?"

"내가 바르톨로뮤한테 어떤 부류들은 여기서 파리처럼 죽어 없어졌다고 했어. 식객의 목숨은 전쟁터의 기관총 사수의

---

* '치로'는 파리의 고급 클럽. '치로의 동물원'은 그곳에 드나드는 사람들을 풍자적으로 일컫는 말이다.

목숨처럼 짧다고 말이야."

"설마."

"응, 진짜 그러지는 않았지." 그가 고백했다. "아주 상냥하게 굴더군. 넓은 가로수 길에서 우리 둘이 악수를 했는데, 기막힌 장면이야. 지그문트 프로이트와 워드 매캘리스터의 만남*이라고나 할까."

딕은 더 말하고 싶지 않았다. 일과 미래에 대한 생각으로 사랑과 현재에 대한 생각을 누를 수 있도록 혼자 있고 싶었다. 은밀하고 비극적이긴 하지만 니콜도 그것을 알고 있었다, 동물적인 방식으로 조금 미워하면서, 그래도 그의 어깨에 몸을 부비고 싶어하면서.

"소중한 사람." 딕이 살며시 말했다.

그는 집에서 무언가 하고 싶은 게 있었는데 그게 무엇인지 잊었다가 피아노라는 것을 기억하고 안으로 들어갔다. 휘파람을 불면서 피아노 앞에 앉아 귀로 들어 기억하는 곡조를 연주했다.

내 무릎에 앉은 당신을 상상해봐요.
두 사람을 위한 차, 차를 위한 두 사람

---

*지그문트 프로이트(1856~1939)는 오스트리아의 정신분석학자. 워드 맥앨리스터(1827~1895)는 뉴욕 사교계의 중재자로 뉴욕 시 상류사회 저명인사들에 대한 '4백인'이라는 리스트를 만들었다는 것으로 유명하다.

당신을 위한 나, 나를 위한 당신……

멜로디가 흐르는 가운데 그는 니콜이 그것을 듣고 지난 두 주에 대한 향수를 금방 눈치챌 것이라는 생각이 문득 떠올랐다. 그러자 그는 아무 생각 없이 치는 것 같은 화음으로 연주를 끝내고 자리에서 일어났다.

어디로 가야 할지 결정하기 어려웠다. 그는 니콜이 꾸민 집, 니콜의 할아버지 돈으로 산 집을 둘러보았다. 그의 소유는 작업실과 집이 서 있는 땅뿐이었다. 그는 연간 수입 3천 달러*와 조금씩 생기는 인세로 자신의 옷과 개인 경비, 와인을 비롯한 주류, 현재까지는 유모의 임금에 한정된 러니어 교육비 등을 충당했다. 무언가 계획할 때마다 딕은 반드시 자신이 분담할 몫을 계산했다. 다소 금욕주의적으로 살면서 혼자 여행할 때는 3등석을 타고 다니고 가장 값싼 와인을 마셨으며, 옷을 잘 손질했고 낭비라도 할 경우에는 스스로를 벌하면서, 제한적이나마 재정적 독립을 유지했다. 하지만 일정한 시점이 지나자 그러기가 어려웠다―니콜의 돈이 쓰이는 용도에 관하여 번번이 함께 결정할 필요가 생겼다. 물론 니콜은 그를 소유하고 싶고, 그가 영원히 가만히 있기를 바라는 마음에서 돈에 대하여 느슨한 생각을 조장했다. 그래서 조금씩 물품과 돈이 꾸준히,

---

*이 돈은 다이버가 어머니에게서 물려받은 유산에 대한 이자로 생기는 수입.

곱셈하듯 밀려들었다. 어느 날 공상에서 시작해 치밀하게 계획하기에 이른, 절벽가의 빌라에 대한 생각의 발단은 초기에 취리히에서 맺은 단순한 협정으로부터 그들을 결별시키는 힘이 어떤 것인지 보여주는 특징적인 사례였다.

'만일에 그러면 재미있지 않을까……'라고 상상하다가, '그러면 정말 재미있을 거 같아……'라는 식이었다.

그것은 그다지 재미있지 않았다. 그의 일은 니콜의 문제로 뒤죽박죽이 되었다. 게다가 최근 그녀의 수입이 급격히 증가하자 그의 일은 하찮은 것으로 보였다. 그는 또한 그녀의 치료를 목적으로 몇 년 동안 엄격한 가정생활을 주장해왔는데, 그런 그가 정작 거기서 슬슬 멀어지고 있었다. 필연적으로 현미경 아래 놓일 수밖에 없는 안락한 부동의 상태에서는 가면을 유지하기가 더욱 힘들었다. 피아노 앞에 앉아 더 이상 자기가 원하는 곡을 칠 수 없다면, 그것은 인생이 점 하나로 정제되고 있다는 징후였다. 그는 전기 시계의 잡음에 귀를 기울이며, 시간에 귀를 기울이며, 그 큰 방에서 한참 동안 나오지 않았다.

11월이 되자 파도가 거무스름해졌고 방파제에 부딪친 파도가 부서져 올라 해안 도로를 적셨다—남아 있던 여름의 일상은 완전히 자취를 감추고 해변은 미스트랄 바람과 비를 맞아 침울하고 처량했다. 고스 호텔은 증축과 보수를 위해 문을 닫았고 쥐앙 레 팽에 있는 여름철 카지노는 더욱 규모가 커져 어마어마해졌다. 딕과 니콜은 칸이나 니스에 다니면서 새로운 사람들과—오케스트라 단원들, 음식점 주인들, 원예 애호가들, 선박 회사 사람들(딕이 중고로 소형 요트를 샀기 때문에), 지역 관광홍보 단체 임원들을 알게 되었다. 딕과 니콜은 하인들을 잘 아는지라 아이들 교육을 생각해보기도 했다. 12월에 들어서서 니콜은 다시 건강을 되찾은 것 같았다. 긴장도 없고, 입을 굳게 다물고 지내는 일도, 까닭 없이 웃는 일도, 불가해한 발언을 하는 일도 없이 한 달이 지나가자 그들은 크리스마스 연휴를 지내러 스위스 알프스로 갔다.

13

딕은 안으로 들어가기 전에 짙은 파란색 스키복에 묻은 눈을 모자로 쳐서 털어냈다. 20년 동안 스키화의 징 때문에 바닥이 얽은 큰 연회장은 티 댄스를 위하여 가구가 치워져 있었다. 크슈타트* 근방의 여러 학교들 기숙사에서 온 80명가량의 미국 젊은이들이 흥겨운 〈룰루는 데려오지 마〉에 맞춰 요란스럽게 몸을 흔들고, 이내 찰스턴 춤곡**을 시작하는 타악기 소리에 맞춰 강렬하게 폭발적으로 움직였다. 그곳은 순진하고 돈이

---

*몽트뢰 근방의 스위스 알프스 스키 리조트.
**1920년대의 신여성을 특징 짓는 춤의 원형. 사우스캐롤라이나의 찰스턴에서 시작된 것으로 추정된다.

많은 젊은이들의 부락이었다. 그들은 생모리츠에 모인 부유한 슈투름트루펜*이었다. 베이비 워런은 자신이 이곳에서 동생 부부와 합류하는 것은 체념의 몸짓이라는 생각이 들었다.

딕은 어렴풋한 허상이 언뜻언뜻 보이고 부드럽게 흔들거리는 홀을 가로지른 곳에 있는 두 자매를 쉽게 알아보았다. 니콜은 하늘색, 베이비는 붉은 벽돌색의 스키복을 입어 압도적인 느낌이 들게 하는 두 사람은 한 편의 포스터 같았다. 영국인 청년 한 사람이 그들에게 무언가 말하고 있었다. 하지만 청소년들의 춤에 신경이 누그러져 멍하니 그들을 응시하는 두 자매는 상대의 말에 귀를 기울이지 않았다.

추웠다가 녹아 더워진 니콜의 얼굴이 딕을 보고는 환해졌다. "프란츠는요?"

"기차를 놓쳤어. 나중에 만날 거야." 딕이 의자에 앉아 육중한 부츠를 신은 발 한쪽을 무릎 위에 올렸다. "두 사람이 함께 있으니 눈에 확 띄네요. 나는 가끔 우리가 일행인 줄 잊고 두 사람을 보고는 깜짝 놀라요."

베이비는 스물아홉 살 중반을 넘어 곧 서른 살이 될 키가 크고 잘생긴 여자였다. 그 표시로 런던에서 남자 둘을 달고 왔다. 한 사람은 케임브리지 대학을 갓 졸업했고, 다른 한 사람은 빅토리아 시대의 음욕을 보이는 나이 든 남자로 매정해 보

*생모리츠는 몽트뢰와 대비되는 스위스 동부의 고급 스키 리조트. 슈투름트루펜은 '돌격대원들'이라는 뜻의 독일어로 여기서는 '최신 고급 유행의 선봉'을 가리킨다.

였다. 베이비에게는 어떤 노처녀다운 특징이 있었다. 그녀는 신체적 접촉을 용납하지 않았다. 누군가 갑자기 손을 대기라도 하면 흠칫했다. 키스나 포옹처럼 지속되는 접촉은 곧장 살 속으로 들어가 의식의 중심부를 건드렸다. 엄격한 의미로서의 몸인 몸통으로 나타내는 동작은 거의 없었다. 그보다는 발로 바닥을 치거나 거의 옛날식으로 머리를 뒤로 젖히는 것이 전부였다. 그녀는 친구들의 재난으로 예시된 죽음의 전조를 즐겼고, 니콜의 운명은 비극적이라는 생각에 집착했다.

베이비의 젊은 영국인은 적절한 경사 코스에서 두 자매의 보호자로서 동반하다가 봅슬레이 코스에서는 그들을 고생하게 만들었다. 딕은 너무 야심만만하게 텔레마크 회전을 시도하다가 발목을 삐끗하고는 잘됐다 싶어 아이들과 함께 '초보자 코스'에서 빈둥거리거나 호텔로 가 어느 러시아인 의사와 크바스*를 마셨다.

"좀 즐겨요, 여보." 니콜이 힘주어 권했다. "저기 어린 여학생들과 말을 트고 오후에는 함께 춤이라도 추지그래요?"

"쟤들한테 무슨 말을 하라고?"

그녀는 낮으면서도 거칠다시피 한 목소리를 조금 높여 호소하는 듯 교태를 부리는 시늉을 했다. "이렇게요. '아가씨, 정말 예쁜데.' 그럼 되지, 무슨 말을 하겠어요?"

*호밀로 만든 러시아산 맥주.

"난 어린 여학생들이 싫어. 카스티야 비누 냄새하고 박하 냄새가 나. 그런 애들과 춤을 추면 유모차를 미는 기분이라고."

위험한 화제였다. 그는 자의식을 느낄 정도로 조심해서 젊은 처녀들을 보지 않고 그 너머의 먼 곳을 바라보았다.

"할 일이 많아." 베이비가 말했다. "먼저 집 소식을 전해줄게. 기차역 부동산이라고 부르던 부동산에 관한 거야. 철도 회사가 처음에는 그 중심부만 샀는데, 이제 나머지를 모두 샀어. 어머니의 소유였지. 그 돈을 어디에 투자할 것인가 하는 문제가 있어."

영국인 청년은 대화의 방향이 천박한 돈 이야기로 바뀌어 불쾌한 척하고 자리에서 일어나 플로어에서 춤추는 어떤 여자를 향하여 갔다. 베이비는 평생 영국 숭배병의 포로가 되어온 미국인 여자의 불분명한 시선으로 그의 뒤를 잠깐 바라보다가 시비조로 말을 이었다.

"거액이지. 우리 각자에게 30만 달러가 돌아가. 나는 내 돈이 어떻게 투자되는지 조심해서 살펴보지만 너는 증권에 대해 아무것도 모르잖아. 제부도 마찬가지겠죠."

"나는 기차역에 나가봐야겠어." 딕이 대답을 회피하며 말했다.

그는 밖으로 나와 습한 눈송이들이 날리는 공기를 들이쉬었다. 컴컴해지는 하늘을 배경으로 날리는 눈이 이제 보이지 않았다. 썰매를 타고 지나가는 어린아이 셋이 그가 알아듣지 못할 언어로 조심하라고 외쳤다. 아이들이 그 다음번 커브에서 다시 외치는 소리가 들렸다. 그리고 좀 더 멀리에서 어둠 속의 언덕길을 올라오는 썰매차의 종소리가 들렸다. 크리스마스 휴일의 기차역은 기대감으로 충만해 반짝반짝했다. 처녀총각들이 새로운 남녀를 기다렸으며, 기차가 도착할 무렵에는 딕도 그 리듬을 타고는 프란츠 그레고로비우스가 오자 끊임없이 펼쳐지는 즐거운 시간의 30분을 그를 위해 희생한 체했다. 하지만 프란츠는 무슨 강렬한 목적의식이 있는지 딕의 기분이 그 위에 겹쳐도 아랑곳하지 않았다. '내가 하루 취리히에 갈지 모르네.' 딕이 그에게 편지를 썼었다. '아니면 자네가 로잔에 와도 좋고.' 그런데 프란츠는 아예 크슈타트까지 왔다.

　그는 마흔 살이었다. 건강하고 원숙한 데에다 상냥한 공적 태도가 몸에 배어 있었지만 그는 다소 갑갑하더라도 자기가 재교육을 시키는, 신경이 쇠약한 부자들을 경멸할 수 있는 안전지대에 있는 것이 가장 마음 편했다. 선대로부터 내려온 과학의 세습에 기대어 더 넓은 세계를 계승할 수 있었겠지만 그는 일부러 그 보다 초라한 계층의 입지를 선택했으며, 그가 선택한 아내는 그 상징이었다. 호텔에서 그를 본 워런은 재빨리 그를 시험해봤지만, 특권계층에 속한 사람들이 서로를 알아보는 지표인 미묘한 장점들이나 예법 등, 그녀가 존중하는 특질들을 찾지 못했는데, 그런 뒤로는 그녀만의 다른 태도로 그를 대했다. 니콜은 언제나 그를 약간 두려워했다. 딕은 다른 친구들에 대하여 그러듯 무조건 그를 좋아했다.

그들은 밤에 썰매를 타고 산 아래 마을로 내려갔다. 베네치아의 곤돌라 역할을 하는 소형 썰매차들이었다. 그들이 간 곳은 시계, 맥주통, 맥주잔, 사슴 뿔이 있는, 실내가 목재로 되어 있어 목소리가 울리는 옛날식 호텔 바였다. 서로 다른 일행들이 긴 테이블에 동석해서 큰 무리를 이루어 퐁뒤를 먹었다—퐁뒤는 향신료를 넣은 뜨거운 와인으로 치즈 맛을 누그러뜨린, 특별히 소화가 안 되는 치즈 토스트의 한 형태였다.

커다란 실내의 분위기는 명랑했다. 그 젊은 쪽 영국 남자가 명랑하다는 말을 하니까 딕은 그게 그 분위기에 아주 딱 들어맞는 말임을 인정했다. 술기운이 빨리 도는 기운찬 와인을 마시고 긴장이 풀리자 그는, 피아노 앞에서 소리 높여 황금의 1890년대를 구가하는 백발이 성성한 남자들에 의하여, 그리고 소용돌이 치는 담배 연기로 조화를 이루는 젊은이들의 목소리와 밝은 색 옷에 의하여 세상이 다시 혼연일체가 되었다고 상상했다. 잠깐이나마 그는 이들이 항해 중 바로 코앞에 있는 육지를 발견한 사람들 같다는 생각이 들었다. 모든 처녀들의 얼굴에는 그 상황과 그 밤에 내재하는 가능성에 대한 똑같은 순진한 기대감이 있었다. 그는 그 특별한 처녀가 그 가운데 있는지 살펴보다가 그녀가 등 뒤의 테이블에 있다는 느낌이 들었다. 그리고 나서 그는 그 생각을 잊고 시시한 긴 이야기를 지어내 일행이 즐거운 시간을 갖도록 애썼다.

"할 이야기가 있는데." 프란츠가 영어로 말했다. "여기서 24

시간밖에 못 있어."

"왠지 뭔가 할 이야기가 있는 것 같더라니."

"내게 계획이 있어…… 아주 근사한 계획이." 그가 한 손을 딕의 무릎에 얹었다. "우리 성공의 발판이 될 수 있는 계획이야."

"뭔데?"

"딕…… 우리 둘이 공동으로 소유할 수 있는 병원이 나왔어. 추크 호수*에 있는 오래된 브라운 병원이야. 시설은 몇몇 항목을 제외하고는 완전히 현대식이지. 원장이 아파. 오스트리아로 가고 싶다는 거야, 아마 죽으러 가는 거겠지. 다시는 없을 기회야. 자네와 나…… 완벽한 콤비 아닌가! 우선 내 말부터 마저 듣고 말해."

베이비의 노란색 눈이 반짝하는 것을 보고 딕은 그녀가 귀를 기울이고 있음을 알았다.

"우리 둘이 함께 인수해야 하네. 자네는 거기에 그렇게 얽매이지 않아도 돼. 자네한테는 기반과 연구소, 활동 중심지가 되어줄 거야. 병원에 상주하더라도, 가령 연 6개월 이상은 있지 않아도 될 거야. 그것도 기후가 좋은 때를 골라서. 겨울에는 프랑스나 미국에 가서 임상 경험에서 나오는 새로운 자료로 글을 쓸 수 있을 거고." 그는 목소리를 낮췄다. "자네 집사람의

---

*스위스 루체른 근방의 호수.

요양을 위해서는 가까이에 병원이라는 환경과 그에 따른 규칙적인 생활이 있지." 이 부분을 들은 딕의 표정이 달가워하는 것 같지 않자 프란츠는 말을 중단하고 금방 다른 말을 이었다. "우리는 동업자가 될 수 있어. 나는 경영을 맡고 자네는 이론가랄지 훌륭한 자문위원이랄지 그런 게 되는 거지. 나는 나를 알아…… 내게는 비범한 재능이 없지만 자네는 그게 있어. 하지만 나도 나름대로 매우 유명하다는 평이 나 있네. 최신 진료 방법들을 꽉 잡고 있어. 간혹 그전 병원에서 몇 달씩 실무 책임자로 일하기도 했고. 교수님이 아주 훌륭한 계획이라고 하면서, 한번 시도해보라고 권고해주셨네. 자기는 영원히 살 것이며 숨을 거두기 바로 직전까지 일할 거라며 말이야."

딕은 판단력을 행사하기 전에 예비 단계로서 그 전망을 머릿속에 그려보았다.

"재정적인 건?" 그가 물었다.

프란츠는 턱을 들어 올리고 눈썹을 치켜세웠으며, 일시적으로 이마에 주름을 잡고 손과 팔꿈치와 어깨를 들썩 했다. 다리 근육에 힘이 들어가 바지가 불룩해졌다. 그는 가슴을 목구멍까지 밀어 올리고 목소리를 입천장으로 밀어냈다.

"그게 문제야! 돈이!" 그가 통탄했다. "나는 돈이 거의 없네. 병원 매매가는 미국 돈으로 20만 달러야. 몇 가지 혁신……적인…… " 그는 단어가 정확한 것 같지 않은지 곰곰이 생각하다가 말을 이었다. "조치를 취하자면, 자네도 그게 필요하리라고 생각할 것이네만, 미화 2만 달러가 더 들어갈 거야. 하지만 이 병원은 금광이네, 정말이야. 아직 회계장부를 보지는 못했지만, 22만 달러를 투자함으로써 우리에게 보장되는 수입은……"

베이비의 호기심을 띠는 것을 보고 딕은 그녀를 대화에 끌어들였다.

"처형도 많이 겪어보셨죠? 유럽인이 미국인을 '급히' 보고자 할 때는 예외 없이 돈과 관련 있는 일이라는 걸."

"무슨 일인데요?" 그녀가 천진스레 물었다.

"이 젊은 대학 강사가 나와 함께 큰 비즈니스를 벌여서 미국의 신경쇠약 환자들을 끌어모으자는데."

근심스러운 표정의 프란츠는 딕이 말을 하는 동안 베이비를 빤히 바라보았다.

"하지만 프란츠, 우리가 뭐라고? 자네 이름에는 가문의 명성이 있고 나는 교재 두 권을 썼지만, 그걸로 사람들이 찾을까? 게다가 내게는 그만한 돈이 없어…… 그 10분의 1도 없네." 프란츠는 냉소적인 미소를 머금었다. "정말로 없어. 니콜과 처형은 크로이소스 왕 같은 부자이지만 나는 아직 그 돈에 손도 안 대고 있어."

그들은 이제 모두 귀를 기울이고 있었다. 딕은 뒤쪽 테이블에 있는 그 여학생도 자기들 이야기를 듣고 있을까 생각했다. 그 생각에 그는 흥미가 끌렸다. 사람들이 흔히 여자들이 어떤 문제에 대한 주도권이 없음에도 불구하고 목소리를 높일 수 있게 해주듯이 베이비로 하여금 그를 대신하여 발언하게 하기로 했다. 베이비는 갑자기 냉정하고 실험적인 그녀의 할아버지 입장이 되어 말했다.

"한번 고려해볼 만한 제안 같아요, 제부. 그레고리 박사님이 무슨 말을 했는지는 몰라도…… 하지만 내 생각에는……"

그의 뒤에 있는 그 여학생이 담배 연기 고리를 뚫고 앞으로 몸을 굽히더니 바닥에서 무언가를 주웠다. 테이블 맞은편에 앉아 있는 딕의 얼굴에 니콜의 얼굴이 딱 맞춰져 있었다. 언제나 그의 사랑을 지킬 대비가 되어 있는 그녀의 아름다움이 머뭇머뭇 둥지에 들어와 자세를 잡고 그의 사랑 안으로 흘러들었다.

"생각해보게, 딕." 프란츠가 들떠서 재촉했다. "정신의학에 관한 글을 쓸 경우 실제로 임상적인 접촉이 있어야 하지. 융도 글을 쓰고, 블로일러*도, 프로이트도, 포렐도, 아들러도 그래. 그러면서 계속 정신과 환자들과 접촉한다고."

"딕한테는 내가 있잖아요." 니콜이 웃었다. "정신병이라면 나 하나로 충분할 텐데요."

"그건 달라요." 프란츠가 조심스럽게 말했다.

베이비는 니콜이 병원 바로 옆에 산다면 항상 마음이 놓일

---

*Eugen Bleuler(1857~1939). 스위스의 심리학자로, 피츠제럴드의 아내 젤다를 진료한 바 있다.

것 같다는 생각을 하고 있었다.

"신중하게 잘 생각해봐야죠." 그녀가 말했다.

그녀의 주제넘은 행동이 흥미로웠지만 딕은 그것을 부추기지 않았다.

"이 결정은 나와 관계가 있는 거예요, 처형." 그가 상냥하게 말했다. "내게 병원을 사주겠다니 고맙군요."

그녀는 자기가 쓸데없는 참견을 했다는 것을 깨닫고 황급히 물러났다.

"물론, 전적으로 제부의 문제죠."

"이런 중요한 문제를 결정하려면 몇 주는 걸릴 거예요. 니콜과 취리히에 정착한 모습을 내가 얼마나 좋아할지……" 그는 잔뜩 기대하고 있는 프란츠를 보고는 다음과 같이 말했다. "……나도 알아. 취리히에 가스 공장이 있고 수도와 전깃불이 있다는 걸. 나도 거기서 3년을 살았으니까."

"잘 생각해보게." 프란츠가 말했다. "내가 확신하는데……"

사람들이 문 쪽으로 몰려 나가며 한 짝에 2킬로그램이 넘는 부츠 백 켤레가 내는 소리가 쿵쿵 울렸다. 딕의 일행도 그 혼잡한 사람들 사이에 끼었다. 바깥 달빛이 서늘했다. 딕은 그 여학생이 앞에 있는 썰매차들 중 하나에 자기의 소형 썰매를 연결하고 있는 것을 발견했다. 그들이 썰매차에 오르자 선명한 채찍 소리와 함께 말들이 어둠을 헤치며 썰매차를 끌었다. 그들 옆으로 어떤 형체들이 달리며 서로 다투었다. 어린아이들이었다. 그들은 썰매와 썰매 활주부에서 서로 밀다가 푹신한 눈 위로 떨어졌다. 그러고는 마차를 뒤쫓아 헐떡이며 달려가 지친 상태로 썰매에 오른 아이가 있는가 하면 그러지 못하고 뒤에 처져 소리 내어 악악 우는 아이도 있었다. 달리는 썰매 양쪽 벌판에 자애로운 고요가 펼쳐 있었다. 썰매차 행렬이 지나가는 공간은 드높고 광대했다. 변두리는 더욱 고요하여 그들은 원시로 되돌아간듯 광막한 눈밭에서 늑대 울음소리가 나는지 귀를 기울였다.

자넨*에 간 그들은 시에서 여는 댄스파티에 우르르 몰려갔다. 그곳은 소를 치는 사람, 호텔 종업원, 상점 주인, 스키 강사, 여행 안내인, 농부로 붐볐다. 외부에서 범신론의 동물적 기분을 느낀 뒤 따뜻한 밀폐 공간에 드는 느낌은, 참전 군인들의 징 박힌 군화 소리처럼, 스파이크 운동화를 신은 미식축구 선수들이 탈의실 시멘트 바닥을 걸을 때 나는 소리처럼 울려 퍼지는 장엄하면서도 우스꽝스러운 어떤 중세 기사의 이름을 되찾은 느낌이었다. 진부한 요들송이 울리자 그 귀에 익은 리듬은 그 광경이 로맨틱하다는 애초의 느낌으로부터 딕을 분리시켰다. 처음에는 그 여학생을 의식에서 몰아냈기 때문인 것으로 생각했다. 그러자 그것은 곧 베이비가 한 말의 형태로 떠올랐다. "신중하게 잘 생각해봐야죠"라는 말과 그 뒤에 하지

---

*크슈타트 부근의 다른 겨울 스포츠 리조트.

않은 말이었다. "우리는 당신을 소유해. 당신도 조만간 그것을 시인하게 될 거야. 계속해서 자립을 가장하는 것은 바보스러운 짓이야."

지난 오랜 세월 딕은 어떤 사람에 대한 적의를 느끼면 속으로 억눌렀다. 예일 대학교 신입생이었을 때 우연히 '정신 위생'에 관한 대중적인 에세이를 읽은 뒤부터였다. 지금은 베이비에게 화가 나면서도 그녀의 냉정하고 넘치게 주제넘은 행동이 괘씸하다는 생각과 함께 그것을 가슴속에 가두려고 애썼다. 새로이 등장한 이 아마존 여전사들은 누구든, 남자의 유일한 약점은 자존심이지만 일단 그걸 건드리면 험프티덤프티* 처럼 전체가 부서지기 쉽다는 사실을 몇백 년이 흘러야 겨우 알게 될 것이다. 일부는 그 사실에 조심수럽게 입에 발린 동의를 표하기는 하겠지만. 다른 종류의 달걀 껍질이 깨진 것을 정돈하는 게 직업인 다이버 박사는 깨지는 것을 두려워하게 되었다. 그러나,

"예의가 넘쳐나는군." 그가 매끄럽게 미끄러지는 썰매차를 타고 크슈타트로 돌아가는 길에 말했다.

"뭐, 나는 그게 좋던데요." 베이비가 말했다.

"좋은 거 아니에요." 그는 익명의 모피 더미를 향하여 단언했다. "예의가 바르다는 건, 사람은 모두 약하며 그래서 아주

---

*영국 전래동요에 나오는 의인화된 달걀이다. "왕의 모든 말도, 왕의 모든 신화도 깨진 험프티를 도로 맞출 수 없었네."

조심스럽게 다뤄야 한다는 것을 시인하는 행위예요. 인간적인 존중의 문제죠. 가벼이 누구에게 겁쟁이나 거짓말쟁이라고 해서는 안 되지만, 사람들의 기분을 상하지 않게 하느라 허식을 만족시키며 인생을 소비하다 보면 '진짜' 그들의 무엇을 존중해야 할지 분별하지 못하게 되지요."

"미국인들은 예의를 꽤 심각하게 생각하는 것 같군요." 나이가 많은 쪽의 영국 남자 말했다.

"그런 거 같습니다." 딕이 말했다. "제 아버지는 총부터 먼저 쏘고 사과는 나중에 하던 시대로부터 물려받은 예의를 가졌었죠. 남자들은 무장을 하고—물론 유럽인들은 18세기 초부터는 사회생활을 하는 데 무기를 가지고 다니지 않았지만요."

"사실상 안 그랬겠죠……"

"사실상 안 그런 게 아니라, 확실히 안 그랬죠."

"제부, 제부는 언제나 아주 훌륭하게 예의를 지켰어요." 베이비가 달래듯 말했다.

모피로 가득한 혼잡하고 비좁은 썰매의 맞은편에 앉아 있는 여자들이 불안해하며 딕을 쳐다보고 있었다. 어린 쪽의 영국 남자는 그게 다 무슨 이야기인지 알아듣지 못했으며—그는 마치 출항 준비를 하는 배의 선원처럼 건물 벽의 돌출부와 발코니를 뛰어넘어 다니는 타입이었다—호텔로 가는 동안 시종 터무니없는 권투 시합 이야기를 했는데, 그가 가장 친한 친구와 한 시간 내내 조심하면서 서로 사랑하는 마음으로 치고 박고 싸우며 타박상을 입혔다는 것이었다. 그러자 딕은 익살스러워졌다.

"그러니까 그 친구한테 맞을 때마다 그만큼 그가 더 좋은 친구가 되었다는 말인가?"

"그 녀석을 그만큼 더 존중하게 되었죠."

"내가 이해하지 못하는 건 그 전제인데. 가장 친한 친구와 사소한 문제로 주먹다짐을 한다는……"

"이해가 안 된다면 설명해도 모를 겁니다." 영국인 청년이 차갑게 말했다.

—내가 생각하는 바를 말할 때 내게 돌아오는 것은 이런 것이다. 딕은 속으로 말했다.

청년의 이야기가 보인 불합리는 이야기를 들려주는 부자연스러운 방식과 아직 성숙하지 못한 태도에 있다는 것을 깨닫고 딕은 그를 부추겨 괴롭힌 자신이 내심 부끄러웠다.

축제의 활기가 왕성했다. 일행은 다른 사람들을 따라 그릴 식당으로 들어갔다. 튀니지인 바텐더가 조명을 조작했으며 커다란 창문에 비쳐 들어오는 달빛은 스케이트 링크에 반사되어 또 하나의 멜로디로서 실내조명과 대위 선율을 이루는 듯했다. 딕이 그 빛 속에서 본 그 여학생은 활력이 없어 보였고, 또 시시했다. 그는 그녀에게서 고개를 돌리고 어둠을 만끽했다. 빨간 빛이 비칠 때 담배 끝이 초록색과 은색으로 변했고 바의 문이 여닫힐 때마다 하얀 빛줄기가 춤추는 사람들을 수평으로 가로질렀다.

"대답해봐, 프란츠." 딕이 말했다. "밤새도록 맥주를 마시고 가도 자네에게 정신력이 있다고 환자들을 확신시킬 수 있어? 그냥 위장병 환자로 보지 않을까?"

"나는 자러 가야겠어요." 니콜이 알렸다. 딕은 엘리베이터까지 그녀를 바래다주었다.

"나도 함께 올라가고 싶지만 프란츠에게 나는 임상의가 될 팔자가 아니라는 걸 보여줘야겠어."

니콜이 엘리베이터 안으로 들어갔다.

"베이비 언니는 세상을 보는 눈이 밝아요." 그녀가 골똘히 생각하며 말했다.

"처형은—"

엘리베이터 문이 닫혔다. 그는 문을 마주한 채 웅 하는 기계음을 들으며 마음속에 생각했던 말을 마저 했다. "—처형은 천박하고 이기적인 여자야."

하지만 이틀 뒤, 썰매를 타고 프란츠를 역에 바래다줄 때 딕은 자신이 그 문제를 긍정적으로 생각하고 있음을 시인했다.

"우리 생활은 이제 다람쥐 쳇바퀴 돌듯 하기 시작했어." 그가 고백했다. "이런 규모로 살다 보니 계속되는 긴장을 피할 수 없는데, 니콜이 그걸 견뎌내지 못해. 어쨌든 여름철 리비에라의 목가적 분위기도 이제는 모두 변하고 있어. 내년에는 여름이 성수기가 될 거야."

그들은 빈 왈츠가 울려 퍼지고 옅은 파랑색 하늘을 배경으로 산속 학교들이 언뜻언뜻 색을 드러내는 초록의 스케이트 링크를 지났다.
"그 일을 성사시킬 수 있으면 좋겠어, 프란츠. 만일 하게 된다면 자네 말고 다른 사람은 생각할 수 없어……"
잘 있거라, 크슈타트여! 잘 있거라, 싱그러운 얼굴들이여, 차갑고 향기로운 꽃들이여, 어둠 속의 눈송이들이여. 잘 있거라, 크슈타트여, 잘 있거라!

14

딕은 전쟁 꿈을 한참 꾸고 5시에 잠에서 깼다. 그는 창가로 가 추거지 호수를 내다보았다. 장엄하고 음울한 장면으로 시작된 꿈이었다. 프로코피예프의 〈세 개의 오렌지에 대한 사랑〉 제2악장을 연주하며 어두운 광장을 가로질러 행진하는 악단의 뒤를 감청색 제복을 입은 사람들이 따라갔다. 그러는데 느닷없이 소방차들과 재난의 상징들이 보이고 응급 치료소에서 불구가 된 사람들의 무시무시한 폭동이 일어났다. 그는 침대 등을 켜고 꿈의 내용을 자세히 기록한 다음, 어느 정도 반어적인 말로 끝을 맺었다. '비전투원의 전쟁신경증.'
그는 침대 가장자리에 걸터앉았다. 그러고 있자니 방도, 집도, 밤도, 텅 빈 것처럼 느껴졌다. 옆방에서 자고 있는 니콜이 무언가 쓸쓸한 잠꼬대를 했다. 잠을 자며 무슨 외로움을 그리 느끼는지, 그녀가 가여웠다. 그에게 시간은 정지해 있었다. 그러다 몇 년마다 한 번씩 빠르게 필름을 감는 것처럼 서둘러 속력을 냈다. 하지만 니콜에게 시간은 상하기 마련인 미모에 따르는 비애감을 주며 한 해 한 해 시계 소리를 따라, 달력과 생일을 따라 지나갔다.

추크 호수에서의 지난 한 해 반마저 그녀에게는 헛되이 지나간 시간이었다. 계절의 변화는 도로 인부들의 작업복이 5월에는 분홍색, 7월에는 갈색, 9월에는 검은색, 봄에는 다시 흰색으로 바뀌는 것으로만 알 수 있을 뿐이었다. 처음 병에서 헤어나올 때 그녀는 새 희망으로 활기에 차 있었다. 정말 많은 것에 대한 기대감으로 충만했지만 딕을 제외하고 다른 생존 수단은 주어지지 않았다. 아이들을 키우면서 그녀는 그들을 온화하게 사랑하는 척할 수밖에 없었다. 그 아이들은 그저 보살핌을 받는 고아들과 같았다. 그녀가 좋아하는 사람들은 대개 반항아들이었는데, 그런 사람들은 그녀의 마음을 어지럽혀서 건강에 좋지 않았다. 그녀는 그들에게서 그들을 독립적으로 혹은 창조적으로 혹은 강인하게 만들어주는 활력을 찾으려 했지만 헛된 일이었다. 그들의 비결은 그들이 잊은 어린 시절의 고투 깊숙이 묻혀 있기 때문이었다. 그들은 니콜이 앓고 있는 병의 다른 면인 외면의 조화와 매력에 더 관심이 많았다.

그녀는 소유되기를 원치 않는 딕을 소유하는 외로운 삶을 살고 있었다.

그는 수차례 그녀를 잡고 있는 손을 놓으려고 했지만 헛수고였다. 그들은 함께 즐거운 시간을 보낸 적이 많았다. 백야에 사랑을 나누고 고상한 이야기를 나누었다. 하지만 그녀에게서 등을 돌리고 자신의 일에 몰두할 때면 늘 딕은 그녀가 붙들고 있을 수 있는 것, 그녀가 바라보고 있을 것은 정말 아무것도 남기지 않았다. 그녀는 그 허무를 여러 가지로 명명했지만, 사실 그것은 그가 곧 돌아오기만을 바라는 마음일 뿐임을 알고 있었다.

그는 베개를 단단히 뭉쳐가지고 일본인들이 혈액순환을 늦추기 위해 그러듯 목 밑에 받치고 누워 잠시 잠을 잤다. 니콜은 나중에 그가 면도를 할 때 일어나 집안을 돌아다니며 아이들과 하인들에게 퉁명스럽고 간결한 지시를 내렸다. 러니어가 면도하는 아버지의 모습을 보기 위해 들어왔다. 정신병원 옆에 살면서 아이는 아버지를 무척 신뢰하고 우러러보게 되었다. 반면 대다수의 다른 어른들에 대해서는 지나치게 무관심했다. 환자들은 이상야릇하게 보이거나 활력을 잃은, 지나치게 예의 바른, 인간성이 없는 생물로 비쳤다. 러니어는 잘생기고 장래가 촉망되는 아이였으며, 딕은 그에게 많은 시간을 할애했다. 인정이 많지만 엄격한 장교와 공손한 사병의 관계와도 같았다.

"왜 아빠는 면도할 때 항상 윗머리에 비누 거품이 묻어요?"

딕은 거품투성이인 입을 조심스럽게 벌렸다. "생각해봐도 모르겠구나. 나도 가끔 왜 그럴까 했는데. 구레나룻을 일직선으로 만들 때 집게손가락에 거품을 묻히거든. 그런데 어떻게 그게 윗머리에 묻는지는 나도 모르겠구나."

"내일은 처음부터 봐야겠어요."

"아침 먹기 전에 할 질문은 그게 전부니?"

"그건 질문이라고 볼 수 없는데요."

"질문 맞아."

딕은 반 시간 뒤에 관리동으로 갔다. 그는 서른여덟 살이었다—여전히 수염을 거부하는 그는 리비에라에서 수염을 길렀을 때보다 더 의사다운 느낌을 주었다. 그는 지난 18개월 동안 병원에서 살았다. 확실히 유럽에서 시설이 가장 좋은 병원 중 하나였다. 돔러의 병원과 마찬가지로 현대식 시설이었다. 음울하고 불길한 건물 하나에 모든 시설이 몰려 있는 게 아니라 여기저기 흩어져 있지만 기만적으로 통합된 하나의 작은 마을이었다. 딕과 니콜은 미적인 면에 많은 것을 보탰다. 그래서 시설은 취리히에 들르는 심리학자들이 모두 한 번씩 방문하는 아름다운 작품이 되었다. 캐디 하우스를 추가시키고 나니 컨트리클럽이라고 해도 손색이 없었다. 영원한 어둠 속에 빠진 자들의 집인 에글런타인 관과 비치 관은 작은 잡목림을 사이에 두고 위장된 중앙 본관과 분리되어 있었다. 그 뒤에는 큰 채소밭이 있는데, 일부는 환자들이 참여해서 일했다. 작업 요법에 쓰이는 작업실 세 개가 한 지붕 아래 모여 있었다. 다이버 박사는 거기에서 그날의 회진을 시작했다. 햇빛이 듬뿍 드는 목공 작업실에서 향긋한 톱밥 냄새가, 상실된 나무의 나이 냄새가 물씬 났다. 거기에는 항상 대여섯 명의 남자들이 망치질하고 대패질하고 윙윙 소리가 나는 기계를 만지고 있었다. 말이 없는 조용한 사람들, 그들은 그가 지나갈 때 근엄한 눈을 쳐들어 바라보았다. 딕 자신도 훌륭한 목수였다. 그는 그들과 잠시 조용하고 개인적이고 호기심 어린 목소리로 여러 연장들의 효율성에 관하여 논했다. 그 옆은 제본 작업실이었다. 가장 몸을 잘 움직이는 환자들에게 맞춘 것이지만, 그렇다고 해서 그들이 반드시 회복할 가능성이 제일 높은 것은 아니었다. 마지막으로 구슬 세공과 직조, 놋 세공을 하는 작업실이 있었다. 이곳의 환자들은 무언가 해결할 수 없는 것을 머릿속에서 떨쳐버리고는 방금 아주 깊은 한숨을 쉰 것 같은 표정을 하고 있었다. 하지만 그들의 한숨은 다른 끊임없는 추론의 시작을 알리는 것일 뿐이다. 그것은 정상적인 사람들의 경우처럼 앞으로 계속 나아가는 게 아니라 같은 원을 반복해서 도는 것이었다. 돌고, 돌고, 또 돈다. 영원히 빙빙 도는 것이다. 하지만 유치원과 같은, 그들이 다루는 물건들의 밝은 색상들을 보면, 아무것도 모르는 사람들은 아무런 문제가 없다는 순간적인 착각에 빠진다. 이 환자들은 다이버 박사가 들어오자 환한 얼굴이 되었다. 그들은 대부분 그레고로비우스 박사보다 그를 더 좋아했다. 상류사회에 속했던 사람들은 예외 없이 딕을 더 좋아했다. 그가 자기들을 소홀히 대한다거나 그가 단순하지 않다거나 젠체한다고 생각하는 환자들도 더러 있었다. 그러한 반응은 딕이 직장 이외의 생활에서 불러일으키는 반응과 다르지 않았지만, 이 안에서의 그런 반응은 비뚤어지고 왜곡된 것이었다.

한 영국 여자가 항상 자신의 전유물이라고 여기는 주제를 가지고 그에게 말을 걸었다.

"오늘 밤 음악회가 있어요?"

"모르겠는데요." 그가 대답했다. "라디슬라우 박사를 아직 못 봤어요. 간밤에 삭스 부인과 롱스트리트 씨가 연주한 음악은 어땠어요?"

"그저 그랬어요."

"저는 괜찮았다고 생각했는데…… 특히 쇼팽이."

"저는 그저 그렇다고 생각했어요."

"언제 우리한테 직접 연주하는 걸 들려줄 거예요?"

그녀는 어깨를 으쓱했다. 과거에도 수년간 그랬듯 그 질문을 받는 게 기뻤다.

"언젠가는 할게요. 하지만 연주 실력이 그저 그래서."

사람들은 그녀가 악기를 전혀 다룰 줄 모른다는 것을 알고 있었다. 그녀에게는 두 자매가 있었는데, 둘 다 훌륭한 음악가였다. 한데 그녀는 어려서부터 그들과는 달리 음감을 익히지 못했다.

그는 작업실에서 나와 에글런타인 관과 비치 관을 방문했다. 바깥에서 보면 다른 집들과 마찬가지로 상쾌해 보였다. 니콜은 필요에 의해 가려진 안전망과 철창과 붙박이 가구를 기초로 실내 장식과 가구를 디자인했다. 엄청난 상상력을 쏟아부어서—그녀에게 없는 창의적인 면모는 그 문제 자체에 의해 공급되었다—사전에 주의를 받은 방문객이라도 창문의 가볍고 우아한 세공은 강하고 구부러지지 않는 사슬의 끝이며, 파이프 소재를 쓰는 현대적 추세를 반영하는 부품들은 에드워드 왕조 시절의 육중한 고안물들보다 더 견고하다는 것을 상상도 못했을 것이다. 심지어는 꽃마저 손가락 모양의 철제 세공물에 놓여 있었고, 아무렇지도 않게 놓은 것 같은 장식이나 비품 하나하나마저 마천루의 대들보처럼 꼭 필요한 것들이었다. 그녀의 지칠 줄 모르는 눈을 통하여 모든 방의 용도가 극대화되었다. 그녀는 칭찬을 들으면 자기는 뛰어난 배관공일 뿐이라고 무뚝뚝하게 말했다.

나침반의 극성(極性)이 제거되지 않은 사람들에게 이 건물들에는 이상한 것들이 많이 있는 것으로 보였다. 다이버 박사는 남성 환자 수용동인 에글런타인에서 즐거운 일을 보는 일이 종종 있었다. 몸집이 작고 괴상한 노출증 환자가 한 사람 있었는데, 그는 발가벗고 에투알에서 콩코르드 광장*까지 방해받지 않고 걸어갈 수 있다면 세상의 많은 문제가 해결될 것이라고 생각했다. 그런데 딕은 어쩌면 그의 말이 옳을지 모른다고 생각했다.

가장 흥미로운 사례는 본관에 있었다. 병원에 온 지 여섯 달 된 서른 살 먹은 여자 환자였다. 파리에 오래 산 미국인 화가였다. 병원에서는 그녀에 관한 만족할 만한 병력을 파악하지 못했다. 사촌이 우연히 그녀를 발견했는데 완전히 실성해서 절망적이더란 것이었다. 그리하여 파리의 변두리에 있는 마약과 알코올에 희생된 관광객들을 주로 상대하는 허술한 병원에 그녀를 데려갔지만 만족스러운 결과를 보지 못하고 우여곡절 끝에 스위스로 데려오게 되었다. 입원할 때만 해도 그녀는 눈에 띄게 예뻤다. 그런데 지금 그녀는 고통으로 가득한 살아 있는 종기였다. 혈액 검사란 검사는 모두 해봤지만 양성 반응을 보이는 것은 없었다. 결국 만족스럽진 않지만 그녀의 병은 신경성 습진**으로 분류되었다. 그 습진 때문에 그녀는 아이언 메이든*** 안에 갇힌 것 같은 고통에 두 달 동안 시달렸다. 그녀만의 특별한 망상의 범위 내에서 그녀는 일관성이 있고 명석하기까지 했다.

그녀는 각별히 그가 돌보는 환자였다. 지나치게 흥분해서

---

*파리 샹젤리제 가의 일정 거리.
**피츠제럴드의 아내 젤다도 '신경성 습진' 진단을 받은 바 있다.
***수직으로 세운 관처럼 생긴 고문 기구. 머리 부분은 여자 모양이고 안에는 못이 박혀 있다.

발작을 일으킬 때 '그녀와 관련해서 무엇이든 할 수 있는' 의사로는 그가 유일했다. 몇 주 전, 그녀가 며칠째 잠 못 자는 고통을 겪었을 때 프란츠가 최면을 걸어 몇 시간 필요한 휴식을 취하게 해주었지만 그 뒤로는 다시 최면에 성공하지 못했다. 딕은 최면이라는 수단을 신뢰하지 않아서 별로 사용하지 않았는데, 그런 기분을 언제나 불러일으킬 수 있는 건 아니라는 것을 알기 때문이었다. 니콜한테 한번 써보려고 했지만 그녀가 그를 보고 조롱하듯 웃은 적이 있었다.

20호의 여자는 그가 들어오는 것을 볼 수 없었다. 눈 주변이 너무 팽팽하게 부어올랐기 때문이었다. 그녀는 크고 굵고 깊고 떨림이 있는 목소리로 말했다.

"얼마나 더 이러고 있어야 하죠? 영원히 이래야 하나요?"

"이제 조금만 더 있으면 돼요. 라디슬라우 박사가 그러는데 전체적으로 나은 부위들이 있답니다."

"내가 무슨 죄를 지었기에 이런 꼴이 되어야 하는지 안다면 체념하고 받아들일 텐데요."

"신비주의에 기대는 건 좋은 생각이 못 돼요. 우리는 신경계통과 관련된 현상이라고 봐요. 얼굴을 붉히는 것과 관계가 있어요. 어렸을 때 얼굴을 잘 붉혔어요?"

그녀의 얼굴은 천장을 향하고 있었다.

"사랑니가 난 뒤로는 얼굴을 붉힐 일이 없었어요."

"누구에게나 다 있는 사소한 잘못이나 실수를 저지른 적도 없어요?"

"자책할 만한 건 없어요."

"운이 좋으시군요."

여자는 잠시 생각했다. 그녀의 목소리가 비밀스러운 노래로 고통받는, 붕대 감은 얼굴을 통하여 울려 나왔다.

"남자들에게 선전포고를 한 이 시대의 여자들과 운명을 공동 부담하고 있는 거죠."

"많이 놀라시겠지만 그건 여느 전쟁들과 같았어요." 그가 그녀처럼 딱딱한 말을 택해 대답했다.

"여느 전쟁들과 같았다." 그녀는 이 말을 곰곰이 생각했다. "짜고 하든가, 아니면 많은 희생을 치르고 승리를 얻든가 해야죠. 안 그러면 결딴나서 파멸하는 거예요. 부서진 담장에서 울려나오는 유령의 메아리가 되는 거죠."

"결딴나거나 파멸하지 않으셨어요." 그가 그녀에게 말했다. "정말 전쟁을 겪었어요?"

"날 봐요!" 그녀가 격렬하게 외쳤다.

"고통을 받으셨죠. 하지만 많은 여자들이 스스로를 남자로 잘못 생각하기 전에도 고통받았어요." 대화가 언쟁이 되어 가고 있었다. 그는 뒤로 물러났다. "어쨌든 단 한 번의 실수를 최종적인 패배로 혼동하면 안 됩니다."

그녀는 그를 비웃었다. "말은 아름답군요." 고통의 외피를 뚫고 나온 그 말을 듣자 그는 겸허해졌다.

"우리는 환자분을 여기에 오게끔 만든 진정한 이유를 알고 싶은 겁니다—" 그가 말을 시작하려는데 그녀가 중간에서 가로챘다.

"나는 무언가의 상징으로 여기에 있어요. 어쩌면 선생님은 그게 뭔지 아실 줄 알았어요."

"환자분은 지금 아프세요." 그가 기계적으로 말했다.

"그럼 내가 거의 찾을 뻔했던 건 뭐죠?"

"더 중한 병이겠죠."

"그게 다예요?"

"그게 답니다." 그는 거짓말하는 자신이 역겨웠지만 지금 여기에서 그 문제의 광대함은 거짓말 한마디로 압축될 수밖에 없었다. "그 바깥에는 혼돈과 무질서만이 있어요. 그에 대해 여러 소리 하지 않겠습니다. 육체의 고통이 극심하다는 것을 우리가 알고 있으니까요. 하지만 아무리 사소하고 따분하게 보일지라도 일상의 문제들과 직면해야만 모든 게 다시금 제자리를 찾아가게 할 수 있어요. 그런 다음에…… 어쩌면 다시……"

그는 그 생각이 향하는 불가피한 종착점을 피하기 위하여 말을 늦추었다. "……의식의 변경을 살펴볼 수 있을지도." 예술가들이 탐사하는 변경은 그녀의 몫이 아니다, 절대로. 근친 관계어서 태어난 그녀는 섬세했다. 결국은 어떤 조용한 신비주의에서 평안을 찾을지도 모른다. 탐사는 어느 정도 농부의 피를 가지고 있는 자들의 몫이다. 환대를 받든 난폭한 취급을 받든 똑같이 온몸과 마음으로 받을 수 있는, 큰 허벅지와 굵은 발목을 가진 자들의 몫이다.

─그건 당신의 몫이 아닙니다, 그는 그렇게 말할 뻔했다. 그것은 당신에게는 너무 힘든 게임이에요.

하지만 고통의 장엄한 위용 앞에서 그는 거의 성적(性的)이라 할 수 있는 거리낌 없는 동정심을 느꼈다. 니콜에게 자주 그랬듯이 그녀를 두 팔로 안아 올리고, 너무 깊어서 그녀의 일부가 된 실수들마저 가슴에 품고 싶었다. 블라인드 사이로 비치는 오렌지색 빛, 침대 위에 석관처럼 놓인 그녀의 모습, 하나의 얼룩 같은 얼굴, 병(病)의 공허를 탐색하지만 막연한 추상적 개념만 발견하는 목소리.

그가 일어서는데 용암 같은 눈물이 그녀를 감고 있는 붕대에 스며들었다.

"무언가 있는 눈물이에요." 그녀가 나직하게 말했다. "거기서 무언가 나오겠어요."

그는 몸을 굽혀 그녀의 이마에 키스했다.

"우리 모두 착하게 살도록 해야죠." 그가 말했다.

병실을 나간 그는 간호사를 들여보냈다. 다른 환자들을 봐야 했다. 유년기는 놀기만 하는 시절이라는 원칙에 따라 자란 열다섯 살짜리 미국인 여자애가 있었다. 손톱 손질용 가위로 머리칼을 마구 잘랐다고 해서 그녀를 봐야 했다. 그녀를 위해

할 수 있는 것은 별로 없었다. 신경증이라는 집안 내력이 있는 데다 그녀는 과거에 의지할 수 있는 안정적인 것이 아무것도 없었다. 그녀의 아버지는 정상적이고 성실한 사람이었는데, 신경증이 있는 혈육을 인생의 온갖 걱정거리로부터 보호해주고자 했지만 그것은 인생에 불가피하게 찾아오는 불가피한 일들에 적응하는 힘을 기르지 못하도록 보호해준 결과를 낳았을 뿐이다. 딕이 말할 수 있는 것은 거의 없었다. "헬렌, 무언가 확실치 않으면 간호사한테 물어봐. 조언을 청할 줄 알아야 해. 그러겠다고 약속해."

머리에 이상이 있다면 약속이 다 무엇이겠는가? 그는 캅카스에서 온 허약한 망명객이 어떻게 하고 있나 잠깐 들여다보았다. 그는 버클로 해먹 같은 데 단단히 묶인 채 따뜻한 물을 받은 의료용 욕조 안에 놓여 있었다. 딕은 이어서 표 나지 않게 조금씩 매독성 진행 마비가 오는 것도 몰랐던 어느 포르투갈 장군의 세 딸을 방문했다. 그리고 그 옆의 병실로 갔다. 거기에 있는 쇠약해진 정신과 의사에게 차도가 있다고, 늘 하는 같은 말을 했다. 그 의사는 확신을 얻기 위해 딕의 얼굴을 살폈다. 그는 다이버 박사의 목소리에 울림 속에서 또는 울림이 없다면 없는 데서 얻는 확신을 통해서만 현실 사회를 붙들고 있었다. 그리고 딕은 무능한 잡역부를 면직시켰다. 그러고 나니 점심시간이었다.

15

환자들과 함께 하는 식사는 하기 싫은 일이라 그는 건조하게 임했다. 물론 에글런타인 관이나 비치 관의 거주자들은 포함되지 않는 식사였는데, 일견 평범한 것 같지만 그 위에는 항상 무거운 우울감이 깔려 있었다. 동석한 의사들은 대화를 지속했지만 대부분의 환자들은 오전 일과에 모든 힘을 다 써서 그런지, 함께 앉은 사람들 때문에 그런지, 거의 말없이 접시만 보며 식사를 했다.

점심시간이 끝나자 딕은 사저로 돌아갔다. 니콜이 이상한 표정으로 응접실에 있었다.

"그거 읽어봐요." 그녀가 말했다.

그는 편지를 폈다. 의사들의 회의적인 의견에도 불구하고 최근에 퇴원한 여자에게서 온 것이었다. 자기의 딸을 딕이 유혹했다고 확신에 찬 말로 고발하는 내용이었다. 그 딸은 어머니의 병이 위중한 시기에 그녀 곁을 지켰다. 다이버 부인이 남편이 '실제로 어떤 사람'인지 알게 되면 그 정보를 받아 다행으로 여길 것이라고 생각하고 쓴 편지였다.

딕은 재차 편지를 읽었다. 분명하고 간결한 영어로 쓰였지만 미치광이의 편지임을 알아볼 수 있었다. 단 한 번, 취리히에 가는 길에 바람기 있는 그 갈색머리 여자의 요청으로 함께 나갔다가 저녁이 되어 병원에 데려다준 적이 있었다. 그는 뚜렷한 목적 없이, 거의 응석을 받아주는 기분으로, 그녀에게 키스했다. 나중에 그녀는 그 관계를 발전시키려고 했지만, 그는 관심이 없었다. 그 후에, 아마 그 결과로, 여자는 그를 싫어하기에 이르러 어머니를 퇴원시켰다.

"이 편지는 정상이 아니야." 그가 말했다. "난 그 여자와 그 어떤 관계도 아니야. 좋아하지도 않았다고."

"네, 그렇게 생각하려고도 했어요." 니콜이 말했다.

"설마 내 말을 못 믿는 건 아니겠지."

"나는 항상 여기에 앉아 있으니까요."

그는 책망하는 어조로 목소리를 낮추고 그녀 옆에 앉았다.

"이건 말도 안 돼. 이건 정신병자의 편지야."

"나도 정신병자였어요."

그는 자리에서 일어나 더욱 권위적으로 말했다.

"터무니없는 말은 그만하는 게 어때. 출발하게 가서 아이들 데려와."

호수의 작은 곶들을 따라 폭포 같은 상록수 숲을 지나는 승용차 앞유리에 햇빛과 호수에서 비치는 빛이 작렬했다. 그것은 딕의 르노 승용차로, 크기가 난쟁이 같아 아이들 외에는 모두 차에서 툭 돌출되어 보였다. 뒷좌석의 아이들 사이에 앉은 프랑스인 가정교사는 돛대처럼 우뚝 솟아 있었다. 그들은 그 길을 손바닥처럼 낱낱이 알고 있었다. 어느 지점에서 솔 냄새가 나고 어느 지점에서 스토브에서 피어오르는 검은 연기 냄새가 나는지를. 하늘 높이 오른 해가 찡그리는 얼굴을 하고 아이들의 밀짚모자에 쨍쨍 내리쬤다.

니콜은 말이 없었다. 딕은 그녀가 똑바로 쳐다보는 냉랭한 눈길에 마음이 불편했다. 그는 그녀와 있으면서도 자주 외롭다는 느낌이 들었다. 그녀는 그만을 생각하고 쌓아둔 개인적인 의외의 사실들을 툭툭 쏟아놓을 때가 많아서 그를 피곤하게 만들었다. "나는 이래요…… 나는 이렇다기보단 저래요." 하지만 이날 오후 그는 그녀의 생각을 엿볼 수 있도록 니콜이 얼마 동안 스타카토식으로 재잘거렸으면 좋겠다고 생각했다. 그녀가 안으로 움츠러들고 마음의 문을 닫는 상황은 언제나 매우 위협적이었다.

가정교사는 추크 호수에서 내렸다. 다이버는 일단의 증기 롤러들이 길을 내준 틈으로 운전해 아게리 카니발에 도착했다. 주차를 했는데도 니콜은 꼼짝하지 않고 그를 쳐다보기만 했다. 딕이 "어서 내려, 여보"라고 말하자 그녀가 갑자기 입을 벌려 공포를 느끼게 하는 미소를 지었다. 그는 속으로 움찔했다. 하지만 못 본 체하고 같은 말을 반복했다. "어서. 그래야 아이들이 내리잖아."

"네, 내릴 거예요." 그녀가 대답했다. 그가 파악하기에는 너무 빠르게 머릿속에서 진행되고 있는 어떤 이야기에서 몇 마디를 떼어낸 것 같았다. "걱정 말아요. 내린다니까요……"

"그럼 내려."

그녀는 그와 함께 가면서도 반대쪽을 바라보며 걸었다. 그녀의 얼굴에 그 조소적이고 소원한 미소가 스쳤다. 러니어가 몇 번이나 말을 걸고 나서야 그녀는 가까스로 펀치와 주디 인형극*이라는 어떤 대상에 주의를 기울였으며, 거기에 눈길을 고정시키고야 자기 위치를 똑바로 알게 되었다.

딕은 무엇을 어떻게 해야 할지 생각했다. 그녀를 바라보는 관점의 이중성―남편으로서의 관점, 정신과 의사로서의 관점―은 갈수록 더 그의 기능을 마비시켰다. 이 6년 동안 그녀는 여러 번 흥분된 희로애락의 연민으로 또는 기상천외하고 정신분열적인 풍부한 재치로 그의 경계심을 해제시키고 그를 이끌고 한계선을 넘었다. 그래서 그는 그 증상의 발현이 지나간 다음에야 자신이 긴장이 풀리면서 그의 의지와는 달리 그녀가 자기 뜻대로 하는 데 성공했다는 것을 깨닫는 것이었다.

지난해에 칸에서 본 펀치와 같은 펀치인지에 관하여 톱시가 시작한 토론에 대한 결론을 내린 후 가족은 야외에 차려진 부스 사이를 다시 걸었다. 여자들이 쓰고 있는 보닛, 그 아래 벨벳 조끼, 여러 주를 대표하는 선명한 색의 넓은 치마는 파란색과 주홍색의 수레와 진열된 물건들에 대비되어 점잖아 보였다. 후치 쿠치 쇼**에서 나는 짤랑짤랑 애처로운 소리가 들렸다.

니콜이 갑자기 달리기 시작했다. 너무 갑작스러워 딕은 잠

---

*괴상하게 생긴 펀치가 아내 주디를 때려서 죽이는 내용의 전통 인형극.
**카니발의 사이드 쇼로, 벨리 댄스 같은 선정적인 춤을 보여준다.

시 동안 그녀가 없는지도 몰랐다. 멀찌감치 현실과 비현실의 경계를 잇는 황토색 실오라기, 노란색 원피스의 그녀가 붐비는 사람들 사이를 누비며 달려가는 것을 보고 그는 후다닥 뒤쫓았다. 그녀는 몰래 달렸고 그도 몰래 뒤를 따랐다. 그녀의 도주로 오후의 더위가 강렬하고 혹독해진 탓에 그는 아이들을 깜박했다. 생각이 거기에 미치자 그는 뒤돌아 달려가 아이들의 팔뚝을 잡고 다시 뒤돌아 이 방향 저 방향 다니며 부스마다 기웃거렸다.

"Madame(아주머니)." 그는 흰 회전식 추첨기 뒤에 있는 한 젊은 여자를 소리쳐 불렀다. "Est-ce que je peux laisser ces petits avec vous deux minutes? C'est très urgent—je vous donnerai dix francs(이 아이들 몇 분만 봐주시겠습니까? 아주 급합니다—10프랑 드릴게요)."

"Mais oui(네, 좋아요)."

그는 아이들을 부스 안으로 들여보냈다. "Alors—restez avec cette gentille dame(이 마음씨 좋은 아주머니와 잠시 있으렴)."

"Oui, Dick(네, 아빠)."

그는 다시 내달았지만 그녀는 이미 사라지고 없었다. 그는 회전목마의 둘레를 돌다가 자기가 똑같은 목마를 쳐다보며 그 옆에서 뛰고 있다는 것을 깨달았다. 그러고 나서 먹을 것을 파는 간이식당 앞에 운집한 사람들을 헤치며 그녀를 찾아다니다가 니콜이 무엇을 좋아하는지 떠올라 점쟁이의 텐트로 가서 가리개를 움켜잡아 들어 올리고 안을 들여다보았다. 단조로운 목소리가 그를 반겼다. "La septième fille d'une septième fille née sur les rives du Nil—entrez, Monsieur(나일 강 기슭에서 태어난 일곱째 딸의 일곱째 딸입니다—들어오시오, 선생)."

그가 가리개를 놓고 호수에서 끝나는 산책길을 따라 호수 쪽으로 달리는데 하늘을 배경으로 천천히 돌고 있는 소형 회전 관람차가 보였다. 거기에 그녀가 있었다.

그녀는 그때 제일 위로 올라간 칸에 혼자 있었다. 그 칸이 돌아 내려오는데 보니 그녀가 재미있어 죽겠다는 듯 소리 내어 웃고 있었다. 그는 슬그머니 구경꾼들 사이로 물러섰다. 구경꾼들은 그녀가 다시 위로 올라갈 때 격렬한 히스테리를 보았다.

"Regardez-moi ça(저거 봐)!"

"Regarde donc cette Anglaise(저 영국 여자 좀 봐)!"

그녀가 탄 칸이 다시 내려왔다. 이번에는 회전 속도와 음악이 늦추어졌고 구경꾼 열두어 명이 그 칸을 에워쌌다. 모두 그녀가 웃는 모양을 동정하는 백치 같은 미소를 짓고 있었다. 니콜은 딕을 보자 웃음을 그쳤다. 슬쩍 빠져나가 도망가려 했지만 그에게 팔을 붙잡혔다. 그는 걸어가면서 그녀를 놓지 않았다.

"왜 정신을 잃고 그래?"

"왜 그런지 알잖아요."

"아냐, 몰라."

"나 참, 기가 차서. 이거 봐, 그건 내 지능에 대한 모독이에요. 그 여자애가, 그 조그맣고 가무잡잡한 애가 당신을 바라보는 걸 내가 못 본 줄 알아요? 허, 웃기지도 않아 정말…… 어린애를, 열다섯도 안 된 어린애를. 내가 못 본 줄 알아요?"

"진정해, 여기 잠깐 앉았다 가지."

그들은 간이식당 테이블에 앉았다. 그녀의 눈이 깊은 의심으로 가득했다. 그녀는 앞이 막히기라도 한 것처럼 손으로 눈앞을 가로저었다. "술 마시고 싶어요, 브랜디로."

"브랜디는 안 돼. 정 마시고 싶으면 흑맥주를 마시든가."

"브랜디는 왜 안 돼요?"

"그 얘기는 그만하고. 내 말 좀 들어봐, 그 여자애에 관한 일은 망상이야, 그 말이 무슨 말인지 알아?"

"당신은 내가 보지 않았으면 하는 걸 보면 항상 망상이라 그러죠."

그는 꿈속에서 우리가 분명히 저지른 것으로 생각되는 어떤 죄에 대한 고발을 당하지만 잠에서 깨어나면 실제로 그 죄를 저지르지 않았다는 것을 알게 되는 악몽을 꾸었을 때와 같은 죄의식을 느꼈다. 그녀의 눈을 바라보던 그의 눈이 흔들리며 다른 곳을 향했다.

"애들을 어떤 부스의 집시 여자한테 맡겼어. 애들 데리러 가야 해."

"당신이 뭐라고 생각해요?" 그녀가 따지듯 물었다. "스벵갈리?*

　15분 전만 해도 그들은 한 가족이었다. 그녀가 본의 아니게 그의 어깨에 떠밀려 궁지에 몰리자 그는 아이와 어른, 자기 가족 전체를 위태로운 우발사고로 보았다.

　"집에 갑시다."

　"집!" 그녀가 크게 소리 질렀다. 거리낌 없이 지른 그 소리는 더 높아져 떨리더니 갈라졌다. "그래서, 나더러 집에 가만히 앉아 우리 모두 썩고 있고, 내가 여는 상자마다 아이들의 재가 썩고 있다는 생각이나 하고 있으라고? 그 불결한!"

　그는 거의 안도하며 그녀의 말이 그녀를 살균시키고 있음을 보았다. 살갗의 진피까지 민감해진 니콜은 그의 얼굴에서 후퇴를 보았다. 그러자 그녀의 얼굴도 부드러워졌다. 그녀는 그에게 간청했다. "도와줘요, 도와줘요, 여보!"

　고뇌의 물결이 그를 휩쓸었다. 저토록 훌륭한 탑이 똑바로 세워지지 않고 매달려 있어야만 하다니, 그에게 매달려 있어야만 한다니 정말 너무했다. 그 관계는 어느 정도는 정상적이었다. 기둥과 계획, 대들보와 수학적 계산, 그건 남자의 몫이었다. 그런데 어떻게 해서인지 딕과 니콜은 하나로서 동등해져 있었다. 상반되지 않고 상호 보완적이었다. 그녀는 딕이기도 했다. 그의 뼛속 골수의 부족분이었다. 그녀가 분열하는 것

---

*조르주 드 모리에(1834~1896)의 소설 《트릴비(Trilby)》(1894)에 나오는 사악한 최면술사.

을 보면 그도 함께 분열하지 않을 수 없었다. 그의 직관이 애정과 동정으로 가늘게 새어나왔다…… 그는 전형적인 현대적 수단을 취할 수밖에 없었다. 취리히의 간호사를 불러 그날 밤 그녀를 맡기는 것이었다.

"당신은 나를 '도와줘야' 해요."

그녀의 다정한 위협이 그를 앞으로 잡아당겨 그는 발판을 잃었다. "전에도 도와줬잖아요…… 지금도 도와줘야 해요."

"그전과 같은 방법으로 도울 수밖에."

"누군가는 나를 도와줘야 해요."

"그럴지도. 당신이 가장 많이 도와야 해. 가서 아이들이나 찾자고."

흰 회전식 추첨기가 있는 부스가 한둘이 아니었다. 딕은 첫번째 부스에서 아이들에 대해 물어보았지만 무표정하게 모른다는 말을 듣고는 화들짝 놀랐다. 니콜은 독기 어린 눈으로 아이들의 존재를 부인하며, 그녀가 무정형으로 만들려는, 있는 그대로의 세상의 일부로서의 그들을 원망하며 그에게서 뚝 떨어져 서 있었다. 딕은 이내 아이들을 찾았다. 그들은 훌륭한 상품처럼 즐거이 그들을 뜯어보는 여자들과 빤히 쳐다보는 시골 아이들에게 둘러싸여 있었다.

"Merci, Monsieur, ah Monsieur est trop généreux. C'était un plaisir, M'sieur, Madame. Au revoir, mes petits(감사합니다, 선생님. 아, 정말 후하십니다. 즐거웠습니다, 선생님, 부인. 잘 가라, 귀

여운 애들아)."

 그들은 가슴에 흘러내리는 뜨거운 슬픔을 안고 집으로 출발했다. 자동차는 그들의 공통적인 불안과 번민으로 무거웠고 아이들은 실망하여 입을 굳게 다물고 있었다. 깊은 슬픔이 끔찍하고 어둡고 생소한 색으로 모습을 드러냈다. 추크 부근 어디에선가 니콜이 발작적인 노력을 기울여 전에 했던 말을 되풀이했다. 도로에서 쑥 들어간 곳에 있는, 몽롱하게 보이는 어떤 노란색 집에 관한 것이었는데, 페인트칠이 아직 마르지 않은 집 같았다는 말이었다. 하지만 그것은 너무 빨리 풀려나는 밧줄을 잡으려는 시도와도 같았다.

 그는 좀 쉬려고 했다. 곧 집에 도착하면 고투가 시작될 것이다. 그녀에게 우주에 대해 다시 말해주며 한참을 앉아 있어야 할 것이다. '정신분열증 환자'는 이중인격에 대한 명칭으로 잘 만든 말이다. 니콜은 아무것도 설명해줄 필요가 없는 사람이다가도 무언가에 대한 설명을 해준다는 게 불가능한 사람이 되기도 했다. 그녀를 대할 때 현실로 가는 길은 언제나 열어두고 도피의 길은 어렵게 하면서 적극적이고 확정적인 주장을 할 필요가 있었다. 하지만 광기의 두름성, 그 탁월함은 장애물을 넘거나 돌아서 침입하는 물의 변통성과 유사하다. 그것을 막으려면 많은 사람들이 연합하여 전선을 구축해야 한다. 그는 이번에는 니콜이 스스로를 치료할 필요가 있다고 생각했다. 그녀가 이전의 일들을 기억해내고 그것들에 대해 반발할 때까지 기다리고 싶었다. 그는 한 해 전에 완화한 치료 계획을 다시 시작하기로 계획하며 지겨운 기분이 들었다.

그는 병원으로 가는 지름길인 언덕길로 방향을 틀었다. 그리고 산의 측면과 나란하게 뻗은 짧은 직선거리를 오르려 가속 페달을 밟는데 차가 급격히 왼쪽으로 꺾이더니 다시 오른쪽으로 꺾이면서 한쪽 바퀴가 지면에서 떨어져 차체가 기울었다. 니콜이 그의 귀에 대고 비명을 지르는 가운데, 딕이 핸들을 움켜쥔 그녀의 미친 손을 떼어 짓누르는데 차가 균형을 잡는가 싶더니 곧 한 번 더 옆으로 꺾여 도로 밖으로 튀어 나갔다. 차는 낮게 자란 덤불숲을 가르며 내려가다가 다시 한 번 기울고는 나무에 직각으로 부딪치고 기운 쪽이 천천히 땅에 내려앉았다.

아이들은 비명을 지르고 있었고 니콜은 욕과 함께 비명을 지르며 딕의 얼굴을 쥐어뜯으려 들었다. 먼저 차의 기울기를 생각하다가 감이 안 잡히자 딕은 니콜의 팔을 구부려 밀어놓고는 위로 넘어 차에서 내린 다음 아이들을 들어 내렸다. 그러고 나서 차의 상태가 안정된 것을 보았다. 무슨 조치를 취하기에 앞서 그는 그대로 선 채 부들부들 떨면서 씩씩거렸다.

"당신……!" 그가 소리 질렀다.

그녀는 뻔뻔스럽게, 두려워하지 않고, 태연하게, 재미있어 죽겠다는 듯 웃고 있었다. 그 장면을 보면 아무도 그녀가 사고를 초래했다고 생각하지 않았을 것이다. 그녀는 어린 시절 장난스런 도피 후에 웃는 아이처럼 웃었다.

"겁먹었죠?" 그녀가 그를 힐난했다. "살고 싶으니까!"

그녀가 얼마나 힘 있게 말했는지 그는 충격을 받은 상태에서 자신이 진짜 겁먹었는가 싶었다. 그러나 부모를 번갈아 바라보는 긴장된 아이들의 얼굴을 보자 그는 히죽거리는 그녀의 낯짝을 으깨어 젤리로 만들고 싶은 마음이 들었다.

거기서 구불구불한 도로를 따라 반 킬로미터 정도 가면 여인숙이 있었다. 하지만 바로 머리 위쪽에 있어서 비탈을 오르면 100야드 정도의 거리였다. 그 건물의 한쪽 옆이 언덕 위 수풀 사이로 보였다.

"톱시 손을 잡아라." 그가 러니어에게 말했다. "그렇게, 꼭 잡아, 그리고 저 언덕을 올라가…… 저 작은 오솔길 보이지? 여인숙에 가서 'La voiture Divare est cassée(다이버 댁 차가 고장 났어요)'라고 해. 거기 있는 누구든 즉시 내려와야 해."

러니어는 무슨 일이 일어났는지 확실히 몰랐지만 음울하고 전례 없는 무언가를 눈치채고 그에게 물었다.

"아빠는 뭘 하실 건데요?"

"엄마랑 아빠는 여기 차 옆에 있을 거야."

두 아이는 가면서 아무도 엄마를 바라보지 않았다. "저 위에 있는 길 건널 때 조심해! 차 오나 양쪽 잘 보고!" 딕이 올라가는 아이들에게 외쳤다.

그와 니콜이 서로 마주 보았다. 같은 집에서 안뜰을 사이에

두고 양쪽에서 마주 보는 창문이 빛을 반사해 번쩍이는 것 같았다. 그러다가 그녀는 콤팩트를 꺼내 거울을 들여다보고 관자놀이의 머리칼을 매만졌다. 딕은 아이들이 비탈길 중간쯤까지 올라가다가 소나무숲에 가려 안 보일 때까지 잠시 지켜보았다. 그러고 나서 자동차 둘레를 돌며 얼마나 손상을 입었는지 살펴보고 어떻게 차도까지 끌어올릴 수 있을지 궁리했다. 그는 자동차가 100피트 넘는 거리를 흔들리며 지나온 경로를 흙 자국을 보고 추적해볼 수 있었다. 그는 분노와는 다른 격렬한 혐오감으로 가득 찼다.

몇 분 뒤 여인숙 주인이 뛰어 내려왔다.

"하느님 맙소사!" 그가 소리쳤다. "어쩌다 이렇게 됐어요, 속력을 냈나요? 정말 운이 좋았어요! 저 나무만 아니었으면 언덕 아래로 굴러 떨어질 뻔 했어요!"

폭이 넓은 검정색 앞치마를 걸치고 둥실둥실한 얼굴에 땀을 흘리고 있는 에밀의 박진감을 이용해 딕은 니콜에게 에밀의 도움을 받아 내리라고 덤덤히 신호했다. 니콜은 낮은 쪽을 넘어 차에서 내렸지만 비탈이라 균형을 잃고 넘어져 무릎을 꿇었다가 일어났다. 남자들이 자동차를 움직이려고 애쓰는 것을 지켜보는 니콜의 표정이 반항적으로 변했다. 그녀가 그런 기분이 된 것조차 반가운 딕이 말했다.

"가서 아이들하고 기다려, 여보."

그녀가 가고 나서야 그는 니콜이 코냑을 마시고 싶어 했으며, 여인숙에 가면 그게 있으리라는 생각이 났다. 그는 에밀에게 자동차는 신경 쓰지 말라고 말했다. 운전사와 큰 차를 불러 차도로 끌어올리도록 할 생각이었다. 그들은 함께 서둘러 여인숙으로 올라갔다.

16

"어디론가 좀 떠나고 싶네." 그가 프란츠에게 말했다. "한 달쯤, 가능한 한 오래."

"못 할 게 뭐 있어? 그게 우리가 원래 합의한 거잖아. 계속 있겠다고 고집 부린 건 자네야. 만일 자네와 니콜이……"

"니콜과 같이 가고 싶지 않아. 혼자 가고 싶네. 지난번 일은 충격적이었어…… 내가 하루에 두 시간이라도 잔다면 그건 츠빙글리의 기적*일 거야."

"진짜 금욕의 휴가를 원하는군."

"금욕이 아니라 '부재'야. 이보게. 내가 베를린의 정신의학 학술 대회에 가면 자네가 평온을 유지해줄 수 있겠나? 니콜은 지난 3개월 동안 괜찮았어. 지금 간호사를 마음에 들어 하지. 아 정말, 내가 이런 부탁을 할 수 있는 사람이라고는 자네밖에

---

*스위스의 종교 개혁자 츠빙글리에 관한 여러 기적 중에는 사후에 가톨릭 군인들이 그의 시체를 화장했는데도 심장이 여전히 뛰더라는 이야기도 있다.

없어."

 프란츠는 자기가 앞으로도 어김없이 동업자의 사정에 항상 마음을 쓸 수 있을까 생각하며 불만스러워 끙끙거렸다.

 그다음 주 딕은 취리히에서 차를 타고 공항으로 가 뮌헨행 대형 비행기에 올랐다. 큰 소음과 함께 창공으로 날아오르는 비행기 안에서 그는 자신이 얼마나 피곤한지 깨닫고 정신이 멍했다. 광대한 평온이 설득력을 가지고 그를 엄습했고 그는 병은 병자에게, 소리는 모터에게, 방향은 조종사에게 내어주었다. 그는 학술 대회에 가더라도 회의엔 단 한 번도 참석할 생각이 없었다—그는 그게 어떨지 충분히 짐작할 수 있었다. 집에 돌아가서 보면 더욱 잘 소화할 수 있을 블로일러와 노(老) 포렐*의 새 소논문들, 환자의 치아를 뽑거나 편도선을 지져서 조발성 치매를 치료했다는 그 미국인의 논문, 미국이 부유한 강대국이라는 이유 하나로 그 발상이 부를 조롱 섞인 존경. 다른 미국 대표단—무한한 끈기로 양쪽 세계에 양다리를 걸친 성자 같은 얼굴의 빨강 머리 슈워츠, 비굴한 얼굴을 가진 수십 명의 영리 위주 정신의학 전문의. 이들이 거기에 참석하는 이유는 자신들의 위상을 높여서 수지맞는 범죄 관련 일을 더 많이 받기 위한 것이기도 하고 한편으로는 모든 가치 기준이 무

---

*August Forel(1848~1931). 스위스의 정신의학자. 역시 정신의학자인 오스카 포렐의 아버지.

한한 혼동에 빠짐에도 불구하고 그들의 업무에 반영할 수 있는 새로운 궤변들에 정통하기 위한 것이기도 했다. 대회장에는 냉소적인 라틴계들도 있을 것이고 빈에서 오는 프로이트의 사람도 있을 것이다. 참석자들 가운데 생각을 분명히 표현하는 사람으로는, 인류학의 숲과 남학생의 신경증 사이를 편력하는, 온후하면서도 대단히 왕성한 원기를 가진 위대한 융이 있을 것이다. 대회의 시작은 방식과 격식 면에서 거의 로터리클럽 같은 미국적 색채를 띨 것이다. 그러면 긴밀하게 결속된 유럽인들의 활력이 그에 지지 않으려고 분투할 것이다. 그리고 마지막으로 미국인들은 어마어마한 기증과 기부, 거대한 시설 설비와 연수원 설립을 발표하는 등 비장의 무기를 꺼낸다. 그러면 그 숫자 앞에서 유럽인들은 안색이 새파래져 꼬리를 내린다. 하지만 딕은 그 자리에 없어 그것을 확인하지 못할 것이다.

  비행기는 포어아를베르크의 알프스 산 가장자리를 지났다. 딕은 마을들을 내려다보며 목가적인 기쁨을 느꼈다. 시야에 언제나 네다섯 개의 마을이 있었고, 모든 마을은 교회를 중심으로 모여 있었다. 멀리 떨어진 곳에서 바라보는 지구는 단순해 보였다. 인형과 병정으로 지겨운 놀이를 하는 것과 같은 정도의 단순함. 그것은 정치가와 지휘관 및 모든 은퇴한 사람들이 사물을 보는 시각이었다. 어쨌든 그것은 닉에게 충분한 안도감을 주었다.

통로 건너편의 영국 남자가 그에게 말을 걸었지만 그는 근래 영국인들이 왠지 비위에 거슬렸다. 그에게 영국은 파멸적인 음주 방탕에 빠졌다가, 가족들이 보기에는 그가 자존심을 회복해서 이전의 지배력을 강제로 취하려고 그런다는 게 뻔한데도 가족 개개인과 이야기함으로써 모두의 환심을 사는 돈 많은 남자와도 같았다.

딕은 《센추리》, 《모션 픽처》, 《일뤼스트라시옹》, 《플리겐더 블래터》 등 공항 터미널에 보이는 잡지를 모두 사 가지고 있었다. 하지만 마을로 내려가 시골 사람들과 악수하는 상상을 하는 쪽이 더 즐거웠다. 그는 버펄로의 아버지 교회로 가 주일의 필수품인 풀 먹인 옷을 입은 사람들 사이에 앉았다. 그리고 그 유쾌한 교회에서 근동의 지혜의 말씀을 들었다, 십자가에 못 박혀 돌아가시고 묻히셨으며……. 그리고 뒤에 앉은 여자애를 의식하고는 헌금 접시에 5센트를 넣을지 10센트를 넣을지 다시금 고민했다.

그 영국인이 짧게 말을 걸더니 뜬금없이 잡지책들을 빌려 갔다. 딕은 잡지들이 자기 손을 떠나 잘됐다고 여기고 자기 앞에 놓인 여행을 상상했다. 오스트레일리아산 긴 실로 짠 양 껍질을 뒤집어쓴 늑대가 된 것 같은 그는 쾌락의 세계를 상상해보았다—농경에 알맞은 오랜 흙이 몸통에 두껍게 엉겨 붙은 올리브나무들이 있는 불멸의 지중해, 금박으로 장식된 기도서의 색처럼 푸릇하면서 분홍빛이 도는 얼굴을 가진 사보나*

근방의 시골 처녀. 그녀를 꾀어낸 다음 납치해서 국경을 건너……

……하지만 그는 그녀를 버렸다—그는 그리스의 군도를 향하여 길을 재촉해야 한다. 낯선 항구의 뿌연 바닷물, 바닷가에 버려진 길 잃은 처녀, 유행가에 나오는 달빛. 딕의 마음의 일부는 소년기의 유치한 기념품들로 이루어져 있었다. 하지만 그 약간 어수선한 싸구려 잡화점 속에서도 그는 용케 총명의 고통스러운 불꽃을 꺼뜨리지 않았다.

17

토미 바르방은 지배자였다. 토미는 영웅이었다—뮌헨의 마리엔 광장, '태피스트리' 매트에다 주사위를 던지며 작은 노름을 하는 사람들이 있는 종류의 카페들 중 한 군데서 딕은 우연히 그와 마주쳤다. 정치 이야기와 카드 치는 소리로 왁자한 분위기였다.

토미는 테이블에 앉아 특유의 군인다운 웃음을 웃고 있었다. "푸하–하하! 푸하하하!" 그는 대체로 술을 거의 마시지 않았다. 그의 전문 분야는 배짱이었으며 동료들은 언제나 그를

*지중해 제노바 만에 면한 항구 도시.

약간 두려워했다. 최근에 그의 두개골 8분의 1이 바르샤바 의사의 수술로 절단되었고, 머리칼에 가린 그 부위가 아무는 중이었다. 그래서 카페에 있는 사람 중 가장 약한 사람이라도 냅킨으로 매듭을 만들어 후려치는 정도로 단번에 그를 죽일 수 있었을 것이다.

"여기는 칠리체프 공작이고······" 지친 잿빛 혈색의 쉰 살 먹은 러시아인이었다. "그리고 여기는 매키번······ 그리고 해넌······" 마지막에 소개된 인물은 어릿광대 노릇을 하는, 눈과 머리가 검은 팔팔한 녀석이었다. 그는 소개받자마자 곧바로 딕에게 다음과 같이 말했다.

"악수하기 전에, 당신 우리 숙모와 놀아나서 대체 뭐하자는 거요?"

"아니 무슨······"

"알면서. 좌우간 여기 뮌헨에서 뭐하는 거요?"

"푸하―하하!" 토미가 웃었다.

"형씨는 숙모도 없어요? 가서 형씨 숙모하고나 놀지그래?"

딕이 웃었다. 그러자 그자는 공격 방식을 바꿨다.

"자, 숙모들 얘기는 더 이상 하지 맙시다. 형씨가 그 얘기를 꾸며냈는지 아닌지 내가 어찌 알겠소? 우린 만난 지 30분도 안 된 생면부지의 초면 아니오, 그런데 자기 숙모들에 관한 황당무계한 이야기를 들고 오다니. 형씨가 자신에 대해 뭘 숨기고 있는지 내가 어떻게 알겠소?"

토미가 다시 웃고는 온화하지만 단호한 말투로 말했다. "됐어 그만해, 칼리. 어서 앉게, 딕, 잘 있었나? 니콜도 잘 있고?"

토미는 남자라면 그 누구도 별로 좋아하지 않았고 남자들 가운데 있어도 그들이 있는 것을 별로 의식하지 않았다—그는 전투에 나가는 사람답지 않게 굉장히 느긋했다. 어떤 경기에서든 뛰어난 선수는 후방 수비에 포진해 있는 동안 실제로 휴식을 취하지만, 이류 선수들은 쉬는 척만 할 뿐 지속적이고 자기 파괴적인 신경의 긴장을 늦추지 못하는 것과 마찬가지 이치다.

해넌은 완전히 가라앉지 않은 채 옆에 있는 피아노 앞으로 옮겨 갔다. 그리고 딕을 볼 때마다 거듭 적의를 표출하며, 피아노를 치는 사이사이 '당신 숙모들'이라는 말을 투덜거리듯 내뱉었다. 그리고 곡이 끝나가는 부분에서는 이렇게 불렀다. "아무튼 숙모라고 하지 않았네. 나는 바지*를 말한 거라네."

"그래, 잘 있었어?" 토미가 다시 물었다. "자네 몰골이……" 그는 애써 적절한 표현을 생각했다. "……그리 말쑥해 보이지 않는데. 전엔 안 그러더니, 그리 깔끔하지가 않아, 무슨 말인지 알 테지."

그 말은 활력이 없어 보인다고 짜증나게 나무라는 말 비슷하게 들려서 딕은 토미와 칠리체프 공작이 입고 있는 이상한

---

*pants(바지)와 aunts(숙모들)의 발음이 비슷한 점을 이용한 말장난.

양복에 대한 촌평으로 반박하려고 했다. 재단도 모양새도 별나서 그것을 입고 일요일에 빌 스트리트*를 어슬렁거리면 어울릴 법한 양복이었다—그가 말을 꺼내기도 전에 설명이 뒤따랐다.

"우리 옷을 보고 있군요." 공작이 말했다. "우리는 이제 막 러시아에서 나온 참이죠."

"이 옷들은 폴란드의 궁정 양복장이가 만든 거야." 토미가 말했다. "정말이야. 피우수트스키**의 전속 양복장이라고."

"여행했어?" 딕이 물었다.

그들은 웃었다. 공작은 토미의 등을 가볍게 치면서 과도하게 웃었다.

"그래, 여행했지. 맞아, 여행이지. 러시아를 죽 둘러봤으니까. 당당하게."

딕은 설명이 이어지기를 기다렸다. 설명은 매키번이 한 마디로 해주었다.

"탈출한 거요."

"그럼 모두 러시아에서 잡혀 있었던 겁니까?"

"갇혔던 건 나요." 칠리체프 공작이 설명했다. 그의 흐리멍덩한 노란 눈이 딕을 응시했다. "감옥에 있던 건 아니고 숨어 있었죠."

---

*미국 테네시 주 멤피스의 흑인 거리. 블루스 음악의 발상지로 알려져 있다.
**Józef Piłsudski(1867~1935). 1920년대 폴란드의 독재자.

"탈출할 때 고생이 많았겠군요?"

"고생 좀 했죠. 우리는 국경에서 적위군* 세 명을 죽였소. 토미가 둘……" 그는 프랑스인답게 손가락 두 개를 세워 보였다. "나는 하나."

"그게 나는 이해가 안 돼." 매키번이 말했다. "왜 그들이 공작을 떠나지 못하게 했는지."

해넌이 피아노를 치다 말고 사람들에게 눈을 찡긋해 보이고는 말했다. "매키번은 마르크스주의자를 세인트마크스** 졸업생으로 알아."

그것은 탈출기의 백미였다—옛 하인과 함께 9년 동안 숨어서 국영 제과업체에서 일한 귀족, 그리고 파리에 살며 토미 바르방을 알고 있던 열여덟 살 먹은 딸…… 이야기를 듣는 동안 딕은 얼굴이 종이 반죽으로 만든 바짝 마른 가면 같은 이 과거의 유물은 세 젊은이의 목숨과 맞바꿀 가치가 전혀 없다는 결론을 내렸다. 토미와 칠리체프에게 두려웠느냐는 질문이 나왔다.

"추웠을 때." 토미가 말했다. "나는 추우면 항상 겁이 나. 전쟁 중에도 추울 때면 항상 두려워졌지."

매키번이 일어섰다.

"나는 이만 가봐야겠습니다. 내일 아침에 집사람과 아이들, 그

---

*여기서 '적위군'은 소련군을 말한다. 대화의 배경은 1920년 소련과 폴란드 간의 전쟁이다.
**St. Mark's. 미국 매사추세츠 주 사우스버러에 있는 사립 고등학교. 영어로 Marx와 Mark's가 똑같이 발음되는 점을 가지고 놀리는 것이다.

리고 가정교사까지 데리고 인스부르크까지 운전을 해야 해서요."

"저도 내일 거기에 갑니다." 딕이 말했다.

"아, 그래요?" 매키번이 외쳤다. "우리와 같이 가는 게 어때요? 대형 패커드 승용차에 저와 집사람과 아이들과…… 가정교사밖에는……"

"제가 어떻게……"

"물론 그 여자는 진짜 가정교사가 아닙니다." 매키번이 약간 애처롭게 딕을 바라보았다. "사실은 우리 집사람이 다이버 씨의 처형 베이비 워런을 압니다."

하지만 충분한 내용을 잘 모르는 일에 말려들 딕이 아니었다.

"같이 가기로 약속한 사람들이 있어요, 남자 둘이죠."

"아." 매키번의 안색이 어두워졌다. "그럼 이만 작별 인사를 해야겠군요." 그는 가까운 테이블 다리에 매어두었던 털이 뻣뻣한 테리어 두 마리를 챙기려 자리에서 일어났다. 딕은 매키번과 아이들과 여행 가방과 요란하게 짖어대는 개를…… 그리고 가정교사를 빽빽하게 태운 패커드가 인스브루크를 향해 힘차게 달리는 모습을 상상했다.

"신문을 보니 살인자가 누군지 밝혀졌다는군." 토미가 말했다. "하지만 사고 장소가 불법 술집*이라서 사촌들이 신문에 그게 실리는 걸 원치 않는대. 어떻게 생각해?"

*1919년에서 1933년까지 미국에서는 금주법이 시행되고 있었다.

"그런 걸 가문의 긍지라고 하지."

해넌은 주의를 끌기 위해 피아노 코드를 세게 때렸다.

"내 생각엔 그의 첫 작품은 오래가지 않을 거야." 그가 말했다. "유럽인들을 제외하더라도 노스가 한 걸 할 수 있는 미국인만 해도 십여 명은 돼."

이것으로 딕은 그들이 에이브 노스 이야기를 하고 있다는 것을 처음으로 알게 되었다.

"에이브가 제일 먼저 했다는 게 다를 뿐이지." 토미가 말했다.

"나는 그렇게 생각하지 않아." 해넌이 계속 주장했다. "노스가 훌륭한 작곡가라는 명성을 얻은 건, 술을 너무 많이 마시니까 친구들이 어떡하든 그를 위한 해명을 해주어야 했던 거지……"

"에이브 노스가 뭐 어떻게 됐는데? 무슨 일이야? 그 친구가 곤경에 처하기라도 했어?"

"오늘 아침 〈헤럴드〉 못 봤어?"

"응, 못 봤어."

"에이브가 죽었어. 뉴욕의 불법 술집에서 맞아 죽었어. 가까스로 라켓 클럽*까지 기다시피 해서 갔지만 거기서 그만 죽고 말았네……"

"에이브 노스가?"

"응, 그렇다니까, 그들이……"

---

*뉴욕 시 파크 애버뉴 52~53가에 있는 비공개 클럽. 이어서 등장하는 하버드 클럽은 뉴욕 시 웨스트 44가에 있는 하버드 동문의 비공개 클럽을 말한다.

"에이브 노스가?" 딕이 벌떡 일어섰다. "정말 그 친구가 죽었어?"

해넌이 뒤돌아 매키번에게 말했다. "노스가 기어간 곳은 라켓 클럽이 아니야, 하버드 클럽이었어. 그 친구는 라켓 클럽 회원이 아닌 게 분명해."

"신문에 그렇게 났는걸." 매키번이 우겼다.

"실수한 게 틀림없어. 분명해."

"불법 술집에서 맞아 죽었다니."

"마침 내가 라켓 클럽 회원들 대부분을 알고 있거든." 해넌이 말했다. "틀림없이 하버드 클럽이었을 거야."

딕이 다시 일어섰다. 토미도 일어섰다. 칠리체프 공작은 힘없이 아무것도 아닌 생각에 깊이 빠져 있다가 움찔하더니 그들을 따라 일어섰다. 어쩌면 러시아에서의 탈출 가능성에 대한 것이었을지도 모른다. 너무 오랫동안 마음을 사로잡은 문제였기 때문에 그가 금방 그것을 떨칠 수 있을지 의문이었다.

"불법 술집에서 맞아 죽었다니."

딕은 어떻게 호텔까지 갔는지 몰랐다. 가는 길에 토미가 말했다.

"우리는 파리에 가려고 양복을 맞추고 준비가 다 되기를 기다리고 있어. 나는 증권 일을 하려고 하는데 이런 차림으로 나타나면 아무도 안 받아줄 거야. 자네 나라에서는 사람들이 모두 큰돈을 벌고 있지. 정말 내일 떠날 건가? 자네와 함께 저녁 식사도 못 하는데. 공작이 뮌헨에 옛날 애인이 있었던 것 같은데 전화를 해보니까 5년 전에 죽었다는 거야. 그래서 그 여자의 두 딸과 저녁을 먹기로 해서 말이야."

공작이 고개를 끄덕했다.

"진작 알았으면 다이버 박사님도 함께 가도록 준비할 수 있었을 텐데."

"아뇨, 아뇨." 딕이 황급히 말했다.

그는 깊이 잠들었다. 그리고 창문 앞을 지나는 느리고 슬픔에 잠긴 행진 소리에 잠을 깼다. 낯익은 1914년의 철모를 쓴 군복 차림의 사람들이 긴 종대를 지어 지나갔다. 프록코트에 실크해트 차림으로 밀집해서 가는 사람들, 그 가운데 시민, 귀족, 평민이 섞여 있었다. 망자의 무덤에 화환을 놓으러 가는 재향군인회의 행진이었다. 종대를 지은 행렬은 상실된 장엄, 과거의 수고, 망각된 슬픔을 기념하며 천천히 뽐내듯 걸었다. 그들의 얼굴에 어린 슬픔은 형식적인 것이었을 뿐이지만, 딕은 에이브의 죽음을 애도하며, 자신의 10년 전의 젊음을 애도하며 잠시 가슴이 터질 듯했다.

18

해 질 무렵 그는 인스브루크에 도착했다. 사람을 시켜 짐을 호텔로 보내고 시내를 걸었다. 애도하는 사람들의 동상 위에서 무릎을 꿇고 기도하는 막시밀리안 황제의 동상이 석양빛을 받고 있었다. 인스브루크 대학교 정원에서 예수회 수련 수사 넷이 천천히 걸으며 무언가 읽고 있었다. 옛 공성의 유물들, 결혼식, 기념제는 해가 지자 곧 자취를 감췄다. 그는 작은 소시지를 잘게 잘라 넣은 완두콩 수프를 먹고 필스너 맥주 넉 잔을 마셨으며 '카이저슈마렌*'으로 알려진 푸짐한 디저트는 사양했다.

쑥 솟은 알프스 산맥이 보이지만 스위스는 멀었다. 니콜은 멀리에 있었다. 날이 완전히 어두워졌을 때 그는 정원을 거닐었다. 사랑하는 마음으로 니콜의 가장 좋은 면을 보듬고 그녀에 대하여 거리를 두고 생각했다. 그녀가 축축한 잔디 위를 총총걸음으로 온 적이 있었다. 그녀의 얇은 슬리퍼가 이슬에 흠뻑 젖었다. 그녀는 바싹 다가와 그의 발등을 밟고 서서 책을 펴 어느 한 페이지를 보이듯 그에게 얼굴을 쳐들어 보였다.

"나를 얼마나 사랑하는지 생각해봐요." 그녀가 속삭였다. "언제나 이렇게 사랑해주기를 바라진 않아요. 하지만 이 사랑을 기억해줘요. 내 안 어디엔가 항상 오늘 밤의 내가 있을 거예요."

그러나 딕은 자신의 영혼을 위하여 떠나왔다. 그는 그 생각을 하기 시작했다. 그는 길을 잃었다―언제 그랬는지, 어느

*건포도를 넣어 만든 팬케이크를 자른 오스트리아 디저트.

날, 어느 주, 어느 해에 그랬는지 알 수 없었다. 한때 그는 가장 복잡한 상황도 가장 쉬운 환자의 가장 간단한 문제처럼 풀며 모든 것을 헤치고 나아갔다. 취리히 호수의 돌 밑에서 꽃을 피우고 있던 니콜을 발견한 시점에서 로즈메리를 만난 시점에 이르는 어디에선가 그 예리함이 무뎌졌다.

그는 천성적으로 물욕이 없었지만 가난한 교구에서 분투하는 아버지를 보며 자란 탓에 그 천성에 돈을 바라는 마음이 결합되었다. 그것은 안전 보장을 바라는 건강한 욕구가 아니었다―니콜과 결혼할 당시만 해도 그는 어느 때보다 자신이 있었고 어느 때보다 자주적인 사람이었다. 하지만 그는 지골로*처럼 소모되었고 어째서인지 자신의 무기가 워런가의 안전 금고 안에 갇히도록 내버려두었다.

'유럽식이라면 신부의 지참금을 받았을 것이다. 하지만 아직 끝나지 않았다. 부자들에게 인간의 기본적인 품위를 가르치며 8년을 허송세월했지만 나는 끝나지 않았다. 내게는 아직 내놓지 않은 카드들이 있다.'

그는 담황색 장미 숲과 식별할 수 없는 습하고 향기로운 양치류 식물 화단 사이를 슬슬 거닐었다. 10월치고는 따뜻했지만 두꺼운 트위드 재킷의 밴딩처리된 칼라를 목 끝까지 여밀 정도로 선선한 날이었다. 검은 윤곽으로만 보이는 나무에서

---

*여자에게 돈을 받고 몸을 파는 남자.

한 사람의 모습이 분리되었다. 그는 그게 호텔 로비를 지나가며 본 여자라는 것을 알았다. 그는 이제 마주치는 모든 예쁜 여자들에게 반했다. 멀리에 보이는 여자의 모습에도, 벽에 드리운 여자의 그림자에도.

그녀는 딕을 등지고 도시 야경을 바라보고 있었다. 그가 성냥불을 긋는 소리를 분명 들었을 텐데도 그녀는 꼼짝도 하지 않았다.

―유혹일까? 아니면 아무것도 의식하지 못하고 있다는 표시일까? 그는 오랜 동안 단순한 욕망과 성취의 세상 밖에서 생활했다. 그래서 그는 서툴렀고 자신이 없었다. 잘은 몰라도 호젓한 온천 호텔을 떠돌아다니는 사람들 사이에 서로를 금방 알아낼 수 있는 어떤 식별법이 있는지도 모를 일이었다.

―어쩌면 그가 다음 신호를 보내야 하는지도 모른다. 처음 보는 아이들은 서로 바라보고 웃고는 "우리 놀자"라고 할 테니까.

그는 가까이 다가갔다. 그녀의 그림자가 옆으로 움직였다. 그가 어려서 들은 적이 있는 바람둥이 세일즈맨으로 오해를 받고 무시당할 수도 있었다. 탐사도 해부도 분석도 설명도 되지 않은 것과 접촉한다는 생각에 심장이 크게 두근거렸다. 별안간 그는 뒤돌아 갔다. 그러자 잎들과 함께 검은 조각 장식의 일부를 이루었던 여자도 거기서 떨어져 나오더니, 부드럽지만 단호한 발걸음으로 벤치를 돌아 나와 오솔길을 따라 호텔로 갔다.

딕은 가이드와 다른 남자 둘과 함께 비르카르슈피츠*에 오르려고 나섰다. 가장 높은 곳에 있는 방목장의 소들이 울리는 방울 소리가 나는 곳보다 더 위쪽으로 올라가니 기분이 좋았다. 딕은 오두막에서의 하룻밤을 고대했다. 몸의 피로를 즐기며, 가이드의 인솔을 즐기며, 자신의 익명성을 기뻐하며 보낼 시간을. 그러나 정오가 되자 날씨가 변하여 불길한 진눈깨비와 우박이 내리고 산중에 천둥이 울렸다. 딕과 등산객 중 한 사람은 계속 올라가길 원했지만 가이드는 거부했다. 유감스럽지만 그들은 다음 날 다시 오르기로 하고 힘겹게 산을 내려와 인스브루크로 돌아갔다.

텅 빈 식당에서 저녁 식사를 하고 그 지방의 진한 와인을 한 병 마신 그는 까닭 없이 들뜬 기분이 되었다. 그리고 정원에서의 일을 떠올렸다. 저녁을 먹으러 오는 길에 로비에서 그 여자와 마주쳤다. 이번에는 그녀가 그를 바라보고 좋다는 표시를 하자 그는 그 때문에 계속 마음이 불편했다. 왜? 내 평생 원하기만 하면 더 많은 예쁜 여자들을 가질 수 있었을 텐데, 왜 지금 와서 그러기 시작하는가? 욕망의 망령, 욕망의 부스러기 때문일까? 왜?

그의 상상은 계속 전개되었다―이전의 금욕주의, 사실상

---

*인스브루크 근처에 있는 높이가 2700미터인 카르벤델 산맥 중 가장 높은 산.

의 생소함이 승리를 거두었다. 아 정말이지, 그럴 바에야 리비에라로 돌아가 제니스 카리카멘토나 윌버헤이지 같은 여자와 자는 게 나을 것이다. 싸고 쉬운 무언가로 이 오랜 세월을 하찮은 것으로 만든다고?

그래도 들뜬 기분은 가시지 않았다. 그는 방으로 올라가 생각하기로 하고 식당 베란다에서 나왔다. 몸과 영혼이 홀로 있으면 외로움을 낳고 외로움은 더 큰 외로움을 낳는다.

그는 방 안을 빙빙 돌며 그 문제를 생각하다가 열이 약하게 나오는 것을 이용해 라디에이터에 젖은 등산복을 널었다. 그는 아직 뜯어보지 않은 니콜의 전보를 다시 마주했다. 그녀는 그의 여행 일정에 맞춰 매일 전보를 보내왔다. 저녁을 먹으러 내려가기 전에 뜯어보려다가 미룬 전보였다—아마 정원에서 있었던 일 때문에 미뤘을 것이다. 이제 보니 그것은 버펄로에서 취리히를 거쳐 전해진 전보였다.

　　자네 부친께서 오늘 밤 평화로이 돌아가셨네 _홈스

그는 충격에 크게 움찔하며 놀랐다. 저항의 세력이 집결하는 충격이었다. 그것은 둔부에서 배로, 배에서 목구멍으로 물밀듯 들이닥쳤다.

그는 전보를 다시 읽었다. 침대에 앉아 숨을 돌리며 앞을 응시했다. 그는 부모가 죽었을 때 어린아이가 하게 마련인 예의 이기적인 생각을 먼저 떠올렸다. 내 최초의 보호자, 가장 강한 보호자가 죽었는데 나는 이제 어떻게 될까?

어릴 때로 돌아간 그 생각은 지나갔다. 그는 여전히 방 안을 서성이다가 이따금 멈추어 전보를 보았다. 홈스는 아버지 밑에 있던 부목사였지만 지난 10년 동안 그 교회의 담임 목사나 마찬가지였다. 사망 원인은? 고령으로 돌아가셨다―일흔다섯이었다. 오래 사셨다.

아버지가 홀로 숨을 거두셨다는 게 마음 아팠다. 아버지는 아내를 먼저 저세상으로 보냈다. 아버지의 형제자매도 먼저 세상을 떠났다. 버지니아에 사촌들이 있기는 하지만 그들은 가난해서 그 위로 여행할 수 없었으므로 홈스가 전보에 서명해야 했다. 딕은 아버지를 사랑했다―그는 어떤 판단을 할 때마다 아버지였더라면 어떻게 생각하고 어떻게 행동했을까를 떠올렸다. 딕에게는 누나가 둘 있었는데 모두 그가 태어나기 몇 달 전에 어린 나이로 세상을 떠났다. 그러자 그의 아버지는 두 딸을 잃은 아내가 아들에게 미칠 영향이 어떨지 헤아리고 스스로 아들의 훈육 교사가 됨으로써 버릇을 잘못 들이지 않도록 지켰다. 그는 항상 지쳐 있었지만 스스로 분발해 그런 수고를 기울였다.

여름이면 아버지와 아들은 구두닦이에게 구두를 닦기 위하여 함께 시내까지 걸었다―딕은 풀 먹인 세일러복 차림이었고 아버지는 항상 훌륭하게 재단된 성직자복 차림이었다―

아버지는 잘생긴 어린 아들을 무척 자랑스러워했다. 그는 인생에 관하여 그가 아는 것을 아들에게 모두 말해주었다. 많은 것은 아니었지만 대부분 진실하고 단순한 것들, 목사라는 신분 이 지켜야 할 품행에 관한 문제들이었다. "내가 처음 수임을 받아 간 낯선 마을에서 한번은 사람들이 많은 곳에 간 일이 있었거든. 그런데 누가 집주인인지 모르겠는 거야. 마침 멀리 반대편 창가에 어떤 백발 할머니가 앉아 있는 것을 보고, 나는 내가 아는 몇 사람이 내게 다가오는 것도 무시하고 그 할머니에게 가서 나를 소개했단다. 그러고 나니 마을에 새 친구가 많이 생기더구나."

그것은 아버지의 상냥한 마음에서 나온 것이었다—아버지는 자신이 어떤 사람인지에 대한 확신이 있었고 '좋은 직관', 명예, 예의 바름, 용기보다 상위인 것은 없다고 믿도록 그를 키운 두 사람, 자부심이 대단한 두 미망인을 마음속 깊이 자랑스러워했다.

아버지는 늘 아내가 남긴 얼마 되지 않는 재산은 아들의 것이라고 여기고, 학부와 의과 대학원을 다니는 동안 매년 네 차례에 걸쳐 학비로 전부 보내주었다. 그는 남북전쟁 직후 대호황 시대의 사람들이 그에 대해 우쭐한 기분으로 다음과 같이 최종적인 결론을 내리듯 말했을 사람이었다. "그는 아주 신사이기는 하지만 패기라고는 별로 없어."

……딕은 신문을 가져다달라고 했다. 거울 달린 옷장 위에

놓인 전보 앞에 갔다가 멀어졌다 서성이기를 여전히 반복하면서 그는 미국행 배편을 골랐다. 그리고 취리히의 니콜에게 전화를 걸었다. 니콜이 전화 받기를 기다리는 동안 아주 많은 것들을 떠올리면서, 그리고 마음먹은 대로 항상 좋은 사람이었더라면 좋았을 것을 하고 생각하면서.

19

딕의 눈에 비친 고국의 장엄한 얼굴 뉴욕 항은 한 시간 동안 지속된 아버지의 죽음에 대한 마음속 깊은 곳으로부터의 반응과 합쳐져 몹시 우중충하면서도 눈부시게 아름다워 보였다. 하지만 일단 뭍에 오르자 그 기분은 사라져 다시는 찾아오지 않았다, 거리에서도 호텔에서도 버펄로로 가는 기차 안에서도, 다시 거기서 아버지의 시신을 모시고 남쪽 버지니아로 가는 길에서도. 웨스트모어랜드 군(郡) 점토 지대의 낮은 숲 속을 지역 열차가 어기적거리며 지나갈 때에야 비로소 그는 다시 주변 환경과 동질감을 느끼게 되었다. 그는 기차역에서 옛날에 알던 별과 체서피크 만 위에 걸린 차갑게 빛나는 달을 보았다. 작은 짐마차의 바퀴가 삐걱삐걱 지나가는 소리와 실체 없는 아름다운 목소리, 부드러운 인디언 이름을 가진 완만한 원시의 강들이 부드럽게 흐르는 소리가 들렸다.

다음 날 아버지의 시신이 다이버 집안, 도시 집안, 헌터 집안의 수많은 이들이 묻힌 교회 묘지에 안장되었다. 아버지 주변에 친척들이 모두 모여 있어 크게 안심되었다. 흙을 덮고 아직 다지지 않은 갈색 땅 여기저기에 꽃이 놓였다. 딕은 이제 여기에는 더 이상 연고가 없으므로 다시는 올 일이 없을 것이라고 생각했다. 그는 단단한 땅바닥에 무릎을 꿇었다. 죽어 있는 이 사람들, 모두 그가 아는 사람들이었다. 파란 눈이 번득이는 풍상에 거칠어진 얼굴, 야위고 격렬한 몸, 숲이 우거진 17세기의 어둠 속에서 새 흙으로 빚어진 영혼을 가진 그들이었다.

"안녕히 계세요, 나의 아버지…… 안녕히 계세요, 나의 모든 선조여."

긴 지붕이 덮고 있는 기선 선착장은 더 이상 여기도 아니고 아직 저기도 아닌 어중간한 지점에 있다. 몽롱한 누런빛의 둥근 천장 아래는 메아리쳐 울리는 소리로 가득했다. 화물차가 우르릉거리는 소리, 트렁크를 쿵쿵 놓는 소리, 기중기가 귀에 거슬리게 달각거리는 소리, 처음 맡게 되는 바다의 짠 내음. 사람들이 시간이 있는데도 서두른다. 과거는, 대륙은 뒤에 있다. 미래는 배 옆의 빛나는 입구에 있다. 어스레하고 떠들썩한 뒷골목 같은 선창은 너무나도 헷갈리는 현재이다.

전차에 오르고 나면 눈에 비치는 세상의 모습이 자동으로 조정되어 좁아진다. 안도라*보다 작은 공국의 공민이 되어 더 이상 아무것도 확신하지 못한다. 사무장의 책상 앞에 앉은 남자들은 선실만큼이나 생긴 모양새가 이상하다. 여행자들과 그 친구들의 눈이 오만하다. 그다음으로 쓸쓸한 기적 소리가 크게 울리면 불길한 진동과 함께 배가, 인간의 고안물이⋯⋯ 움직이는 것이다. 부두와 그곳의 여러 모습들이 미끄러져 가고 잠시 동안 배는 그 모습들 가운데서 잘못해서 떨어져 나온 조각 같다. 부두의 모습들이 멀어짐에 따라 아무것도 들리지 않는다. 부두는 해안가의 많은 흐릿한 형체 중 하나가 된다. 그리고 항구는 쏜살같이 바다를 향하여 흐른다.

그것과 함께 신문들에서 그 배의 가장 소중한 화물이라고 부르는 앨버트 매키스코가 흐르고 있었다. 그는 인기를 모으고 있었다. 그의 소설들은 동시대 최고 작가들의 작품을 모방한 것들이었다. 모방이라고 해서 가볍게 볼 재주는 아니었다. 게다가 그는 차용하더라도 딱딱한 것을 부드럽게 하고 수준 높은 것을 낮게 하는 재능이 있어서 이해하기 쉬운 글로 많은 독자들을 사로잡았다. 성공은 그를 향상시키기도 하고 겸허하게 만들기도 했다. 그는 자신의 능력이 어떤지 모르는 바보가 아니었다―그는 자신에게는 우월한 재능을 가진 많은 사람들보다 더 큰 활력이 있다는 것을 깨닫고, 자신이 성취한 성공을

---

*프랑스와 스페인 사이의 피레네 산맥에 위치한 인구 2만 정도의 작은 공국.

즐기리라고 단단히 마음먹고 있었다. "아직은 아무것도 이룬 게 없습니다." 그는 그렇게 말하곤 했다. "내게는 진정한 천재성이 없어요. 하지만 계속 노력하다 보면 좋은 책을 쓰게 되겠죠." 더 약한 다이빙대에서도 훌륭한 다이빙을 성취하는 사람들이 있다. 과거에 수없이 무시받던 일들은 잊혔다. 그뿐 아니라 토미 바르방과의 결투는 그의 성공에 심리적인 토대가 되어주었다. 이것을 기초로 해서, 한편으론 그 기억이 잊혀가는 가운데, 그는 다시 새 자긍심을 창조해냈다.

항해 이틀째 되는 날 그는 딕 다이버를 발견하고 망설이며 지켜보다가 다가와 친근하게 자기를 기억하냐며 이름을 밝히고 옆에 앉았다. 딕은 읽던 책을 덮었다. 그리고 몇 분 지나 매키스코가 다른 사람이 되었으며 그에게서 짜증스러운 열등감이 자취를 감췄음을 깨닫자 그와 이야기하는 게 즐거웠다. 매키스코는 괴테보다 더 다방면에 걸쳐 '박식'했다—그가 자기 의견이라고 말하는 수많은 생각을 조합하여 유창하게 말하는 것을 듣는 게 재미있었다. 그들은 친분을 쌓기 시작했고 딕은 그들 부부와 여러 번 식사를 함께 했다. 매키스코 부부는 선장의 식탁에 함께 앉도록 초청을 받았지만 딕에게 "저 무리를 견딜 수 없다"고 새로 생긴 우월감을 가지고 말했다.

바이올렛은 매우 호화로웠다. 화려한 유명 디자이너 의상으로 빼입고 작은 발견들에 황홀해하는 십대의 양갓집 규수들 같았다. 그런 것들은 보이시의 어머니로부터 배웠는지도 모르지만 그녀의 영혼은 우울하게도 아이다호의 작은 영화관들 안에서 생겨났다. 게다가 그녀는 자기 어머니를 싫어했다. 바야흐로 그녀는 사교적으로 '버젓했다'—다른 수백 만 명의 사람들과 함께—그리고 행복했다. 그녀가 심하게 순진하게 굴 때면 남편이 쉬잇 해서 입 다물게 하기는 하지만.

 매키스코 부부는 지브롤터에서 내렸다. 이튿날 저녁 나폴리에서 딕은 두 딸과 그들의 어머니로 이루어진 어찌할 바를 모르는 불쌍한 가족을 호텔에서 기차역으로 가는 버스에서 알게 되었다. 배에서도 본 사람들이었다. 그들에게 도움이 되고 싶은 마음 내지는 찬탄을 받고 싶은 마음이 그를 압도했다. 그는 그들에게 향락의 단편을 보여주었다. 시험적으로 그들에게 와인을 사주었다. 그리고 그들이 적당히 자부심을 회복하는 것을 즐거운 마음으로 보았다. 그는 속으로 그들을 이런저런 사람이라고 가정했으며, 이 가정 속에서 그들은 그가 설정한 스토리에 부합했지만 결국 그의 환상을 유지하지 못하게 할 정도로 술에 취했다. 그러는 동안 여자들은 이것을 뜻밖의 횡재로 생각하고 있을 뿐이었다. 날이 밝아오자 그는 그들을 두고 자리에서 물러났으며 기차는 카시노와 프로시노네에서 흔들거리며 거칠게 증기를 내뿜었다. 로마의 기차역에 도착했을 때 이상한 미국식 작별 인사를 나누고 나서 딕은 다소 지친 몸을 이끌고 퀴리날 호텔로 갔다.

 프런트에서 그는 갑자기 눈을 동그랗게 뜨고 고개를 쳐들었다. 마치 위벽을 후끈하게 하고 뇌에 열기를 밀어 올리는 알코올 기운이 작용하는 듯한 모습으로 그는 그가 보려고 온 사람을 보았다. 지중해를 횡단해서 보려던 사람을.

동시에 로즈메리도 그를 보았다. 그가 누구인지 생각나기도 전에 그를 보았다는 표시를 하고 나더니 깜짝 놀라면서 그를 다시 바라보았다. 그리고 함께 있던 여자를 내버려두고 그에게 서둘러 달려왔다. 그는 몸을 똑바로 세우고 숨을 죽이고는 그녀를 향해 돌아섰다. 검은 겨자 씨 기름을 먹이고 편자에 광을 낸 젊은 말처럼 단장된 모습으로 로비를 가로질러 오는 그녀의 아름다운 모습을 보고 그는 깜짝 놀라 눈이 확 뜨였다. 그 모든 게 너무 빠르게 일어나 그는 피로를 최대한 감추는 것 말고는 달리 할 수 있는 게 없었다. 꿈꾸는 듯한 눈을 한 자신감 넘치는 그녀를 맞이하기 위하여 그는 다음과 같은 내용을 암시하는 위선적인 시늉을 지어 보였다. '여기서 만나다니…… 세상 하고많은 사람들 중에 로즈메리를.'

그녀는 장갑 낀 손으로 프런트 위에 놓인 그의 손을 감쌌다. "딕…… 우리는 지금 〈로마의 장엄〉을 찍고 있어요…… 적어도 그렇다고 생각하고 있어요. 언제 중단될지 모르지만."

그는 그녀를 뚫어지게 바라보았다. 수줍어하게 만들어, 면도를 하지 않은 얼굴과 입은 채로 잠을 자 구겨진 셔츠 칼라를 자세히 보지 못하게 하려는 속셈이었지만, 다행히도 그녀는 서둘러 가야 했다.

"안개가 11시면 올라오기 때문에 일찍 시작하는 거예요. 2시에 전화해요."

딕은 객실에 들어와 자신의 몸과 마음을 차분히 가라앉혔다. 정오에 깨워달라는 서비스를 요청한 다음 옷을 벗고는 글자 그대로 깊은 잠에 빠졌다.

그는 서비스 콜이 있었음에도 계속 잠을 자고는 2시에 개운한 기분으로 일어났다. 그리고 짐을 풀고 양복과 내의를 세탁소에 보내고 나서 면도를 하고 욕조에 따뜻한 물을 받아 반 시간 동안 들어가 있다가 나와 그때서야 아침을 먹었다. 그는 짤랑거리는 오래된 놋쇠 고리에 매달린 커튼을 걷어 나치오날레 가 안쪽으로 기운 햇빛을 방 안으로 들였다. 다려진 양복이 오기를 기다리며 그는 〈코리에레 델라 세라〉지의 기사에서 'una novella di Sainclair Lewis 'Wall Street' nella quale autore analizza la vita sociale di una piccola citta Americana(작은 미국 도시의 사회생활을 분석하는 싱클레어 루이스의 소설 《월 스트리트》)'*라는 책이 출간되었다는 것을 알게 되었다. 그리고 그는 로즈메리 생각을 해보았다.

처음에는 아무런 생각도 떠오르지 않았다. 그녀는 어리고 마음을 끌지만 그렇기는 톱시도 마찬가지다. 그녀는 지난 4년 동안 애인을 여럿 사귀고 사랑했을 것이다. 글쎄, 사람은 다른

---

*Sinclair인 것을 Sainclair라고 한 것과 《메인 스트리트》(1920)를 《월 스트리트》로 한 것은 저자의 의도적인 오기.

사람의 인생에서 자신이 얼마나 큰 부분을 차지하고 있는지 딱히 뭐라고 말할 수 없다. 하지만 이 안개 낀 것 같은 상태에서 그의 애정이 모습을 드러냈다. 장애물이 있는 것을 알고 있으면서도 관계를 보존하고 싶을 때 가장 좋은 만남이 될 수 있다. 그는 다시 과거의 기억에 빠져들었다. 사랑스러운 외양에 싸인 자신을 웅변적으로 아낌없이 주는 그녀의 마음을 붙들고 싶었다. 그가 그것을 에워쌀 수 있기까지, 그게 더 이상 그의 바깥에 존재하지 않기까지. 그는 그녀에게 매력적으로 보일 수 있는 모든 것을 불러일으키려고 애썼다—그는 4년 전만 못했다. 열여덟에는 서른넷의 남자를 보더라도 십대의 피어나는 안개를 통하여 보듯 할지 몰라도 스물두 살에는 서른여덟의 남자를 식별력 있는 눈으로 명료하게 볼 것이다. 더욱이 과거에 그녀와 만났을 때는 딕의 자신감이 최고조에 이르렀을 때였다. 그 후로 그는 열정에 장애가 생겼다.

 그는 호텔 사환이 가져온 흰 셔츠에 칼라를 달아 입고 진주가 한 개 달린 검은색 타이를 맸다. 1인치 아래에 대충 매달린 같은 크기의 진주알을 독서용 안경 줄이 관통해 지나갔다. 수면을 취하고 나자 그의 얼굴에 여러 해 리비에라에서 여름을 지내 그을린 불그스레한 혈색이 돌아왔다. 몸을 풀어주기 위해 의자에 손을 대고 물구나무서기를 하다가 옷에서 만년필과 동전들이 쏟아졌다. 그는 3시에 로즈메리에게 전화를 하고 그녀의 방에 올라오라는 청을 받았다. 체조를 한 탓에 잠깐 현기증이 난 그는 바에 들러 진토닉을 한 잔 마셨다.
"안녕하세요, 다이버 박사님!"
호텔에 로즈메리가 없었더라면 딕은 그게 콜리스 클레이인지 곧바로 알아보지 못했을 것이다. 그는 예전의 자신감이 여전했고 잘나가는 티가 났으며 턱에 난데없는 군살이 많이 붙었다.
"로즈메리가 여기 있는 거 아세요?" 콜리스가 물었다.
"우연히 만났네."
"전 피렌체에 있다가 로즈메리가 여기 있다는 소식을 듣고 지난주에 이리 내려왔어요. 사람 일은 알 수가 없어요, 품 안의 자식이라고." 그는 그 말을 수정했다. "로즈메리는 곱게 자랐지만 이제는 세상을 아는 여자라는 거죠. 뭐 아시겠지만. 정말이에요, 로마의 남자들이 침을 흘리게 만든다니까요! 정말이라고요!"
"피렌체에서 공부하고 있나?"
"저요? 네, 거기서 건축학을 공부하고 있어요. 일요일에 올라갑니다. 경마 때문에 있는 거죠."
딕은 그가 증권시장 보고서처럼 바에 달아놓는 외상 전표에 술값을 올리지 않도록 간신히 그를 제지했다.

20

딕은 엘리베이터에서 나와 구불구불한 복도를 따라가다 마침내 불이 켜진 문밖에서 먼 목소리가 들리는 쪽으로 방향을 바꾸어 들어갔다. 로즈메리는 검은색 파자마 바람이었다. 점심식사 테이블이 치우지 않아 아직 방에 있었고, 그녀는 커피를 마시고 있었다.

"여전히 아름답군." 그가 말했다. "전보다 조금 더 아름다워."

"커피 드시겠어요, 젊은이?"

"아침에는 몰골이 그 모양이어서 미안했어."

"안색이 좋지 않았어요…… 이제 좀 괜찮아요? 커피 드릴까요?"

"아니, 괜찮아."

"다시 좋아졌군요. 아까 아침에는 겁이 났었어요. 엄마가 다음 달에 이리 오세요, 영화사가 계속 여기 있으면요. 엄마는 항상 내가 여기서 당신을 만났는지 물어보세요, 우리가 서로 이웃에 사는 것도 아닌데. 엄마는 늘 당신을 좋아했어요…… 늘 내가 알아야 할 사람은 당신이라고 하시고요."

"저런, 어머니가 아직도 내 생각을 하신다니 기쁘군."

"그럼요, 그러세요." 로즈메리가 그에게 확신시켰다. "아주 많이요."

"그간 로즈메리를 여기저기 영화에서 봤어." 딕이 말했다. "한

번은 나 혼자 보는데 〈아빠의 딸〉을 틀어달라고 한 적도 있어!"
"중단되지만 않으면 이번에는 좋은 배역이에요."
그녀는 그의 등 뒤로 방을 가로지르며 그의 어깨를 건드렸다. 그리고 테이블을 가져가라고 전화를 하고는 큰 의자에 편히 앉았다.
"당신을 처음 만났을 때 나는 어린애였어요, 딕. 이제 나는 어엿한 여자예요."
"로즈메리에 관한 모든 걸 듣고 싶어."
"니콜은 어때요…… 러니어와 톱시는요?"
"잘 지내. 로즈메리 얘기를 자주 해……"
전화벨이 울렸다. 니콜이 전화를 받는 동안 딕은 소설책 두 권을 살펴보았다—하나는 에드나 퍼버*의 소설이고 다른 하나는 앨버트 매키스코의 것이었다. 종업원이 와서 테이블을 가져갔다. 테이블이 없으니 검은색 파자마를 입고 있는 로즈메리가 혼자라는 게 더욱 두드러져 보였다.
"……손님이 있어요…… 아뇨, 별로 안 좋아요. 가봉하러 의상 담당한테 가서 한참 있어야 해요…… 아뇨, 지금은 안 돼요……"
테이블이 없어져서 해방된 느낌이 들기라도 한 듯 로즈메리는 딕을 보고 빙그레 웃었다. 그 웃음은 마치 둘이서 세상의

---

*Edna Ferber(1885~1968). 미국의 역사 소설가. 《쇼보트(Show Boat)》 등의 작품을 썼다.

모든 골칫거리를 제거하고 둘만의 천국에서 편안해진 것 같은……

"이제 됐네요." 그녀가 말했다. "지난 한 시간 동안 당신을 맞을 준비를 하고 있었던 거 알아요?"

하지만 또 전화벨이 울렸다. 딕이 침대에 벗어둔 모자를 트렁크 받침대에 옮겨두려고 일어서자 로즈메리가 깜짝 놀라며 전화기의 송화구를 가리고 그에게 말했다. "가려고요?"

"아니."

전화 통화가 끝나자 그는 같이 있는 오후 시간을 늘려보려고 이렇게 말했다. "나는 지금 사람들한테서 자양분을 얻길 바라고 있어."

"나도요." 로즈메리가 말했다. "방금 전화한 사람이 내 육촌을 안대요. 생각해봐요, 그런 걸 가지고 전화를 하다니!"

그녀는 사랑을 나누기 위해 불빛을 낮췄다. 그게 아니라면 왜 그 앞에서 자신이 잘 안 보이게 하겠는가? 그의 말은 그녀에게 편지처럼 전달되었다. 그것은 마치 그녀에게 이르기 얼마 전에 그에게서 떠난 듯했다.

"이렇게 가까이 앉아 있으면서 키스를 하지 않긴 힘든걸." 그리고 그들은 방 한복판에서 정열적으로 키스했다. 그녀는 그에게 몸을 밀어붙였다. 그런 다음 앉아 있던 의자로 갔다.

그 방에서 그저 기분이 좋기만 한 상태가 계속될 수는 없었다. 앞으로 밀거나 뒤로 밀리거나 하는데 다시 또 전화벨이 울렸다. 그러자 그는 침실로 들어가 그녀의 침대에 누워 앨버트 매키스코의 소설책을 펼쳤다. 곧 로즈메리가 들어와 그 옆에 앉았다.

"당신은 속눈썹이 정말 길어요." 그녀가 말했다.

"우리는 다시 주니어 무도회*에 왔습니다. 참석자로는 먼저 속눈썹 애호가 로즈메리 호이트 양……"

그녀가 그에게 키스했다. 그러자 그가 그녀를 끌어당겨 나란히 누웠다. 그리고 그들은 숨이 막히도록 키스를 했다. 그녀의 호흡은 짧고 간절하고 자극적이었다. 입술이 살짝 텄지만 끝은 부드러웠다.

그들이 아직 옷 입은 채로 팔다리와 발을 한데 겹치고, 그의 팔과 등, 그녀의 목과 가슴이 버둥거릴 때 그녀가 속삭였다. "아니, 지금은 안 돼요…… 주기적인 것 때문에요."

훈련이 되어 있는 그는 정욕을 마음 한구석에 밀어 넣었다. 하지만 누운 자세로 그녀의 연약한 몸을 반 피트 정도 들어 올리고 이렇게 말했다.

"내 사랑…… 괜찮아."

그가 올려다보는데 그녀의 얼굴이 달라졌다. 그 얼굴에 영원한 달빛이 있었다.

"당신이 그런다면 그건 이상적인 응보일 거예요." 그녀가

---

*고등학교나 대학교의 졸업반 전 학년의 무도회.

말했다. 그녀는 몸을 틀어 일어나 거울 앞으로 가 손으로 헝클어진 머리를 매만졌다. 그리고 곧 의자를 침대 가까이 끌어다 놓고 앉아 그의 뺨을 어루만졌다.

"로즈메리에 관한 진실을 말해줘." 그가 요구했다.

"항상 진실을 말했어요."

"어떤 면에서는…… 서로 들어맞지 않아서 그렇지."

그들은 함께 웃었다. 하지만 그는 계속 그 질문을 고집했다.

"로즈메리, 실제로 처녀야?"

"그럴 리가요!" 그녀가 자백했다. "같이 잔 남자가 640명이에요, 그게 듣고 싶은 대답이라면."

"내가 상관할 바는 아니지."

"심리학 사례로 쓰길 원하세요?"

"로즈메리를 보면, 1928년도에 살고 있는 스물두 살의 지극히 정상적인 여자이니까, 연애를 몇 번 해봤을 것 같다는 거지."

"모두 다…… 결실이 없었어요." 그녀가 말했다.

딕은 그녀를 믿을 수 없었다. 그녀가 일부러 그들 사이에 장벽을 쌓고 있는 것인지, 아니면 궁극적인 항복을 보다 뜻깊은 것으로 만들려는 의도인지 종잡을 수 없었다.

"핀초*로 산책이나 같이 가자고." 그가 제안했다.

---

*로마의 북쪽 구릉지.

그는 일어나 옷을 탁탁 쳐서 반듯하게 하고 머리를 반반하게 매만졌다. 기회가 왔지만 어쩌다 떠나버렸다. 딕은 지난 3년간 로즈메리가 다른 남자들을 평가하는 기준이 되는 이상형이었다. 그래서 필연적으로 그의 위상은 영웅적인 크기로 커졌다. 그녀는 그가 여느 남자들과 같지 않기를 바랐지만 그는 그들과 다르지 않은 급박한 요구를 했다. 마치 그녀의 일부를 가지고 가기 원하는 것처럼, 그것을 호주머니에 넣어 가져가길 원하는 것처럼.

어린 천사와 철학자 조각상, 목신(牧神) 조각상과 분수 사이의 잔디를 밟고 걸으며 그녀는 오붓이 그의 팔짱을 끼고는, 마치 그 상태로 거기에 영원히 있을 것이라서 제대로 하고 싶다는 듯이 계속 조금씩 팔짱 낀 자세를 조정했다. 그녀는 잔가지를 꺾어 잘라보았지만 수액은 없었다. 그러다 갑자기 딕의 얼굴에서 원하는 것을 보았는지 그의 장갑 낀 손을 들어 키스했다. 그런 다음 그를 위해 어린애처럼 깡충깡충 뛰었고 그가 빙그레 웃자 소리 내어 웃었다. 그들은 즐거운 시간을 보내기 시작했다.

"오늘 밤은 당신과 나갈 수 없어요, 내 사랑, 어떤 사람들과 오래전에 한 약속이 있어서요. 하지만 내일 일찍 일어나면 우리 촬영장에 같이 가요."

그는 호텔에서 혼자 저녁을 먹고 일찍 잠자리에 들었다. 그리고 이튿날 6시 반에 로비에서 로즈메리를 만났다. 차에서 그의 옆에 탄 로즈메리는 아침 햇살에 싱싱하고 새롭게 빛을 발했다. 그들은 포르타 산세바스티아노*로 나가 아피아 가도를 달려 실제 공회용 광장보다도 큰, 거대한 광장 촬영 세트에 도착했다. 로즈메리는 어떤 사람에게 그를 부탁했고 그 사람은 굉장한 촬영 소품들을 구경시켜주었다. 그는 홍예문들과 계단식 관중석과 모래가 깔린 원형 경기장을 구경했다. 그녀는 기독교인 죄수들의 감방인 무대에서 일을 하고 있었다. 딕은 로즈메리의 동료와 함께 곧 그리로 가서 발렌티노**처럼 되기 바라는 니코테라가 연기하는 것을 구경했다. 그는 뽐내며 걷다가 여자 '포로'들 앞에서 자세를 취했다. 여자들의 눈은 슬퍼 보였고 마스카라 때문에 놀랍도록 선명했다.

로즈메리가 무릎까지 내려오는 튜닉을 입고 나타났다.

"이거 좀 봐요." 그녀가 작은 목소리로 딕에게 말했다. "당신 의견을 듣고 싶어요. 러시를 본 사람들이 모두 그러는데……"

"러시라니?"

"매일 그 전날에 찍은 필름을 보거든요. 사람들이 그러는데 이걸 입으니까 내가 출연한 영화 중에서 처음으로 섹스어필한대요."

---

*로마로 통하는 남동쪽 성문. 딕과 로즈메리가 탄 차는 이 문을 통과해 아피아 가도를 타고 로마 시 밖으로 나가고 있다.
**Rudolph Valentino(1895~1926). 이탈리아의 무성영화 배우. 1920년대 '섹스 심벌'이었다. 많은 배우들이 제2의 발렌티노가 되기를 원했다. 여기서 '니코테라'는 실제 인물이 아닌 허구의 작중 인물.

"난 모르겠는데."

"어련하시겠어요! 하지만 나한테는 성적 매력이 있다고요."

표범 가죽을 두른 니코테라가 로즈메리에게 주의를 기울이며 그녀와 이야기했다. 그동안 전기 기술자가 몸을 구부리고 감독과 무언가 논하고 있었다. 결국 감독이 거칠게 그의 손을 밀어 떨어버리고 이마의 땀을 닦았다. 딕의 안내자가 그것을 보고 한마디 했다. "또 마약을 했군, 그렇고말고!"

"누가요?" 딕이 물었지만 안내자가 대답하기도 전에 감독이 재빨리 그들에게 다가왔다.

"누가 그러긴, 당신 자신이 그랬지." 그가 배심원에게 그러는 양 딕을 향하여 맹렬하게 말했다. "저 친구는 자기가 마약을 하면 항상 딴 사람들도 다 저 같은 줄 알아, 그렇고말고!" 그는 잠깐 더 안내자에게 눈을 부라리고 손바닥을 탁 마주쳤다. "자, 모두 세트로."

소란스럽고 들썩들썩한 대가족이 사는 집을 방문한 느낌이었다. 어떤 여배우가 딕에게 와서는 그를 최근에 런던에서 온 배우로 생각하고 5분 동안 대화를 나눴다. 그녀는 자기가 오해했다는 것을 깨닫자 황망히 다른 데로 가버렸다. 배우들은 대부분 외부 세계에 대하여 눈에 띄게 우월감을 느끼거나 눈에 띄게 열등감을 느끼거나 둘 중 하나였는데, 전자의 경우가 지배적이었다. 그들은 용기 있고 근면한 사람들이었다. 그들은 10년간 오락거리만을 원했던 나라에서 명사의 위치에 올랐다.

날이 부예지자 그날 촬영이 종료되었다. 화가에게는 좋은 날일지도 모르지만 카메라의 경우는 캘리포니아의 투명한 대기와 비할 바 아니었다. 니코테라가 차까지 로즈메리를 따라와 무언가 속삭였다. 그녀는 웃음기 없는 얼굴로 그를 바라보며 작별 인사를 했다.

딕과 로즈메리는 카스텔리 데이 체사리에서 점심을 먹었다. 확인되지 않은 퇴폐적 시기의 유적인 공화 광장이 내려다보이는 높은 테라스가 있는 빌라의 훌륭한 음식점이었다. 로즈메리는 칵테일과 와인을 조금 마셨고 딕은 마실 만큼 마셔 불만스러운 기분이 사라졌다. 그 후에 상기되고 행복해진 그들은 일종의 고양된 마음의 평화 속에서 차를 타고 호텔로 돌아갔다. 그녀는 그에게 몸을 주고 싶어 했고 또 그렇게 되었으며 해변에서의 어린애 같은 사랑의 열병으로 시작했던 것이 마침내 완성되었다.

21

로즈메리는 저녁 약속이 있었다. 영화 제작팀 누군가의 생일 파티였다. 딕은 로비에서 콜리스 클레이와 마주쳤지만 혼자 식사하고 싶어 엑셀시어 호텔에서 약속이 있다고 거짓말했다. 그리고 콜리스와 칵테일을 한 잔 마시는데 막연한 불만이 짜증으로 나타났다. 그는 더 이상 병원 일을 미루고 농땡이를 부릴 핑계가 없었다. 이것은 사랑의 열병이라기보다 낭만적인 추억이었다. 니콜이야말로 그의 여자였다―너무나 자주 그녀가 괴롭게 여겨졌지만 그녀야말로 그의 여자였다. 로즈메리와의 시간은 방종이었다. 콜리스와의 시간은 무의미 더하기 무의미였다.

엑셀시어 호텔의 입구에서 그는 베이비 워런과 마주쳤다. 구슬 같아 보이는 커다랗고 아름다운 눈을 가진 그녀는 깜짝 놀라며 신기한 듯이 그를 빤히 바라보았다. "제부가 미국에 있는 줄 알았는데! 니콜도 같이 왔어요?"

"미국에서 나폴리를 거쳐 이리로 왔어요."

소매의 검은색 띠를 보고 그녀는 해야 할 말이 떠올랐다. "아버님 얘기 들었어요, 상심이 크시겠어요."

그들이 함께 식사하는 것은 불가피했다.

"전부 얘기 좀 해봐요." 그녀가 채근했다.

딕은 자신의 입장에서 보는 사실을 이야기했다. 그것을 들은 베이비는 인상을 찌푸렸다. 동생의 인생에 발생한 재난에 대하여 누군가를 탓해야 했다.

"돔러 박사의 치료법이 애초부터 적절했어요?"

"그 외에 별다른 치료 방법은 없어요…… 물론 특정 환자를 돌보는 데 적절한 인물을 찾아볼 수는 있겠죠."

"제부, 주제넘게 충고하려는 생각도 없고 그런 것에 대해 별로 아는 것도 없지만, 뭔가 변화를 주면 니콜한테 좋지 않을까요…… 병자로 둘러싸인 환경에서 벗어나 세상에 나와 다른 사람들처럼 살게 하는 건 어때요?"

"하지만 처형은 니콜이 병원에서 살게 되는 걸 아주 좋아했잖아요." 그가 기억을 일깨워주었다. "그러지 않으면 안심이 안 된다고……"

"그건 리비에라에서 사람들로부터 뚝 떨어진 산속에서 은둔자 같은 생활을 할 때였죠. 그런 생활로 되돌아가라는 게 아니에요. 이를테면 런던 같은 데를 말하는 거였어요. 영국인들은 세상에서 가장 정신적으로 균형 잡힌 민족이니까요."

"그렇지 않아요." 그가 말했다.

"맞아요. 나는 그들을 알거든요. 그래서 런던에 집을 얻어 여름을 보내면 좋을 거라는 생각을 한 거였어요. 탤벗 스퀘어에 아주 예쁜 집을 알고 있는데 그걸 구할 수 있을 거예요. 가구도 완비되어 있어요. 정신이 균형 잡힌 온전한 영국인들 틈에서 사는 거죠."

그냥 내버려두었으면 그녀는 1914년도의 선전에 사용된 그 오래된 이야기들을 모두 늘어놓았을 테지만 그는 웃으며 이렇게 말했다.

"나는 요즘 마이클 앨런*이 쓴 책을 읽고 있어요. 그런데 그게……"

그녀는 샐러드 스푼을 쥔 손을 흔들어 마이클 앨런을 묵살

했다.

"그는 타락한 사람들에 관한 것만 써요. 나는 훌륭한 영국인들을 말하는 거고요."

그녀가 그런 식으로 자신의 친구들을 제거해버리는 동안 딕의 상상 속에는 그들이 제거된 자리에 유럽의 작은 호텔에 사는 무표정한 외국인들의 얼굴들이 들어설 뿐이었다.

"물론 내가 상관할 일은 아니죠." 베이비가 되풀이해 말했다. 그것은 더 앞으로 돌진하기 위한 준비 자세였다. "하지만 니콜을 그런 환경에 혼자 있게 내버려둔다는 건……"

"내가 미국에 간 건 아버지가 돌아가셨기 때문입니다."

"알아요, 그래서 아까 조의를 표했잖아요." 그녀는 목걸이에 달린 유리 포도 장식을 만지작거렸다. "하지만 지금 우리는 돈이 무지무지 많아요. 뭘 해도 충분하고 남아요. 그러니 니콜이 건강해지는 데 쓰여야 해요."

"우선, 나는 내가 런던에 있는 걸 상상할 수가 없어요."

"어째서죠? 다른 데서와 마찬가지로 거기서도 일할 수 있을 텐데요."

그는 의자 등에 몸을 기대고 그녀를 바라보았다. 만일 베이비가 그 오래된 부패한 진실을, 니콜의 진짜 병인을 어렴풋이

---

*Michael Arlen(1895~1956). 미국 출생 영국의 소설가. 문란한 성생활을 하는 여주인공을 다룬 《초록색 모자(The Green Hat)》가 큰 인기를 끌었다. 피츠제럴드는 그를 2류 작가로 간주했다.

알아채고 있었다면, 실수로 구입해서 먼지 쌓인 벽장 안에 처박아 둔 그림처럼 자신에게 그 사실을 부인하기로 굳게 결심했음에 틀림없었다.

그들은 울피아 음식점으로 자리를 옮겨 대화를 계속했다. 거기에 콜리스 클레이가 오더니 그들과 합석했다. 와인 통이 쌓인 지하 저장고에서 누군가 재능 있는 연주자가 기타를 퉁기며 〈Suona Fanfara Mia(연주하라, 나의 밴드여)〉를 부르는 소리가 들렸다.

"내가 니콜한테 적합한 사람이 아니었는지도 모르죠." 딕이 말했다. "그래도 아마 나와 같은 타입의 누군가와 결혼했을 거예요. 니콜이 의지할 수 있을 것 같은 누군가와…… 무한정 의지할 수 있는 누군가와."

"니콜이 다른 사람과 있으면 더 행복할 거라고 생각해요?" 베이비가 생각나는 대로 불쑥 말했다. "그렇다면 물론 그리되도록 주선할 수 있죠."

그녀는 딕이 몸을 앞으로 기울이며 주체하지 못하고 웃는 것을 보고서야 자신의 말이 터무니없었다는 것을 깨달았다.

"에이, 아시잖아요." 그녀가 그를 안심시켰다. "절대 제부가 한 일에 대해 감사한 마음이 없다는 걸로 생각하지 마세요. 제부가 힘든 시간을 보낸 것도 알아요……"

"제발 좀." 그가 항의했다. "내가 니콜을 사랑하지 않는다면 얘기는 다를 거예요."

"니콜을 사랑한다고요?" 그녀가 깜짝 놀라 물었다.

콜리스가 무슨 이야기가 진행되는지 갈피를 잡기 시작하자 딕은 재빨리 화제를 바꿨다. "우리 딴 이야기 합시다. 가령, 처형에 관한 이야기. 결혼 안 해요? 약혼했다고 들었는데요, 페일리 경하고, 그 사람 사촌이……"

"당치도 않아요." 그녀는 짐짓 부끄러운 체하며 화제를 피했다. "그건 작년 일이에요."

"결혼은 안 해요?" 딕이 집요하게 물었다.

"몰라요. 내가 사랑한 사람 중 한 사람은 전사했고, 다른 한 사람은 나를 저버렸어요."

"그 얘기 좀 해봐요. 처형 사생활 얘기 좀 해봐요. 처형이 일반적으로 어떤 생각을 가지고 있는지도. 처형은 그런 얘기 전혀 안 하잖아요…… 우리는 항상 니콜 얘기만 하고."

"두 사람 다 영국인이었어요. 나는 이 세상에 영국의 일류보다 더 훌륭한 타입은 없다고 생각하는데, 어떻게 생각해요? 그런 타입의 사람이 있다면 나는 아직 본 적이 없어요. 이 사람은…… 오, 이야기하자면 길어요. 난 긴 이야기가 싫어요, 제부는요?"

"그렇고말고요!" 콜리스가 말했다.

"무슨, 난 안 그래. 재미있는 얘기라면 길어도 싫지 않아요."

"제부는 그런 걸 아주 잘해요. 여기에 짧은 말 한 마디 저기에 한 마디를 더 해서 파티를 지속시킬 줄 알죠. 난 그것도 훌륭한 재능이라고 생각해요."

"그건 요령이에요." 그가 부드럽게 말했다. 그것은 그가 세 번째로 동의하지 않은 그녀의 의견이었다.

"물론 나는 격식을 좋아해요. 매사가 세심하게 정돈되는 게 좋아요, 그것도 아주 대규모로. 제부는 그러지 않을 거란 걸 알지만 그건 내 마음이 견고하다는 표시라는 걸 인정해야 할 거예요."

딕은 그 말에는 굳이 이의를 표하지도 않았다.

"물론 사람들은 그러겠죠, 베이비 워런은 유럽 여기저기를 뛰어다니면서 계속 새로운 경험을 추구하지만 인생의 백미는 놓치고 있다고. 하지만 그와는 반대로 나는 백미만을 추구하는 소수에 속해요. 이 시대 가장 큰 관심을 끄는 사람들과 아는 사이고요." 그녀의 목소리가 깡통같이 통통 두드리는 소리를 내는 기타 곡 때문에 뚜렷하게 들리지 않았지만, 그녀는 그 소리에 눌리지 않게 크게 말했다. "나는 큰 실수를 한 적이 거의 없어요……"

"……아주 큰 실수만 했죠, 처형."

그녀는 그의 눈에서 익살기를 포착하고 화제를 바꿨다. 두 사람이 공통적인 생각을 한다는 것은 불가능한 듯 보였다. 하지만 그는 그녀에게 내재해 있는 무언가에 감탄했으며, 그녀를 엑셀시어 호텔에 내려주며 일련의 칭찬의 말을 해주자 그녀의 얼굴이 희미하게 빛났다.

다음 날 로즈메리는 딕에게 점심을 사겠다고 고집했다. 그들은 미국에서 일한 적이 있는 이탈리아인이 경영하는 작은 음식점에 가서 햄과 달걀과 와플을 먹었다. 그러고 나서 그들은 호텔로 갔다. 그가 그녀와 사랑에 빠진 것도 아니고 그녀도 그와 사랑에 빠진 것이 아니라는 딕의 깨달음은 그녀를 향한 정욕을 감소시키기보다는 오히려 부채질했다. 그녀의 인생에 더 깊이 들어가지 않으리라는 것을 알고 나니 그녀는 그에게 낯선 여자가 되었다. 많은 남자들이 사랑한다고 말할 때 그들이 의미하는 것은 기껏해야 그런 것에 지나지 않는다고 그는 생각했다—니콜을 향한 그의 사랑과 같은, 격정에 이끌리는 영혼의 침수도 아니고 모든 색이 섞여 불투명한 물감이 되는 것도 아니다. 니콜이 죽는다든가, 정신병의 암흑 속으로 침몰한다든가, 다른 남자를 사랑한다든가 하는 생각이 들면 그는 몸이 다 아팠다.

니코테라는 로즈메리 방의 응접실에서 일과 관련된 문제에 관하여 재잘거리고 있었다. 로즈메리가 가라는 신호를 하자 그는 익살스러운 항의를 하고 딕에게 다소 건방진 윙크를 하고는 방에서 나갔다. 여느 때와 같이 전화벨이 시끄럽게 울렸고 로즈메리는 10분 동안 통화를 했다. 딕은 점점 더 짜증이 났다.

"내 방으로 올라가지." 그가 제안하자 그녀가 동의했다.

그녀는 큰 소파에 앉은 그의 무릎을 베고 누웠다. 그는 손가락으로 그녀의 아름다운 앞머리를 쓸었다.

"다시 뭐 좀 궁금해해도 돼?" 그가 물었다.

"뭘 알고 싶어요?"

"남자들 얘기. 궁금해, 좀이 쑤실 정도는 아니지만."

"당신을 처음 만나고 나서 얼마 후였냐는 건가요?"

"아니면 그 전이라도."

"당치도 않아요." 그녀는 깜짝 놀랐다. "그 전에는 아무 일도 없었어요. 내가 좋아한 남자는 당신이 처음이었어요. 지금도 내가 정말 좋아하는 남자는 당신뿐이에요." 그녀는 곰곰이 생각했다. "한 1년 후였던 거 같아요."

"그게 누구였어?"

"아 뭐 그냥 어떤 남자였어요."

그는 회피하려는 그녀를 포위해 들어갔다.

"내가 맞힐 수 있을 거 같은걸. 첫 번째 연애는 만족스럽지 않았고 그다음에는 긴 공백기가 있었어. 두 번째는 먼젓번보다는 좋았지만 애초부터 상대를 사랑하지 않았지. 세 번째는 괜찮았고……"

그는 자신을 고문하며 계속했다. "그다음에는 연애다운 연애를 하게 되었는데 그 자체의 무게 때문에 무너져내렸어. 그때는 이미 마침내 사랑하는 사람이 생겨도 그에게 아무것도 줄 게 없으리라는 두려움을 갖고 있었던 거지." 그는 점점 자신이 빅토리아 시대 사람* 같은 느낌이 들었다. "그 후로 대여섯 번 그냥 일시적인 연애를 하다가 지금에 이르렀지. 사실에 가까워?"

재미있기도 하고 슬프기도 하여 그녀는 웃었다.

"틀려도 너무 틀려요." 그녀가 말했다. 그는 안도감이 들었다. "언젠가는 누군가를 찾아 그를 사랑하고 또 사랑하고 절대로 놓아주지 않을 거예요."

그때 전화벨이 울렸다. 딕은 로즈메리를 바꿔달라는 니코테라의 목소리를 알아보았다. 그는 송화기를 손바닥으로 막았다.

"전화받을 거야?"

그녀는 가서 송화기를 받아 들고 딕이 알아듣지 못하는 빠른 이탈리아어로 재잘거렸다.

"이 전화 통화라는 게 시간 걸리는 일이군." 그가 말했다. "지금 4시가 지났어, 5시에 약속이 있는데. 가서 시뇨르 니코테라하고 놀지그래."

"바보 같은 소리 말아요."

"그럼 내가 여기 있는 동안은 그를 빼라고."

"그러기는 어려워요." 그녀가 갑자기 울기 시작했다. "딕, 사랑해요, 그 누구보다. 하지만 당신은 나한테 뭘 줄 수 있어요?"

"니코테라는 뭘 줄 수 있지?"

---

*도덕적으로 엄격하고 점잖고 편협함을 특징으로 하는, 이미 구식이 되어버린 빅토리아 여왕 시대(1837~1901)의 풍조.

"그건 달라요."

─청춘은 청춘을 부르니까.

"그는 스픽* 같은 놈이야!" 그는 질투로 광분했다. 다시 상처받고 싶지 않았다.

"젖먹이일 뿐이에요." 그녀가 훌쩍였다. "나는 다른 사람 것이기 전에 당신 거란 거 알잖아요."

그는 그 말에 반응해서 그녀를 안았지만 그녀는 피곤한 듯 힘을 빼고 몸을 뒤로 기울였다. 그는 느린 발레의 엔딩처럼 잠시 그녀를 그렇게 안고 있었다. 그녀는 눈을 감았다. 머리칼이 익사한 여자처럼 똑바로 흘러내렸다.

"딕, 놔줘요. 이렇게 혼란스러운 건 평생 처음이에요."

그는 얼굴이 빨개지며 거칠어졌다. 그녀의 마음을 편하게 해주었던 그의 배려와 이해가 부당한 질투로 눈처럼 뒤덮이기 시작하자 그녀는 본능적으로 그에게서 몸을 뺐다.

"사실을 알고 싶어." 그가 말했다.

"좋아요, 그럼. 그 사람과 나는 같이 있는 시간이 많아요. 결혼하자 그러지만 난 아니에요. 내가 어떻게 하기를 기대해요? 당신은 나한테 결혼하잔 말을 한 적이 없잖아요. 평생 콜리스 클레이 같은 멍청이하고 놀아났으면 좋겠어요?"

"어젯밤 니코테라와 같이 있었지?"

---

*스페인계 미국인을 경멸적으로 일컫는 말. 위에서 이탈리아어에서 영어의 '미스터'에 해당하는 '시뇨르'라는 말을 씀으로서 조롱하는 마음을 나타내는 것과 마찬가지다.

"그건 당신이 상관할 일이 아니에요." 그녀가 흐느꼈다. "미안해요, 딕, 당신이 상관할 일 맞아요. 당신과 엄마는 이 세상에서 내가 유일하게 좋아하는 두 사람이에요."

"니코테라는?"

"그걸 내가 어떻게 알아요?"

그녀는 전혀 의미 없는 말에도 숨은 의미를 부여하게 만드는 회피의 느낌을 주었다.

"파리에서 내게 느꼈던 것과 같아?"

"당신과 있으면 마음이 편하고 행복해요. 파리에서는 사정이 달랐어요. 하지만 옛날에 어떤 느낌이었는지 누가 알겠어요. 당신은 알아요?"

그는 일어나 야회복을 챙기기 시작했다—세상의 모든 응어리와 미움을 가슴속에 불러들여야만 한다면 다시는 그녀를 사랑하지 않을 것이다.

"니코테라야 어떻든 상관없어요!" 그녀가 분명히 밝혔다. "하지만 내일 제작진과 리보르노*에 가야 해요. 아아, 왜 이런 일이 일어나야 하는 거죠?" 그녀는 또다시 눈물을 쏟았다. "정말 안타까워요. 여긴 왜 왔어요? 그저 각자 추억만 간직할 수는 없었나요? 엄마랑 싸운 느낌이에요."

그가 옷을 입기 시작하자 그녀는 일어나 문으로 갔다.

---

*로마에서 북서쪽으로 250킬로미터 떨어진 항구 도시.

"오늘밤 파티에 안 가겠어요." 그녀의 마지막 시도였다. "당신과 함께 있겠어요. 어차피 파티에 가고 싶지도 않아요."

좋은 기회가 조수처럼 다시 들어오기 시작했지만 그는 뒤로 물러났다.

"내 방에 있을게요." 그녀가 말했다. "안녕."

"안녕."

"아아, 정말 안타까워요, 안타까워요. 아아, 정말 안타까워요. 그나저나 이게 다 대체 무슨 일이죠?"

"나도 오랫동안 알고 싶었어."

"그런데 그걸 왜 여기서 나한테 그래요?"

"내가 페스트인가 보지." 그가 느리게 말했다. "나는 더 이상 사람들을 행복하게 해주는 것 같지 않아."

22

저녁 식사 후 퀴리날 바에 손님이 다섯 명 있었다. 바텐더가 "Si…… Si…… Si(네…… 네…… 네)"라고 대답하며 지루해하는데도 아랑곳하지 않고 바 앞의 등 없는 의자에 앉아 끈질기게 이야기를 하는 이탈리아의 상류층 여자, 외롭지만 여자는 꺼리는 가볍고 신사연하는 이집트 남자, 그리고 미국인 두 사람이 있었다.

딕은 언제나 주위 상황을 선명하게 인식했다. 그에 비하면 콜리스 클레이는 흐리멍덩하게 살았다. 매우 선명한 인상이라도 일찍이 위축된 기억 기능에 닿으면 해체되었다. 그래서 전자는 주로 말하는 쪽이었고 후자는 듣는 쪽으로서 산들바람을 즐기며 앉아 있는 사람 같았다.

오후의 일로 피로해진 딕은 이탈리아 주민에게 분풀이를 하고 있었다. 그는 이탈리아인 중 자기가 말하는 걸 듣고 불쾌하게 여기는 사람이 있기를 바라며 바를 빙 둘러보았다.

"아까 오후에 처형하고 엑셀시어 호텔에서 차를 같이 했다네. 우리가 하나 남은 테이블을 차지했는데 두 남자가 오더니 빈 테이블을 찾아 두리번거리더군. 결국 못 찾았지. 그중 한 사람이 우리한테 오더니 '이거 오르시니 공주 앞으로 예약된 테이블 아닙니까?' 그러더군. 그래서 내가 '아무런 표시가 없었는데요' 했더니 그 사람이 '하지만 이건 오르시니 공주 앞으로 예약된 테이블 같습니다' 하라는 거야. 나는 뭐라고 대답조차 하지 못했어."

"그래서 어떻게 됐어요?"

"그자가 물러섰지." 딕은 그 자리에서 돌아앉았다. "난 이 사람들이 싫어. 얼마 전에 로즈메리를 어떤 상점 앞에 2분 정도 기다리게 했는데 경찰 한 명이 모자를 들어 인사하며 로즈메리 앞을 왔다 갔다 하고 있더라고."

"글쎄요, 모르겠네요." 콜리스가 잠시 후에 말했다. "저는 쉴 새 없이 소매치기를 당하는 파리에서 사느니 여기서 살겠어요."

그는 즐거운 시간을 보내고 있어서 그 즐거움을 무디게 할 우려가 있는 것은 무엇에든 저항했다.

"글쎄요, 모르겠어요." 그가 그 말을 고집했다. "저는 여기에 사는 거 괜찮아요."

딕은 그곳에서 지낸 며칠 동안 마음에 새겨진 심상을 머릿속에 떠올리고 그것을 응시했다. 향기로운 냄새가 나는 제과점들이 있는 나치오날레 가를 지나 아메리칸 익스프레스사를 향해 걸어가는 길, 더러운 터널을 지나 스페인 계단*으로 올라가 꽃가게와 키츠가 숨을 거둔 집 앞에 서면 영혼이 고양되는 것을 느꼈다. 그는 날씨와 관련해서가 아니면 어떤 장소 그 자체는 별로 의식하지 않았다. 하지만 그 장소가 어떤 색채를 띠거나 거기에 특별한 일이 있을 경우는 별문제였다. 로마는 그가 꿔온 로즈메리의 꿈이 끝나는 곳이었다.

호텔 벨보이가 와서 그에게 다음과 같은 내용의 쪽지를 전달했다.

"파티에 안 갔어요. 지금 방에 있어요. 내일 아침 일찍 리보르노로 떠나요."

딕은 벨보이에게 팁과 함께 쪽지를 도로 주었다.

---

*단이 모두 137개인, 스페인 광장에 면한 계단. 영화〈로마의 휴일〉(1953)에도 등장한다.

"가서 나를 못 찾았다고 하게." 그는 콜리스를 돌아보며 본 보니에리에 가자고 제안했다.

그들은 매춘부라는 직업이 요구하는 최소한의 관심을 기울여 바에 있는 매춘부를 자세히 바라보았다. 그녀는 환한 얼굴로 대담하게 그들을 마주 보았다. 그들은 케케묵은 주름마다 빅토리아 시대부터 쌓인 듯한 먼지가 앉은 두툼한 커튼의 중압감에 억눌린 텅 빈 로비를 지나갔다. 그리고 야간 접객 담당에게 고개를 끄덕해 보이자 그는 야간 근무 종업원 특유의 억울함이 어린 굴종적인 몸짓으로 응답했다. 택시를 탄 그들은 습한 11월 밤의 음산한 거리를 달렸다. 거리에는 여자는 보이지 않고 짙은 색 재킷의 단추를 목 끝까지 채운 핼쑥한 남자들만 있었다. 그들은 차가운 석조 거리의 갓길 옆에 삼삼오오 몰려 있었다.

"아 이런!" 딕이 한숨을 쉬었다.

"왜요?"

"아까 오후에 봤다는 그 사람을 생각하고 있었어. '오르시니 공주 앞으로 예약된 테이블'이라고 한 사람. 로마에 여러 대를 이어온 집안들이 있는데 그들이 뭐하는 이들인지 자네 알아? 강도들이야. 로마가 엉망이 되고 나서 신전이며 궁궐이며 다 차지하고 주민들을 수탈한 자들이 그들이야."

"저는 로마가 좋아요." 콜리스가 고집했다. "경마는 왜 안 하세요?"

"나는 경마 안 좋아해."

"하지만 여자들이 거기 다 몰리는데……"

"나는 내가 여기의 아무것도 좋아하지 않을 걸 알아. 나는 프랑스가 좋아. 거기 사람들은 모두 자기가 나폴레옹이라고 생각하지, 여기서는 모두 자기가 그리스도라고 생각하고."

본보니에리에 도착한 그들은 나무 벽널로 장식된 카바레로 내려갔다. 그것은 차가운 석조 건축물 속에서 절망적으로 덧없어 보였다. 열의 없는 악단이 탱고를 연주하고 열두어 쌍의 남녀가 미국인의 눈에는 비위에 거슬리는 꼴들인 고상한 스텝으로 넓은 플로어를 뒤덮고 있었다. 웨이터가 필요 이상으로 많은지라 몇 명만 분주해도 발생할 수 있는 동요나 법석은 아예 없었다. 춤, 밤, 그 밤을 안정적으로 유지해주는 힘의 균형, 무언가가 그런 것들이 끝나기를 기다리는 것 같은 느낌이 그곳의 활기의 존재 형식으로서 그 정경을 덮고 있었다. 감수성 예민한 손님은 그게 무엇이든 얻으려는 것을 여기서는 찾지 못할 게 확실했다.

이것은 딕이 보기에 너무나 명백했다. 그는 상상력 대신 기백으로 한 시간 더 지탱해보려고 무언가 눈에 띄기를 바라며 그 안을 빙 둘러보았다. 하지만 아무것도 없자 잠시 후 콜리스에게 얼굴을 돌렸다. 그는 콜리스에게 일과 관련된 자신의 최근 개념들을 들려주었지만, 듣는 사람의 기억력이 짧고 별 반응이 없어서 따분해졌다. 콜리스를 상대로 반 시간 동안 말하고 나자 딕은 자신의 활력이 뚜렷하게 손상되었음을 느꼈다.

그들은 이탈리아산 스파클링 와인을 한 병 마셨다. 그러자 딕은 핼쑥하고 좀 시끄러워졌다. 그는 악단의 단장을 테이블로 불렀다. 젠체하고 불쾌한 바하마 출신 흑인이었는데, 몇 분이 지나자 말다툼이 오갔다.

"손님이 자리에 앉으라고 했잖습니까."

"좋아. 그래서 내가 50리라 줬잖아, 안 그래?"

"됐어요, 됐어. 됐다고요."

"좋아, 내가 50리라 줬잖아, 안 그래? 그랬는데 나한테 와서 트럼펫에 돈을 더 넣어달라니!"

"자리에 앉으라고 하셨잖아요. 그렇잖습니까?"

"그랬지, 그렇지만 50리라를 줬잖아?"

"됐어요, 됐다고요."

흑인은 찌무룩하게 일어나 가버렸다. 딕은 더 성마른 기분이 되었다. 하지만 홀 반대편에서 어떤 여자가 그를 보며 미소 짓고 있는 것을 보자 주변의 핼쑥한 로마인들의 모습이 그의 시야에서 적절하고, 비천한 위치로 물러났다. 그녀는 건강하고 예쁜 영국인다운 얼굴을 가진 금발의 젊은 영국 여자였다. 그녀가 다시 그를 바라보며 미소했다. 그것은 육욕을 제공하는 중에도 그것을 부인하는, 그가 이해하는 유혹의 미소였다.

"저게 따놓은 당상이 아니라면 제가 지금까지 헛산 거죠." 콜리스가 말했다.

딕은 일어나 홀을 가로질러 그 여자에게 갔다.

"춤추시겠습니까?"

"나는 곧 갑니다." 그녀와 함께 있던 중년의 영국인이 거의 변명조로 말했다.

흥분으로 술이 깬 딕은 춤을 추었다. 여자에게서 영국적인 모든 유쾌한 것들의 암시를 느꼈다. 그녀의 맑은 목소리에 바다로 둘러싸인 안전한 정원의 이야기가 암시되어 있었고 몸을 뒤로 젖혀 그녀를 바라보면서 목소리가 떨리도록 진지하게 말한 그의 이야기가 진심임을 나타내려고 했다. 그녀는 지금의 파트너가 가고 나면 그들과 동석하겠다고 약속했다. 그 영국인 남자는 딕이 그녀를 되돌려주자 거듭해서 변명조의 말을 하며 웃었다.

자리로 돌아온 딕은 스파클링 와인을 한 병 더 시켰다.

"영화에 나오는 누군갈 닮았어." 그가 말했다. "누군진 생각 나지 않지만." 그는 조바심 내며 어깨 너머를 흘끗흘끗 보았다. "저 여자는 뭘 꾸물대는 거지?"

"저도 영화 만드는 일을 하고 싶어요." 콜리스가 생각에 잠겨 말했다. "아버지 회사에서 일하라는데 별로 끌리지 않아요. 20년 동안 버밍햄의 사무실에 앉아 있기엔……"

그의 목소리에 물질문명의 압박에 대한 저항감이 있었다.

"그러기에 자네가 너무 아깝다?" 딕이 말했다.

"아뇨, 그런 말이 아니에요."

"그렇지 뭘."

"제가 무슨 생각을 하는지 어떻게 안다고 그러세요? 그렇게 의사 노릇을 하고 싶으면 병원에 가서 하세요."

이렇게 해서 딕은 서로를 비참하게 만들었지만, 두 사람은 술 때문에 멍청해진 까닭에 금방 그 이야기를 잊어버렸다. 콜리스가 가려고 자리에서 일어나자 두 사람은 다정하게 악수했다.

"다시 잘 생각해봐." 딕이 현자라도 되는 양 말했다.

"뭘요?"

"알잖아, 그거." 콜리스가 아버지 회사에 들어가는 문제에 관한 무언가 유익하고 바른 충고였다.

클레이는 걸어가 허공 속으로 자취를 감췄다. 딕은 병에 남은 술을 마저 마시고 영국 여자와 춤을 추었다. 말을 안 듣는 몸을 굴복시켜 과감하게 돌기도 하고 플로어를 따라 심각하고 결연한 동작으로 행진하기도 했다. 그런데 홀연 아주 놀라운 일이 생겼다. 영국 여자와 춤을 추는가 싶었는데 음악이 멈추었다─그리고 그녀가 사라지고 없었다.

"그 여자 못 봤소?"

"누구요?"

"나랑 춤추던 여자. 갓자기* 사라졌네. 이 건물 안 어디엔가 있을 텐데."

---

*술에 취하여 발음이 흐트러진 것이다.

"아뇨! 아뇨! 거긴 여자 화장실이에요."

그는 바에 가 섰다. 남자 손님이 둘 있었지만 말을 걸 방법이 생각나지 않았다. 그들에게 로마와 콜로냐 가문과 가에타니 가문의 폭력적인 기원에 관한 모든 것을 말해줄 수 있었을 테지만 처음부터 그 말을 꺼내면 좀 뜬금없을 것 같았다. 시가 판매대 위에 일렬로 새워놓은 렌치 인형*들이 느닷없이 바닥에 떨어졌다. 혼잡한 상황이 뒤따랐는데, 그는 자신이 그 원인이라는 느낌이 들었다. 그는 카바레로 돌아가 블랙커피를 한 잔 마셨다. 콜리스도 없고 그 영국 여자도 없으니 호텔로 돌아가 흑심을 품은 채 잠을 자는 것 외에 달리 할 게 없는 것 같았다. 그는 술값을 내고 모자와 코트를 찾았다.

도랑과 울퉁불퉁한 자갈길에 더러운 물이 고여 있었다. 시골 습지에서 발생하는 안개, 고갈된 교양의 땀이 새벽 공기를 오염시켰다. 아래 눈꺼풀이 거무스름하고 쳐진 택시 운전사 네 명이 작은 눈알을 바삐 움직이며 그를 에워쌌다. 딕은 그의 면전에 몸을 굽혀 자꾸만 얼굴을 들이대는 한 사람을 거칠게 밀어버렸다.

"Quanto a Hotel Quirinal(퀴리날 호텔까지 얼마요)?"**

"Cento lire(100리라요)."

6달러라.*** 그는 머리를 가로젓고 낮 시간 요금의 두 배인

*펠트 천으로 만든 이탈리아의 인형.
**이탈리아어를 잘 모르는 딕이 초보적 단어만 맞추어 말하고 있다.

30리라에 가자고 제의했다. 그랬더니 그들은 일제히 어깨를 으쓱해 보이고는 물러났다.

딕은 갑자기 영어로 말하기 시작했다.

"호텔까지 반 마일밖에 안 되는데? 40리라 줄 테니 갑시다."

"그건 안 되죠."

너무나 피곤했다. 그는 택시 한 대의 문을 열고 들어가 앉았다.

"퀴리날 호텔 갑시다!" 고집스럽게 차 밖에 서 있는 운전사에게 그가 말했다. "그만 이죽거리고 퀴리날로 갑시다."

"아뇨."

딕이 차에서 내렸다. 본보니에리 입구 옆에서 누군가 택시 운전사와 다투고 있었다. 그 사람은 이제 딕에게 그들의 태도를 설명하려고 했다. 다시 그들 중 한 사람이 가까이 끼어들어 고집을 부리며 몸짓을 해대는 것을 딕이 밀어냈다.

"나는 퀴리날 호텔에 가고 싶소."

"100리라 달래요." 그 사람이 통역사 노릇을 했다.

"알아요. 50리라 주겠소. 저리 가." 마지막 말은 또다시 조금씩 다가선 끈덕진 운전사에게 딕이 한 말이다. 운전사는 그를 바라보며 경멸적으로 침을 탁 뱉었다.

그 주 내내 발끈하던 격렬한 짜증이 딕의 가슴 속에서 섬광처럼 불쑥 치고 올라와 난폭의 옷을, 고국의 명예롭고 전통적

***1928년의 미화 6달러면 2013년 현재로 따지면 약 80달러 정도 된다.

인 수단의 옷을 입었다. 그는 앞으로 나아가 그 운전사의 얼굴을 찰싹 때렸다.

그들이 그에게 몰려들었다. 그를 에워싸고 위협하고 주먹을 휘두르면서 거리를 좁혀들어 왔지만 잘 안 됐다―딕은 벽에 등을 대고 간혹 웃기도 하면서 서투르게 주먹을 휘둘러 반격했다. 좌절된 공격과 솜방망이 같은 빗나가는 주먹질이 오가는 모의 결투 같은 상황이 문 앞에서 엎치락뒤치락하며 몇 분 동안 계속되었다. 그러다가 딕이 발이 걸려 넘어졌다. 어딘가 다쳤지만 여러 사람의 팔 가운데 몸을 뒤틀며 애써 일어나는데 갑자기 그 팔들이 그에게서 떨어져 나갔다. 새로운 목소리가 들리며 새로운 논쟁이 붙었지만 그는 벽에 기대어 숨을 헐떡였고 자신의 모욕적인 처지에 화가 치밀었다. 아무도 자기를 동정하지 않는다는 것을 알았지만 자기가 잘못했다고 생각할 수 없었다.

그들은 분쟁을 수습하기 위해 경찰서에 가게 되었다. 누군가 그에게 모자를 주워주었다. 그는 누군가에게 살짝 팔을 잡힌 채 택시 운전사와 함께 성큼성큼 걸어 아주 가까운 데 있는 경찰서로 갔다. 살풍경한 건물 안, 경찰관이 흐릿한 전등 한 개 아래에서 빈둥거리고 있었다.

한쪽 책상에 지서장이 앉아 있었다. 쓸데없이 간섭해서 싸움을 중단시킨 사람이 지서장에게 이탈리아어로 무언가 길게 말했다. 그러는 동안 그는 딕을 손가락질하기도 하고 택시 운전사가 불쑥불쑥 욕설과 고발을 터뜨리며 끼어들도록 내버려 두기도 했다. 지서장은 짜증스럽게 고개를 끄덕이기 시작했다. 그가 손을 번쩍 쳐들자 여러 사람이 떠드는 일장연설은 몇 마디 끝맺는 항의의 소리와 함께 잠잠해졌다.

"Spick* Italiano(이탈리아 말 할 줄 압니까)?" 그가 물었다.

"아뇨."

"Spick Français(프랑스어는 할 줄 압니까)?"

"Oui(네)." 딕이 언짢은 얼굴을 하고 말했다.

"Alors. Écoute. Va au Quirinal. Espèce d'endormi. Écoute: vous êtes saoul. Payez ce que le chauffeur demande. Comprenez-vous(그러면 자. 이보시오. 퀴리날로 가시오. 선생, 당신은 술에 취했어요. 운전사가 달라는 돈을 주시오. 알아듣겠어요?)"

딕은 고개를 가로 저었다.

"Non, je ne veux pas(아니, 싫소)."

"Come(뭐라고요)?"

"Je paierai quarante lires. C'est bien assez(40리라 주겠소. 그거면 충분하고도 남아요)."

지서장이 자리에서 벌떡 일어섰다.

"Écoute(이보시오)!" 그가 불길하게 소리쳤다. "Vous êtes saoul. Vous avez battu le chauffeur. Comme ci, comme ça.(당신

---

* 'Spick'은 'Speak'으로서 이탈리아인의 영어 발음을 표기한 것이다.

은 취했어요. 운전사를 때렸고, 이렇게, 또 이렇게)." 그는 흥분해서 오른손, 왼손으로 허공을 갈랐다. "C'est bon que je vous donne la liberté. Payez ce qu'il a dit—cento lire. Va au Quirinal(이렇게 풀려나는 건 진짜 운이 좋은 줄 아시오. 운전사가 원하는 요금을 내요—100리라. 퀴리날로 가시오)."

굴욕을 당해 격노하며 딕은 그를 빤히 쳐다보았다.

"좋아." 그는 맹목적으로 문을 향하여 돌아섰다—그 앞에 그를 경찰서에 데리고 온 사람이 음흉하게 웃으며 고개를 끄덕이며 서 있었다. "집에 가겠소." 그가 외쳤다. "하지만 우선 이 녀석부터 손본 다음에."

딕은 빤히 바라보고 있는 경찰 옆을 지나 싱글거리고 있는 남자에게 가 주둥이 옆을 향해 힘껏 왼쪽 주먹을 날렸다. 남자가 바닥에 쓰러졌다.

딕은 잠시나마 야만적인 승리감에 도취되어 그를 내려다보며 서 있었다—하지만 의혹의 단초적 고통이 찌릿 하고 지나가는가 싶더니 세상이 빙빙 돌았다. 그는 곤봉에 맞아 쓰러졌다. 경고의 북을 치듯 주먹과 구둣발이 그에게 날아들었다. 코가 부러지고 눈이 고무줄에 달려 튀어나왔다가 도로 획 머릿속으로 잡아채지는 것처럼 씰룩거렸다. 짓밟는 뒤꿈치에 갈비뼈 하나가 부러졌다. 그는 잠깐 정신을 잃었다가 그들이 일으켜 앉히고 손목을 획 잡아당겨 수갑을 채울 때 정신을 차렸다. 그는 반사적으로 버둥거렸다. 그가 때려서 쓰러뜨린 사복 차림의 부지서장이 손수건으로 턱을 살살 만지면서 피가 나는지 보며 서 있었다. 그러더니 딕에게 와서 자세를 잡고 팔을 뒤로 젖히더니 그대로 그를 때려눕혔다.

 꼼짝하지 않고 누워 있는 다이버 박사에게 그들은 물 한 양동이를 뒤집어씌웠다. 피투성이가 되어 몽롱한 상태로 손목을 잡혀 질질 끌려가는데 한쪽 눈이 떠져서 보니 인간의 얼굴이지만 송장 같은 한 택시 운전사의 얼굴이 보였다.

 "엑셀시어 호텔에 가시오." 그가 힘없이 외쳤다. "미스 워런에게 말해. 200리라! 미스 워런. Due centi lire(200리라)! 아, 이 더러운…… 이 망할……"

 그러나 그는 피범벅이 되어 시야가 흐릿한 가운데 캑캑거리고 흐느끼며 희미하고 울퉁불퉁한 바닥 위로 질질 끌려가 어떤 작은 공간의 돌바닥에 털썩 놓였다. 경찰들이 나갔고 문이 쩽그랑 하고 닫혔고 그는 혼자였다.

23

베이비 워런은 새벽 1시까지 침대에 누워 메리언 크로퍼드*의 이상하게도 활기 없는 로마에 관한 소설을 읽고 있었다. 그러

---

*Francis Marion Crawford(1854~1909). 미국의 소설가. 이탈리아를 배경으로 하는 많은 소설을 썼다.

다가 그녀는 창가로 가 거리를 내려다보았다. 호텔 건너편에 포대기 같은 망토를 걸치고 할리퀸 해트 모양의 경찰모를 써서 기괴해 보이는 경찰관 두 명이 이쪽에서 저쪽으로 빙 돌 때 방향을 반대로 바꾸는 배의 돛처럼 옷을 폭넓게 펄럭이며 왔다 갔다 했다. 그들을 지켜보며 그녀는 점심때 그녀를 열심히 바라보던 근위병 생각이 났다. 그에게는 키가 작은 민족의 키 큰 사람이 그러기 마련인, 키 큰 상태를 유지하는 것 말고는 다른 의무가 없는 사람의 거만한 면이 있었다. 만일 그가 그녀에게 다가와 '당신과 나, 우리 함께 갑시다'라고 했다면 그녀는 '좋아요'라고 했을 것이다—어쨌든 지금은 그렇게 생각되었다. 왜냐하면 낯선 배경 속에서 아직 정신과 몸이 분리되어 있었기 때문이었다.

   그녀의 생각이 근위병에서 다시 서서히 두 경찰관에게로 옮겨갔다가 딕에게 이르렀다. 그녀는 침대에 들어 불을 껐다.

   새벽 4시가 조금 안 되었을 때 거칠게 문을 두드리는 소리에 그녀는 잠을 깼다.

   "네…… 무슨 일이죠?"

   "접객 담당입니다, 부인."

   그녀는 기모노를 입고 졸린 눈으로 그를 맞았다.

   "부인의 친구 다이버 씨가 곤경에 빠졌습니다. 경찰과 문제가 있어 구치소에 갇혔답니다. 택시를 보내 알리면 200리라를 주겠다고 약속했답니다." 그는 조심스럽게 이 말에 대한 승인을 기다렸다. "운전사가 그러는데 다이버 씨가 큰 곤경에 빠졌답니다. 경찰과 싸웠는데 크게 다쳤대요."

"금방 내려갈게요."

그녀는 불안으로 가슴을 두근거리며 옷을 입고 10분 뒤 엘리베이터에서 내려 어두운 로비로 나갔다. 전갈을 가져온 운전사는 가고 없었다. 접객 담당은 다른 택시를 불러 구치소의 위치를 알려주었다. 차를 타고 달리는데 어둠이 걷히며 바깥으로 밀려나 엷어지고 있었다. 잠이 깨지 않은 베이비의 신경은 밤과 낮의 불안정한 균형에 어렴풋이 움츠러들었다. 그녀는 일광과 경주하기 시작했다. 이따금 넓은 가로수 길을 달릴 때면 그녀가 앞서기도 했지만 돌진하는 그것이 무엇이든 간에 잠시 멈출 때마다 여기저기에서 돌풍이 불었으며 느릿한 빛의 포복은 다시 시작되었다. 택시는 큰 그림자를 드리우는 시끄러운 분수를 지나 건물들이 길과 덩달아 구부러지고 뒤틀린 구부러진 샛길로 방향을 틀었다. 자갈길 위를 덜컹덜컹 덜거덕거리며 달리던 택시는 푸른 이끼가 낀 습한 벽에 기대어 두 개의 초소가 세워져 있는 건물 앞에 급정거했다. 갑자기 아치 밑 통로의 보랏빛 어둠 속에서 소리 치고 비명을 지르는 딕의 목소리가 들려왔다.

"거기 영국 사람 없소? 미국 사람 없소? 영국 사람 없소? 거기 누구…… 아, 하느님! 이 더러운 이탈리아 놈들!"

그의 목소리가 사그라졌다. 이어서 문을 두드리는 둔탁한 소리가 들렸다. 그러더니 다시 그의 목소리가 들리기 시작했다.

"거기 미국 사람 없소? 영국 사람 없어요?"

목소리가 나는 곳을 향하여 아치형 통로를 달려가 보니 안뜰이 나왔다. 그녀는 잠시 혼동되어 거기에 선 채로 빙 돌아보다 울부짖는 소리가 들리는 작은 유치장을 보았다. 경찰관 두 명이 벌떡 일어섰지만 베이비는 그들을 스치듯이 지나가 감방 문으로 갔다.

"제부! 이게 무슨 일이에요?"

"저들이 내 눈을 멀게 만들었어요." 그가 소리쳤다. "나한테 수갑을 채우고 몰매를 때렸어, 저 망할 놈의…… 저……"

베이비는 휙 돌아서 경찰관 두 명 쪽으로 한 걸음 나아갔다.

"대체 어떻게 했기에 저 지경이죠?" 작은 소리로 말했지만 맹렬한 기세여서 그들은 그녀의 응집되는 격분 앞에 움찔했다.

"Non capisco inglese(나는 영어 못 합니다)."

그녀는 프랑스어로 그들을 저주했다. 그녀의 거칠고 대담한 분노가 실내를 가득 채우고 그들을 뒤덮었고 그들은 위축되어 그녀가 입힌 비난의 옷 속에서 우물쭈물했다. "뭔가 조치를 취해요! 뭔가 해요!"

"명령이 없이는 아무것도 못 합니다."

"Bene. Bay-nay! Bene(좋아. 좋다고! 좋아)!"

다시금 베이비의 격노의 불길이 그들을 온통 그슬렀으며 그들은 무언가 단단히 잘못됐다는 것을 깨달은 듯이 서로를 바라보고 식은땀을 흘리면서 자기들이 아무것도 할 수 없다는 데 대해 사죄를 했다. 그녀는 감방 문으로 가 그렇게 하면 딕이 그녀의 존재감과 힘을 느낄 것처럼 문을 포옹하다시피 하며 기대어 큰 소리로 말했다. "대사관에 다녀올게요." 마지막으로 두 경찰관에게 무한한 위협의 눈길을 던지고 그녀는 밖으로 뛰어나갔다.

그녀는 미국 대사관으로 갔다. 택시 운전사가 고집을 부려 거기서 요금을 치렀다. 아직 날이 어두웠지만 그녀는 계단을 뛰어올라가 벨을 울렸다. 벨을 세 번 누르고 나서야 잠이 덜 깬 영국인 수위가 문을 열었다.

"누굴 좀 봐야겠어요." 그녀가 말했다. "아무나, 당장."

"아무도 일어나지 않았습니다, 부인. 문은 9시에 엽니다."

조바심이 난 그녀는 시간 이야기는 하지 말라는 식으로 손을 저었다.

"중요한 일이에요. 어떤 사람이, 미국인이 심하게 얻어맞았어요. 여기 이탈리아의 감옥에 있다고요."

"아무도 안 일어났습니다. 9시에—"

"기다릴 수 없어요. 그들이 사람의 눈을 멀게 만들었어요······ 내 제부인데, 감옥에서 풀어주질 않아요. 누군가한테 말해야 해요······ 그래도 모르겠어요? 정신이 어떻게 됐어요? 바보세요? 그런 표정으로 그대로 그렇게 서 있게?"

"저는 아무것도 할 수 없습니다, 부인."

"누구든 깨워야 해요!" 그녀는 그의 어깨를 붙들고 격렬하게 흔들었다. "생사의 문제란 말이에요. 누구든 깨우지 않으면 당신한테 안 좋은 일이 있을 줄 알아요—"

"제 몸에 손대지 마십시오, 부인."

그때 그로턴* 억양의 피곤한 목소리가 수위의 등 뒤 위쪽에서 흘러나왔다.

"무슨 일인가?"

수위가 안도하며 대답했다.

"어떤 여자인데 저를 잡고 뒤흔들었습니다." 그는 뒤돌아 안으로 가 말했다. 그러자 베이비는 문을 넘어서 현관 안으로 들어갔다. 수가 놓인 흰 페르시아 가운을 둘러 입은, 방금 잠에서 깬 특이한 청년이 층계참에 서 있었다. 그의 얼굴은 기괴하고 부자연스러운 분홍색이었으며, 선명하지만 산뜻하지 않았다. 게다가 입 위에는 재갈 같아 보이는 게 붙어 있었다. 베이비를 보자 그는 얼굴을 가리려고 어두운 데로 몸을 움직였다.

"무슨 일입니까?" 그가 반복했다.

베이비는 흥분한 나머지 계단으로 조금씩 다가가며 설명을 했다. 이야기를 하면서 그녀는 재갈로 보였던 게 사실은 콧수염의 모양을 잡아주는 띠였으며 얼굴이 그런 것은 분홍색 콜드크림 때문임을 알았지만 이 사실은 은근히 그 악몽 같은 상

---

*상류층 자제들이 다니던 매사추세츠의 명문 사립학교.

황과 부합했다. 그가 해야 할 일은 당장 감방으로 달려가서 딕을 꺼내 오는 것이라고 그녀는 열렬히 부르짖었다.

"한심스러운 일입니다." 그가 말했다.

"네." 그녀는 호의를 얻으려는 듯 그의 말에 동의했다. "네?"

"경찰과 싸우는 것 말입니다." 자기가 직접 모욕당한 것 같은 느낌이 들어간 음성이었다. "9시 전에는 아무것도 못 합니다."

"9시 전에는." 그녀는 깜짝 놀라며 그의 말을 되풀이했다. "하지만 그 전에 무언가 할 수 있는 게 있어요, 그럼요! 나와 함께 감방에 가서 그들이 제부를 더 이상 해치지 못하게 할 수 있어요."

"우리에게는 그런 일이 허용되지 않아요. 그런 건 영사관 업무입니다. 영사관은 9시에 문을 열어요." 수염을 묶은 줄 때문에 무표정할 수밖에 없는 그의 얼굴을 보자 베이비는 더 화가 치밀었다.

"9시까지 기다릴 수 없어요. 제부가 그러는데 그들이 한쪽 눈을 멀게 했대요, 중상을 입었어요! 제부한테 가봐야 해요. 의사를 불러야 해요." 그녀는 자제하지 않고 말은 말대로 하면서 화를 내며 울기 시작했다. 말보다는 소동을 피워야 그가 반응하리라는 것을 알았기 때문이다. "무슨 수를 써줘야 해요. 곤경에 빠진 미국 시민을 보호하는 게 당신들이 할 일이잖아요."

하지만 동북부 연안 지역 출신인 그는 그녀로서는 어려운 상대였다. 그의 위치를 이해하지 못한 그녀를 보고 참을성 있게 머리를 흔들면서 그는 페르시아 가운을 바짝 여미고 몇 계단 밑으로 내려왔다.

"이분에게 영사관 주소를 써드리게." 그가 수위에게 말했다. "그리고 콜라초 의원의 주소와 전화번호를 찾아 그것도 함께 적고." 그는 노한 그리스도의 표정으로 베이비를 마주했다. "아가씨, 외교단은 이탈리아 정부와 관련해서 미국 정부를 대표합니다. 국무성의 특별한 지시가 있는 사안 외에는 시민을 보호하는 일과는 상관이 없습니다. 아가씨의 제부는 이 나라의 법을 어겨서 수감된 거예요. 이탈리아인도 마찬가지로 뉴욕에서 수감될 수 있듯이 말입니다. 제부를 석방시킬 수 있는 유일한 사람은 이탈리아의 법관이에요. 아가씨의 제부에게 사유가 있다면 영사관에 도움을 청해 조언을 받을 수 있을 겁니다, 미국 시민의 권리를 보호해주는 일을 하니까요. 거기도 9시에 문을 엽니다. 제 동생 문제라고 해도 더이상 제가 할 수 있는 건 아무것도 없습니다—"

"영사관에 전화해주실 수 있어요?" 그녀가 그의 말을 잘랐다.

"우리는 영사관 일에 개입할 수 없어요. 영사가 9시에 출근하면—"

"영사의 집 주소를 알려주시겠어요?"

잠깐 멈칫한 다음 그는 고개를 가로저었다. 그리고 수위로부터 메모지를 건네받아 그녀에게 주었다.

"자 이제 그만 가주셔야겠습니다."

그는 그녀를 문까지 안내했다. 순간적으로 보랏빛 여명이 분홍색 낯짝과 수염을 받쳐주는 작은 리넨 주머니에 날카롭게 비쳤다. 그리고 베이비는 문밖의 계단에 홀로 섰다. 10분 만에 대사관에서 나왔다.

대사관에 면해 있는 광장은 끝에 못이 박힌 막대기로 담배꽁초를 줍고 있는 한 노인을 제외하고는 텅 비었다. 베이비는 곧 택시를 잡아타고 영사관으로 갔지만 계단을 솔로 문질러 닦고 있는 불쌍한 여인네 셋 말고는 아무도 없었다. 그녀는 그들에게 영사의 집을 알려달라는 말을 이해시킬 수 없었다. 별안간 걱정이 되살아나자 그녀는 후다닥 영사관에서 나와 운전사에게 구치소로 가자고 했다. 운전사는 그게 어디에 있는지 몰랐지만 베이비가 'semper dritte, dextra, sinestra(오른쪽으로 계속, 오른쪽, 왼쪽)'와 같은 말로 그에게 방향을 지시하며 대략 그 부근까지 갔다. 그녀는 차에서 내려 낯익은 골목길의 미로를 여기저기 가보았다. 하지만 건물이나 골목이나 모두 다 비슷해 보였다. 어떤 골목길을 빠져나가 보니 바로 스페인 광장이였는데 거기서 아메리칸 익스프레스사가 보였다. 간판의 '아메리칸'이라는 말을 보자 그녀는 기운이 났다. 창문에 불이 켜져 있어 서둘러 광장을 가로질러 가서 문을 열어보았지만 잠겨 있었다. 안에 있는 시계가 7시를 가리켰다. 그때 그녀는 콜리스 클레이를 떠올렸다.

그녀는 그가 묵는 호텔 이름을 기억하고 있었다. 창문들이

플러시 천으로 밀폐된 답답한 건물이었다. 사무실 당직을 서는 여자는 베이비를 도울 마음이 없었다. 클레이 씨를 깨울 권한이 자기에게 없으며 워런 양이 혼자 그의 방에 올라가는 것도 허락할 수 없다고 했다. 그러다 마침내 그게 정욕과 관련된 일이 아니라는 것을 깨닫고 베이비와 함께 올라갔다.

콜리스는 알몸으로 누워 있었다. 그는 술에 취해 들어온지라, 잠에서 깨며 자신이 알몸이라는 사실을 깨닫기까지는 약간의 시간이 걸렸다. 옷을 가지고 화장실로 들어간 그는 옷을 서둘러 입으면서 "아이쿠. 저 여자가 죄다 봤을 텐데"라고 중얼거렸다. 그와 베이비는 전화를 걸어서 구치소의 위치를 알아내 함께 그리로 갔다.

감방 문이 열려 있었고 딕은 유치장 대기실 의자에 구부정하게 앉아 있었다. 얼굴의 피가 좀 닦여 있었고 상처를 가리기 위해서인지 빗질한 머리에 모자가 씌워져 있었다. 베이비는 문 앞에서 부들부들 떨었다.

"클레이 씨가 제부와 함께 있을 거예요." 그녀가 말했다. "나는 가서 영사와 의사를 데려올게요."

"알았어요."

"말하지 말고 있어요."

"알았어요."

"다녀올게요."

그녀는 영사관으로 갔다. 8시가 지났기 때문에 대기실에서 기다리는 것이 허락되었다. 9시가 거의 다 되어 영사가 출근했다. 베이비는 무력감과 극도의 피로로 인하여 병적으로 흥분해서 사정 이야기를 반복했다. 영사는 마음이 동요되었다. 그는 이국의 도시에서 싸움에 말려들지 말라고 경고했지만, 무엇보다 그녀를 밖에서 기다리게 하는 데 주된 관심을 기울였다—그녀는 중년을 지난 영사의 눈을 보고 그가 가급적이면 이 참변에 관여하지 않으려는 것을 눈치채고 절망스러웠다. 그가 어떤 행동을 취해주기를 기다리며 그녀는 그 시간을 의사를 불러 딕에게 보내는 데 썼다. 대기실에 다른 사람들이 있었다. 몇 명이 영사의 사무실에 들어갔다 나왔다. 30분 뒤에 그녀는 누가 나오는 틈을 이용해 비서를 밀치고 안으로 들어갔다.

"이건 말도 안 돼요! 미국 사람이 매를 맞아 거의 죽을 지경이 되어 감금되었는데 아무런 조치도 취하지 않다니."

"잠깐만요, 아가씨 성함이……"

"충분히 기다렸어요. 당장 유치장에 가서 제부를 꺼내줘요!"

"아가씨 성함이……"

"우리는 미국에서 지위가 높은 사람들이에요." 계속 말하는 가운데 그녀의 입이 굳어졌다. "불명예스러운 일만 아니라면 우리는…… 이 문제에 대한 영사님의 무관심이 적절한 부처에 보고되도록 할 겁니다. 만일 우리 제부가 영국 시민이었다면 이미 몇 시간 전에 풀려났을 거예요. 하지만 영사님은 자신의 임무보다는 경찰이 어떻게 생각할지를 더 걱정하고 있군요."
"아가씨 성함이……"
"어서 모자를 쓰고 당장 저하고 함께 가요."
영사는 모자라는 말에 놀라며 황급히 안경을 닦고는 서류를 추리기 시작했다. 그래도 아무런 소용이 없었다. 흥분한 미국의 신여성은 그를 지배했다. 한 국민의 도덕적 등뼈를 부러뜨리고 대륙 전체를 육아실로 만든 그들의 전면적인 불합리한 기질을 그는 도저히 감당할 수가 없었다. 그는 벨을 눌러 부영사를 불렀다―베이비가 이겼다.

딕은 유치장 대기실에 잔뜩 쏟아져 들어오는 햇빛 속에 앉아 있었다. 콜리스가 그와 두 경찰관과 함께 있었다. 그들은 어떤 변화가 있기를 기다리고 있었다. 딕은 시야가 좁아진 한쪽 눈으로 경찰관들을 볼 수 있었다. 그들은 윗입술이 짧은 토스카나 출신 시골뜨기들이었는데 그들과 간밤의 무자비한 행위를 연결하기 쉽지 않았다. 그는 그중 한 명에게 맥주 한 잔을 사 오도록 시켰다.
맥주를 마시고 약간 들뜬 기분이 되자 잠시 간밤의 에피소드가 냉소적 기분의 빛으로 조명되었다. 콜리스는 그 영국 여자가 딕이 당한 참변과 관련이 있다고 생각했다. 하지만 딕은 그 일이 발생하기 오래전에 그녀가 사라졌다고 확신했다. 콜리스는 워런 양이 침대에 누워 있는 자기의 알몸을 봤다는 사실에 몰두하고 있었다.

격분이 안으로 좀 움츠러들자 딕은 자신이 너무나 한심스럽고 무책임했다는 것을 통절히 느꼈다. 이미 벌어진 일이 너무 흉해서 그 일이 숨을 못 쉬도록 제거하지 않으면 무슨 짓을 해도 달라질 게 없었다. 그런데 그럴 가망이 없으므로 절망적이었다. 이후 그는 딴사람이 될 것이다. 원초적인 상태에 처한 그는 그 새로운 자기가 어떨지에 대한 괴상한 생각이 들었다. 그 문제에는 인간 외적인 불가항력의 속성이 있었다. 굴욕에서 덕을 입는 아리아인은 아무도 없다. 용서할 때 굴욕은 그의 인생의 일부가 되는 것이고 그러면 굴욕을 안겨준 바로 그것과 자신을 같은 것으로 인정하는 것이다. 하지만 이것은 이번 경우에는 있을 수 없는 귀결이었다.

콜리스가 보복 이야기를 꺼내자 딕은 고개를 가로저을 뿐 말이 없었다. 옷을 다려 입고 광을 낸 부지서장이 생기 넘치는 모습으로 마치 세 사람처럼 방에 들어왔다. 감시하던 경찰들이 벌떡 일어나 차렷 자세를 취했다. 그는 빈 맥주병을 잡아들고 부하들을 한바탕 야단쳤다. 그에게는 새로운 활기가 있었다. 그는 먼저 맥주병을 구치소 밖으로 치우도록 했다. 딕은 콜리스를 바라보며 웃었다.

스완슨이라는 이름의 격무에 시달리는 부영사가 오자 그들은 법원으로 출발했다. 딕의 양옆에는 콜리스와 스완슨이, 바로 뒤에는 두 경찰관이 동행했다. 햇빛이 노랗게 침투하는 연무 낀 아침이었다. 광장과 지붕이 있는 통행로마다 사람들로 붐볐다. 딕은 모자를 푹 눌러쓰고 빨리 걸어 다른 사람들이 보조를 맞추도록 했다. 그러자 다리가 짧은 경찰관이 옆으로 달려와 항의를 했다. 스완슨이 분쟁을 조정했다.

"내가 나라 망신시킨 거죠?" 딕이 쾌활하게 말했다.

"이탈리아 사람들과 싸우다간 자칫 죽을 수도 있습니다." 부영사는 계면쩍어하며 대답했다. "이번에는 아마 무사히 풀려나실 겁니다. 하지만 이탈리아 사람이라면 이런 일로 징역형 두 달은 받을 겁니다. 그렇고말고요!"

"감옥살이한 적 있습니까?"

스완슨은 웃었다.

"이 사람이 마음에 드는군." 딕이 클레이에게 말했다. "호감이 가는 젊은이인 데다 훌륭한 충고까지 해주네그려. 감옥살이를 한 적이 있는 게 분명해. 아마 한번 교도소에 가면 몇 주씩은 있었을걸."

스완슨은 웃었다.

"조심하시라는 겁니다. 이들이 어떤 사람들인지 모르세요."

"웬걸요, 알아요, 이들이 어떤 놈들인지." 그가 짜증스럽게 말을 내뱉었다. "염병할 구린내 나는 인간들이오." 그는 경찰관을 뒤돌아보며 말했다. "알아들었어?"

"저는 여기서 이만 가보겠습니다." 스완슨이 급히 말했다. "선생의 처형에게도 그럴 거라고 말했습니다. 저 위의 법정에서 우리 영사관 변호사를 만나실 겁니다. 조심하셔야 합니다."

"안녕히 가세요." 딕이 정중하게 손을 내밀어 악수했다. "고맙습니다. 장래가 기대됩니다……"

다시 한 번 미소를 지어 보이고 공식적인 비난의 표정을 되찾은 스완슨은 서둘러 가버렸다.

그들은 건물의 안뜰에 들어섰다. 안뜰을 둘러싼 건물 외벽마다 법정으로 올라가는 옥외 계단이 있었다. 그들이 깃발 옆을 지나는데 뜰 안에서 어정거리는 사람들의 불만스런 신음 소리와 야유하는 쉿 소리, 우우 하는 소리가 들렸다. 격분과 경멸로 가득한 목소리들이었다. 딕은 눈을 동그랗게 뜨고 그 안을 둘러보았다.

"무슨 일이지?" 그가 깜짝 놀라서 물었다.

경찰관 중 한 명이 그 사람들과 이야기를 하자 소리가 잠잠해졌다.

그들은 법정으로 들어갔다. 행색이 초라한 이탈리아인 영사관 변호사가 딕과 콜리스가 옆에서 기다리는 동안 한참을 판사와 이야기했다. 영어를 할 줄 아는 누군가가 안뜰이 내려다보이는 창가에 서 있다가 와서 딕의 일행이 지나올 때 그들이 무슨 까닭으로 야유를 했는지 알려주었다. 다섯 살짜리 어린애를 강간하고 살해한 프라스카티의 주민이 그날 아침에 법정에 설 예정이었는데, 딕이 그 범인이라고 추측들을 했다는 것이었다.

몇 분 뒤 변호사는 딕이 석방되었다고 말했다. 법정은 그가 충분히 처벌받은 것으로 간주했다.

"충분히!" 딕이 외쳤다. "처벌이라니, 내가 뭘 했다고?"

"가시죠." 콜리스가 말했다. "이제 할 수 있는 게 없어요."

"아니, 택시 운전사와 싸운 거 말고 내가 뭘 어쨌다는 거야?"

"악수를 할 것처럼 형사한테 가더니 그를 때렸다는 게 그들의 주장입니다……"

"그건 사실이 아니오! 그럴 거라고 말을 하고 때렸어요. 난 그자가 형사인 줄 몰랐어요."

"어서 가시는 게 좋겠습니다." 변호사가 재촉했다.

"가시죠." 콜리스가 딕의 팔을 잡아 계단을 내려갔다.

"연설을 하고 싶어." 딕이 외쳤다. "이 사람들에게 내가 어떻게 다섯 살짜리 여자 아이를 강간했는지 설명해주고 싶어. 어쩌면 내가……"

"가시죠."

베이비는 택시 안에서 의사와 함께 그를 기다리고 있었다. 딕은 그녀를 보고 싶지 않았고 그 의사가 싫었다. 그의 근엄한 태도를 보고 딕은 그가 유럽인의 유형 중에서도 가장 표시가 안 나는 라틴계 도덕주의자임을 알아챘다. 딕은 그 재난적인 일에 관하여 그가 생각하고 있는 바를 요약해서 말해주었지만 아무도 별로 할 말이 없었다. 퀴리날 호텔의 그의 방에서 의사는 피와 기름땀을 마저 씻어낸 다음 부러진 코와 갈비뼈와 손가락을 맞췄다. 작은 상처들을 소독하고 눈에 믿음직한 붕대를 붙였다. 딕은 아직도 정신이 활짝 깨 있고 신경성 활력이 넘쳐나 의사에게 극소량의 모르핀을 요청했다. 그는 모르핀을 복용하고 잠이 들었다. 의사와 콜리스는 가고 베이비는 영국인 요양소에서 그를 돌봐줄 여자가 올 때까지 가지 않고 기다렸다. 힘든 밤이었지만, 그녀는 딕의 과거 기록이야 어떻든 그가 쓸모 있는 한은 이제 자기와 동생이 그보다 도덕적으로 우월하다는 만족감을 가지게 되었다.

3부

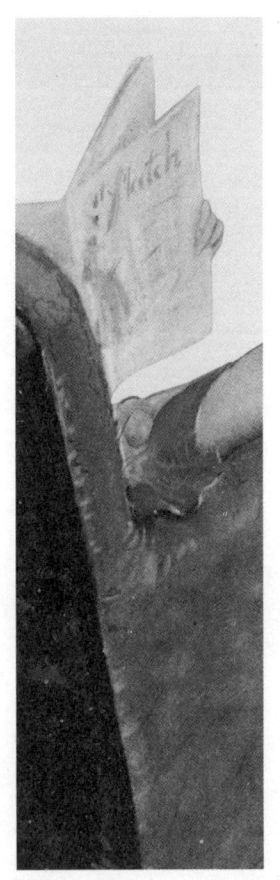

1

프라우 케테 그레고로비우스는 집으로 가는 길에 앞서가는 남편을 보고 따라붙었다.
 "니콜은 어때요?" 그녀는 조심스럽게 물었지만 헐떡거리며 말함으로써 뛰어오는 동안 그 질문을 하려고 했다는 것을 드러내었다.
 프란츠는 놀라워하며 그녀를 보았다.
 "니콜은 아프지 않아. 그건 왜 물어보오, 여보?"
 "당신이 니콜을 그렇게 자주 보러 가니까…… 니콜이 아픈가 보다 했죠."
 "그 이야기는 집에 가서 합시다."
 케테는 순순히 따랐다. 그의 서재는 행정관 건물에 있고 아이들과 가정교사가 거실을 쓰고 있어서 그들은 침실로 올라갔다.

"미안해요, 여보." 케테가 그가 입을 떼기 전에 말했다. "미안해요, 여보. 그런 말을 해서는 안 되는데. 나도 내 의무를 잘 알고 그걸 자랑스럽게 생각요. 하지만 니콜과 난 감정이 좋지 않아요."

"둥지의 새들처럼 사이좋게 지내야지." 프란츠가 호통을 쳤다. 그러고는 그 어조가 자신의 뜻을 전달하는 데 적절하지 않다는 것을 깨닫고, 은사인 돔러 박사가 아주 진부하고 평범한 말에도 중요성을 부여하던 방식으로 일정한 간격을 주면서 한 마디 한 마디 깊이 생각해서 말하는 리듬으로 명령을 반복했다. "둥지의—새들처럼—사이좋게—**지내야지**!"

"알아요. 당신 내가 니콜한테 예의 없이 구는 건 본 적이 없잖아요."

"양식이 없이 굴잖아. 니콜은 부분적으로는 환자야…… 어쩌면 평생 어느 정도는 환자로 살 거야. 딕이 부재중일 때는 내가 니콜을 책임져야 해." 그는 망설였다. 그는 자기 혼자 즐기는 장난으로서 새로운 사실이 있어도 케테에게 알리지 않을 때가 있었다. "오늘 아침에 로마에서 전보가 왔어. 딕이 독감에 걸려서 내일 출발한대."

그 말에 한시름 놓은 케테는 전보다는 덜 개인적인 어조로 자기의 생각을 피력했다.

"니콜은 사람들이 생각하는 것만큼 아프지 않은 것 같아요…… 병을 지배 수단으로 간직하고 있는 거라고요. 당신이 좋아하는 노마 탈마지처럼 배우나 되지…… 미국 여자들은 영화에 출연하면 모두 행복해할 거예요."

"당신 노마 탈마지를 질투하는 거야? 영화인데도?"

"난 미국인들이 싫어요. 이기적이에요, 아주 이기적이야."

"딕은?"

"딕은 좋아요." 그녀가 인정했다. "딕은 달라요, 다른 사람들 생각도 하죠."

―노마 탈마지도 그렇다, 프란츠는 마음속으로 말했다. 노마 탈마지는 외모의 아름다움을 넘어서는 고상하고 고결한 여인임에 틀림없다. 억지로 바보 같은 역할을 맡는 게 틀림없다. 개인적으로 알게 된다면 대단한 영광으로 생각될 여자임에 틀림없었다.

케테는 노마 탈미지를 잊고 있었다. 어느 날 취리히에서 영화를 보고 집에 오는 길에 차 안에서 몹시도 그녀의 속을 끓였던 선명한 영상 속의 그녀를.

"……딕은 돈을 보고 니콜과 결혼했어요." 그녀가 말했다. "그게 딕의 결점이죠. 어느 날 밤인가 당신도 그와 비슷한 말을 한 적이 있잖아요."

"악담을 하는군."

"하지 말았어야 할 말이네요." 그녀는 앞서 한 말을 취소했다. "당신 말처럼 우리 모두 둥지의 새처럼 사이좋게 지내야 하겠죠. 하지만 니콜이 마치…… 놀라 움찔하듯 뒤로 약간 물러날 때는…… 마치 나한테서 무슨 나쁜 냄새가 나는 것처럼 행동할 때는 나도 쉽지 않다고요!"

케테는 물질적인 진실을 언급했다. 그녀는 가사를 대부분 도맡아 했다. 근검절약하느라 옷도 거의 사지 않았다. 하루 두 번 갈아입을 속옷을 매일 밤 세탁하는 미국의 여점원이라면 케테의 몸에서 그 전날 흘린 땀이 되살아난 냄새를 알아차릴 것이다. 그것은 냄새라기보다는 끝없는 노고와 부패를 생각나게 하는 암모니아성의 무엇이었다. 프란츠에게 그것은 케테의 진하고 불분명한 머리 냄새처럼 자연스러운 것인지라 그 냄새도 역시 의식하지 못했겠지만, 태어나서부터 옷 입히는 간호사의 손가락 냄새마저 싫어했던 니콜에게 그것은 인내해야 할 불쾌한 것이었다.

"그리고 그 집 아이들." 케테가 계속해서 말했다. "니콜은 자기 아이들이 우리 아이들과 노는 걸 싫어해요—" 하지만 프란츠는 더 이상 들을 수가 없었다.

"입 다물어. 그런 이야기는 내가 하는 일에 해가 될 수 있어. 우리가 이 병원을 하고 있는 건 니콜 덕분이야. 점심이나 먹읍시다."

케테는 자신의 감정 폭발이 경솔한 행동이었음을 알았지만 프란츠의 마지막 말을 듣고 그들 말고도 돈 많은 미국인들이 있다는 생각이 떠올랐다. 그리고 일주일 뒤 그녀는 니콜을 싫어하는 마음을 또 다른 논쟁으로 드러냈다.

딕이 돌아와 그들 부부에게 저녁을 대접했을 때였다. 그들의 발소리가 멀어지자마자 그녀는 문을 닫고 프란츠에게 말했다.

"딕의 눈가를 봤어요? 주색에 빠졌던 얼굴이에요!"

"말조심하구려." 프란츠가 부탁했다. "딕이 돌아오자마자 그 이야기를 해줬어. 대서양 횡단 기선에서 권투를 했다고. 기선을 탄 미국인 승객들이 권투를 많이 한다는군.

"내가 그걸 믿을 거 같아요?" 그녀가 비웃었다. "한쪽 팔을 움직일 때 아파하고 관자놀이에 아물지 않은 상처가 있어요, 머리엔 머리칼을 자른 자리가 보이고요."

프란츠는 그런 세세한 사항들을 알아채지 못하고 있었다.

"그래서 어쨌다는 거냐고요?" 케테가 물었다. "그런 게 병원에 좋을 리 있겠어요? 오늘 밤에 풍긴 술 냄새도 그렇고, 딕이 돌아온 뒤로 여러 번 그랬어요."

그녀는 다음 말의 무게에 어울리게 말을 늦추었다. "딕은 더 이상 진지하지 않아요."

프란츠는 그녀의 집요함을 떨쳐버리려는 듯 어깨를 으쓱해 보이며 2층으로 올라갔다. 그는 침실에서 정색하고 말했다.

"딕은 의심할 여지 없이 진지한 사람이고 탁월해. 근래 취리히에서 신경 병리학으로 학위를 받은 사람들 중 가장 우수한 사람으로 평가되고 있어…… 나보다 더 높이."

"수치예요!"

"사실이야…… 그걸 인정하지 않는 거야말로 수치지. 나는 고도로 복잡한 사례가 생기면 딕한테 물어봐. 딕의 저작은 그 부문에서는 여전히 권위가 있지. 의학 전문 도서관 아무데나 가서 물어봐. 학생들은 대부분 딕을 영국인으로 생각해. 미국인에게 그렇게 면밀한 면이 있다는 것을 믿지 못하는 거지." 그는 베개 밑에 놓인 파자마를 꺼내면서 가정적인 남자가 그러듯 끙 하는 소리를 냈다. "난 당신이 왜 그런 식으로 말하는지 모르겠어…… 당신이 딕을 좋아하는 줄 알았는데."

"수치예요!" 케터가 말했다. "당신이야말로 확실한 사람이에요. 당신이 그 일들을 다 하잖아요. 토끼와 거북이 같은 경우에요…… 그리고 내 생각에는 토끼의 경주는 거의 끝났어요."

"쯧쯧!"

"그래도 할 수 없어요. 사실이 그러니까요."

그는 손바닥을 올렸다 기운차게 확 내렸다.

"그만!"

결론적으로 그들은 토론자들처럼 서로의 관점을 교환했다. 케테는 자신이 딕에 대해 너무 심한 말을 했다는 것을 인정했다. 그녀는 자기의 진가를 알고 자기를 이해하는 그에게 감탄하는 마음을 가졌고 경외심 또한 품고 있었다. 프란츠의 경우, 그는 일단 케테의 견해를 충분히 인식할 시간을 가진 뒤로는 조금도 딕이 진지하다고 생각하지 않게 되었다.

2

 딕은 듣는 사람을 고려해 로마에서 당한 재난을 삭제하고 추려 각색한 이야기를 해주었다—그 이야기에서는 그가 박애 정신을 발휘해 어떤 술 취한 친구를 구했다. 그는 베이비 워런이 입을 다물고 있으리라고 믿었다. 그 사건의 진상이 알려질 경우 그게 니콜에게 끼칠 재난적인 영향이 어떨지 생생하게 설명해두었기 때문이다. 하지만 이 모든 것은 좀처럼 없어지지 않는 그 일화의 기억이 그에게 드리우는 영향에 비하면 낮은 장애물이었다.

 이에 대한 반응으로 딕은 일에 몰두함으로써 자신에게 더 심한 매질을 했다. 하여 그와 결별하려는 프란츠는 불화를 일으킬 아무런 꼬투리도 찾을 수 없었다. 살점을 떼내는 고통이 없이 한 시간 만에 깰 수 있는 우정이라면 우정이라고 불릴 가치가 없는 것이다—그래서 프란츠는 딕이 지적으로나 정서적으로 그런 속도로 나아감으로써 일으키는 파장이 자기를 뒤흔든다는 생각이 점점 더 확신적으로 들어도 저항하지 않았다—이것은 전에는 그들의 관계에서 장점이라고 여겨졌던 두 사람 사이의 차이였다. 마찬가지로 신발을 만들어도 그 소용되는 곳이 보잘 것 없을 경우에는 묵은해의 가죽을 쓰는 법이다.

 하지만 5월이 되어서야 프란츠는 둘 사이에 첫 번째 쐐기를 박을 기회를 얻었다. 하루는 정오에 딕이 창백하고 피곤한 안

색으로 프란츠의 사무실에 들어와 다음과 같은 말을 하며 앉았다.

"그녀가 세상을 떠났네."

"죽었다고?"

"심장이 포기했어."

딕은 문에서 가장 가까운 의자에 녹초가 되어 앉아 있었다. 지난 사흘 밤을 그는 그가 사랑하게 된, 부스럼투성이인 익명의 여류 예술가 곁을 지켰다. 공식적으로는 아드레날린을 분배해주기 위해서였지만, 실제로는 최대한 앞에 놓인 어둠에 희미한 불빛이라도 비춰주기 위함이었다.

그의 기분을 어느 정도 헤아리고 프란츠는 재빨리 의견을 개진했다.

"그건 신경 매독이었네. 그 모든 바서만 혈액검사 결과가 한결같아. 척수액이……"

"신경 그만 써." 딕이 말했다. "아, 젠장, 신경 그만 쓰라고! 그녀가 자기 비밀을 무덤까지 가져가려고 그만치 마음을 썼으면 그냥 그대로 내버려두게."

"자네 하루 쉬는 게 좋겠네."

"걱정 말게, 그럴 테니."

프란츠는 쐐기를 얻었다. 그는 그 여자의 오빠에게 보낼 전보를 쓰다가 고개를 쳐들어 물었다. "아니면 짧은 여행이라도 다녀오겠나?"

"지금은 아냐."

"휴가를 말하는 게 아니야. 로잔에 환자가 있네. 아침 내내 어떤 칠레 사람한테 온 전화를 받고 있었어⋯⋯"

"그녀는 정말 용감했는데." 딕이 말했다. "그리도 오래 걸리다니." 프란츠는 가엾다는 듯 머리를 흔들었고 딕은 감정을 가라앉혔다. "방해해서 미안하네."

"이건 그저 기분 전환용 케이스야. 어떤 상황인가 하면 이 아버지가 아들 때문에 골치를 썩고 있다네. 아버지는 아들을 여기에 데려오지 못한대. 그래서 누군가 거기에 와주었으면 하는 거야."

"무슨 문제인데? 알코올 중독? 동성애? 자네가 로잔 이야기를 할 때⋯⋯"

"조금씩 다 섞여 있어."

"가겠네. 돈벌이는 되는 일인가?"

"상당히 많이. 가서 이삼 일 있을 생각하게. 계속 지켜볼 필요가 있으면 아들을 이리로 데리고 와. 아무튼 서두르지 말게, 휴식도 취하면서 해. 일도 하고 놀기도 하고 겸사겸사."

기차에서 두 시간 잠을 자고 나니 몸이 개운했다. 그래서 딕은 기분이 좋은 상태로 세뇨르 파르도 이 쿠이다드 레알과 면담을 했다.

이런 면담은 매번 거의 같은 유형이었다. 가족의 대표자가 보이기 일쑤인 병적인 흥분은 환자의 상태만큼이나 심리학적으로 흥미로웠다. 이번 경우도 예외가 아니었다. 세뇨르 파르도 이 쿠이다드 레알은 귀족적인 태도에다 부와 권력에 따르는 모든 종속물을 가진, 철회색 머리의 잘생긴 스페인 혈통의 사람이었다. 트루아 몽드 호텔 방에서 그가 몹시 화를 내며 서성이면서 아들에 관한 이야기를 할 때 보인 자제력은 술에 취한 여자보다 나을 게 없었다.

"백계무책입니다. 내 아들은 타락했어요. 해로 고등학교에서도 타락했고, 케임브리지 킹스 칼리지에서도 타락한 생활을 했어요. 구제 불능입니다. 이제는 술 문제까지 있으니 그 아이가 어떠리라는 건 더욱더 명백하지요. 추문이 그치지 않아요. 모든 수를 다 써보았죠. 의사인 친구와 계획을 짜서 아들을 그 친구와 함께 스페인으로 여행을 보냈습니다. 친구는 프란시스코에게 매일 밤 칸타리스 약물*을 투약하고 둘이 함께 명성이 자자한 매음굴에도 갔습니다. 한 주 정도는 계획대로 잘 되어간다 싶었는데 아무런 효과도 보지 못했습니다. 결국은 지난주에 바로 이 방에서, 아니 정확히는 저 화장실에서……" 그는 손으로 화장실을 가리켰다. "프란시스코에게 웃통을 벗게 하고 채찍으로 때렸습니다……"

감정을 소비하느라 녹초가 된 그는 의자에 앉았다. 그때 딕이 말했다.

*최음제.

"어리석은 짓을 저지르셨군요. 스페인 여행도 쓸데없는 일이었고……" 그는 우습다는 생각이 물밀듯 이는 것을 억제하려 애썼다. 훌륭한 의사라는 사람이 그런 아마추어 같은 실험을 하다니! "세뇨르, 이런 경우에는 아무것도 장담할 수 없습니다. 알코올 문제라면 종종 어떤 결과를 볼 수 있습니다, 적절한 협조가 이루어진다면요. 가장 먼저 할 일은 아드님을 만나보고 그에게 충분한 신뢰를 얻어 이 문제에 대해 무엇이든 깨닫고 있는 게 있는지 알아보는 것입니다."

─테라스에서 딕과 함께 앉은 청년은 스무 살 정도였으며 잘생기고 예민했다.

"네 생각을 알고 싶구나." 딕이 말했다. "상황이 악화되고 있다고 생각하니? 무슨 수를 쓰고 싶어?"

"그런 거 같아요." 프란시스코가 말했다. "아주 비참해요."

"술 때문인 거 같아, 아니면 비정상적인 것 때문인 거 같아?"

"후자 때문에 술을 마시게 되는 거 같아요." 그는 한동안 진지했다. 그러다 갑자기 억누를 수 없는 재미있는 생각이 들었는지 웃으며 말했다. "가망이 없어요. 킹스 칼리지에서 나는 칠레 고추의 여왕으로 알려졌죠. 그 스페인 여행은…… 여자만 보면 구역질이 나게 만들었을 뿐이에요."

그가 이야기하는 중간에 딕이 날카롭게 한마디 했다.

"네가 이 엉망인 상태에서 행복하다면 나는 도움이 안 되고 시간만 낭비할 뿐이야."

"아뇨, 우리 얘기해요. 나는 사람들 대부분을 몹시 경멸해요." 그에게는 남성다운 데가 있었다. 그것이 변태되어 아버지에 대한 적극적인 저항으로 나타났던 것이다. 그의 눈에는 동성애자들이 그 주제를 논할 때 보이기 마련인 전형적인 익살스러우면서도 짓궂은 표정이 있었다.

"그건 기껏해야 음성적으로 할 수밖에 없는 일이야." 딕이 그에게 말했다. "너는 그 일에, 그리고 그 결과에 인생을 소비할 거야. 그러면 다른 버젓한 행위 또는 사회적 행위에 쓸 시간이나 에너지가 없을 거고. 세상에 맞서고 싶으면 관능부터 조절하는 것으로 시작해야 해. 그리고 무엇보다 그걸 유발하는 술부터 조절해야지……"

그는 이미 10분 전에 이 사례를 단념하고 기계적으로 말하고 있었다. 그들은 한 시간 더 칠레에 있는 집과 야망에 관하여 이야기했다. 딕은 병리학적인 측면을 떠나 일반적인 시각에서 그런 인물을 이해하는 데 이보다 더 가까이 다가간 적이 없었다—바로 그런 매력 때문에 프란시스코가 무절제한 행위를 저지를 수 있었다고 추측했다. 그런데 딕에게 있어서 매력은 항상 독립적으로 존재하는 것이었다, 그날 아침 병원에서 숨을 거둔 그 가엾은 여인의 무모한 용기이든, 길 잃은 이 젊은이가 따분한 과거의 이야기를 할 때 보인 용기 있는 기품이든. 딕은 그 매력이란 것을 보관해둘 수 있을 만치 작게 해부했다—인생의 전체와 부분은 질적인 면에서 다르며, 또 40대를 지나는 동안의 인생은 부분을 통해서만 관찰이 가능한 것 같다는 점을 깨달은 것이다. 니콜과 로즈메리에 대한 사랑, 에이브 노스와의 우정, 종전(終戰)의 부서진 세상 속에서 사는 토미 바르방과의 우정—그런 관계 속에서 인격들은 그가 인격 자체가 될 만치 가까이 그에게 미락한 것 같았다. 그리고 전부 아니면 전무(全無)라는 양자택일을 할 어떤 필요가 있는 것으로 생각되었다. 마치 남은 인생을 사는 동안, 일찍이 만났고 일찍이 사랑한 어떤 사람들의 자아를 지니고 다니도록, 그리고 그들이 완전한 만큼만 완전하도록 운명 지어져 있는 것 같았다. 거기에는 어떤 외로움의 구성 요소가 결부되어 있었다—사랑받기는 그리도 쉽다는 것—사랑하기는 그리도 어렵다는 것.

베란다에서 아들 프란시스코와 앉아 있는데 딕의 시야에 과거의 유령이 쓱 들어섰다. 키가 크고 야릇하게 흔들거리며 걷는 남자가 관목 숲에서 나와 망설이면서 딕과 프란시스코에게 다가왔다. 잠시 그는 딕이 거의 알아채지 못할 정도로 눈부신 풍경의 일부가 되어 머뭇거렸다. 이내 딕은 일어서서 얼이 빠져 악수를 하며 '맙소사, 내가 벌집을 건드렸구나!'라고 생각하고 그 사람의 이름을 기억해내려 했다.

"이거 다이버 박사님 아니세요?"

"아니 이런…… 덤프리 씨군요, 그렇죠?"

"로열 덤프리입니다. 언젠가 박사님 댁 근사한 정원에서 흡

족한 저녁 식사를 했죠."

"아, 그래요." 딕은 덤프리 씨의 열의를 식히려고 감정을 섞지 않고 연대의 전후 관계를 따지기 시작했다. "그게 천구백…… 이십사 년이었던가, 이십오 년이었던가……"

딕은 선 채로 있었다. 로열 덤프리는 처음에는 주저했을지 몰라도 남의 일에 끼어드는 역량을 보였다. 그는 경박하고 친밀한 태도로 프란시스코에게 말을 걸었다. 하지만 프란시스코는 그가 창피스러워서 다이버 박사와 합세하여 그의 열의를 아예 얼려 버리려 했다.

"다이버 박사님…… 가시기 전에 한 가지 말씀드리고 싶은 게 있습니다. 저는 박사님 댁 정원에서의 그날 저녁을 잊은 적이 없습니다. 박사님과 부인이 정말 잘 대해주셨죠. 그건 제 인생에서 가장 좋은 추억, 가장 행복한 추억 중 하나입니다. 늘 제가 아는 어떤 모임보다도 고상한 밤이었다고 생각해왔습니다."

딕은 계속해서 가장 가까운 호텔 문을 향하여 게걸음으로 물러갔다.

"그렇게 기분 좋은 추억이 되었다니 기쁩니다. 저는 봐야 할 사람이 있어 이제 그만……"

"이해합니다." 로열 덤프리가 안쓰럽다는 듯 계속 말을 붙였다. "그분이 죽어가고 있다고 들었습니다."

"그분이라뇨?"

"괜히 말했나…… 하지만 담당 의사가 저와 같아서요."

딕은 놀라서 그를 바라보며 잠시 멈추었다. "누구 말인가요?"

"아니, 그야 박사님 장인어른이죠…… 어쩌면 말하지……"

"내 누구라고요?"

"저는…… 그럼 저한테서 처음 들으신 거군요……"

"그러니까 우리 집사람 아버지가 여기 로잔에 계시다는 말입니까?"

"아니, 박사님이 아실 줄 알았는데…… 그 일로 여기 오신 줄 알았어요."

"담당 의사의 이름이 뭡니까?"

딕은 수첩에 이름을 휘갈겨 적고 양해를 구하고는 부랴부랴 공중전화로 갔다.

당죄 박사는 다이버 박사에게 형편상 곧바로 자택에서 보았으면 한다고 했다.

당죄 박사는 제네바 출신의 젊은이였다. 잠시 그는 돈이 되는 환자를 잃게 되는 건 아닌가 하고 걱정했지만, 그 점에 대하여 딕이 안심시켜주자 워런 씨가 정말로 죽어가고 있다는 사실을 밝혔다.

"그분은 나이가 쉰밖에 되지 않았는데 간 기능이 더 이상 회복되지 않아요. 병인은 알코올 중독입니다."

"전혀 반응하지 않아요?"

"액체 말고는 아무것도 먹지 못합니다. 사흘, 기껏해야 일주일 남았습니다."

"큰딸인 워런 양은 아버지의 상태를 알고 있나요?"

"환자 분이 요청해서 하인 말고는 아무도 모릅니다. 상태가 그렇다는 걸 본인에게 알려야 할 거 같아서 오늘 아침에야 말했어요…… 그 말을 흥분해서 받아들이시더군요. 발병 초기부터 매우 종교적인 마음가짐으로 체념하시기는 했죠."

딕은 생각에 잠겼다. "음……" 그는 서서히 마음을 굳혔다. "어쨌든 가족에게 알리는 문제는 제가 알아서 하겠습니다. 하지만 그분의 가족은 자문을 구하고자 할 겁니다."

"좋으실 대로."

"제가 가족을 대신한다는 것을 전제로 하는 말입니다만, 레민 호수 부근의 의사들 가운데 가장 유명한 한 분을 불러주셨으면 합니다. 제네바의 에르브뤼헤 말입니다."

"저도 에르브뤼헤를 제안하려고 했습니다."

"그럼 저는 적어도 하루는 여기에 있을 테니 계속 연락합시다."

그날 밤 딕은 세뇨르 파르도 이 쿠이다드 레알에게 가서 이야기를 나눴다.

"우리는 칠레에 많은 땅을 가지고 있습니다……" 프란시스코의 아버지가 말했다. "내 아들이 그걸 관리하게 될지 모릅니다. 아니면 파리에 있는 열두어 개 사업체 어디에선가 일하게 할 수도 있어요……" 그는 고개를 절레절레 흔들며 창문 앞을 좌우로 왔다 갔다 했다. 창밖에 내리는 봄비는 백조들마저 피하지 않을 정도로 상쾌했다. "그 아이는 외아들이에요! 박사님이 병원에 데려가주실 수는 없을까요?"

스페인인인 그가 갑자기 딕 발 앞에 무릎을 꿇었다.

"제 외아들을 치료해주실 수 없겠습니까? 전 박사님을 믿습니다…… 저 아이를 데려가 치료해주세요."

"그런 이유로 사람을 정신병원에 수용할 수는 없습니다. 그럴 수 있다 해도 저는 안 할 겁니다."

그는 무릎 꿇고 있다가 일어섰다.

"제가 성급했습니다, 감정이 격해져서……"

딕은 로비로 내려가는 엘리베이터 안에서 당죄 박사와 마주쳤다.

"지금 박사님에게 전화를 드리려던 참이었습니다." 당죄 박사가 말했다. "우리 테라스에 나가 이야기할까요?"

"워런 씨가 돌아가셨습니까?" 딕이 물었다.

"여전합니다…… 아침에 자문 진료가 있습니다. 그런데 따님을 보고 싶어 하십니다, 박사님 부인을요…… 그 바람이 열렬합니다. 어떤 불화가 있었던 모양인데……"

"제가 그 전모를 압니다."

두 의사는 생각하며 서로 바라보았다.

"결정을 내리시기 전에 그분을 한번 만나보시겠어요?" 당죄가 제안했다. "기품을 잃지 않는 죽음이 될 겁니다…… 기운을 잃다가 죽음에 빠져들 거예요."

고민 끝에 딕은 동의했다.

"좋습니다."

데브로 워런이 기품 있게 기운을 잃어가며 죽음에 빠져들고 있는 스위트룸은 세뇨르 파르도 이 쿠이다드 레알의 방과 같은 크기였다. 이 호텔에는 영락한 부자들, 법의 처벌을 피해온 도망자들, 예속된 공국의 왕권 청구자들 등 많은 이들이 어디에 가든 피할 수 없는 라디오를 듣듯 옛날에 저지른 죄악의 조악한 멜로디를 끊임없이 들으면서 아편 유도체나 바르비탈*에 의지하여 살고 있었다. 유럽의 이 구석진 곳은 사람들을 끈다기보다는 받아들이는데, 거기에는 반드시 불편한 질문들이 따른다. 여기는 노정(路程)들이 교차하는 곳이다—산속의 사설 요양소나 결핵 휴양지로 가는 길인 사람들, 프랑스나 이탈리아에서는 더 이상 환영받지 않는 사람들.

스위트룸은 어두웠다. 야윈 손가락으로 흰 침대 시트 위에 놓인 묵주를 건드리는 그를 경건한 얼굴의 수녀가 간호하고 있었다. 당죄가 그들을 두고 나간 뒤 워런은 힘을 내 목청이 걸쭉하게 울리는 개성 있는 목소리로 딕에게 말했다.

"인생을 마감할 때는 깨닫는 게 많은 법이오. 다이버 박사, 나는 이제야 뭐가 뭔지 알겠소."

*중독성 있는 수면제의 일종.

딕은 기다렸다.

"나는 나쁜 사람이었소. 내가 얼마나 니콜을 다시 볼 권리가 없는지는 당신도 잘 알고 있을 것이오. 하지만 당신이나 나보다 큰 하늘의 저분은 용서하고 불쌍히 여기라 하잖소." 그의 약한 손에서 묵주가 빠지더니 매끄러운 침대 커버를 미끄러져 내려가 바닥에 떨어졌다. 딕이 그것을 주워 그에게 주었다. "니콜을 단 10분만 볼 수 있다면 세상을 떠나도 여한이 없겠소."

"제가 내릴 수 있는 결정이 아닙니다." 딕이 말했다. "니콜은 건강하지 않아요." 그는 결정을 했지만 주저하는 체했다. "제 동료의 결정에 맡길 수는 있습니다."

"당신의 동료가 뭐라 하건 그에 따르겠소. 좋소, 의사 선생. 내가 큰 신세를 졌소······"

딕은 얼른 일어섰다.

"어떻게 됐는지 당죄 박사를 통해 알려드리겠습니다."

그는 자신의 호텔 방에서 취리히 호수의 병원에 전화를 걸었다. 한참 후에 케테가 집에서 전화를 받았다.

"프란츠와 통화해야 하는데요."

"우리 그이는 산에 갔어요. 저도 곧 그리 갈 거고요. 무슨 말인지 제가 전해드릴까요?"

"니콜에 관한 건데요······ 니콜의 아버지가 여기 로잔에서 죽어가고 있어요. 중요한 용건이란 걸 알도록 프란츠한테 그렇게 전해주세요. 거기서 이리로 전화하라고 말해주세요."

"네."

"제가 3시부터 5시까지, 또 7시에서 8시까지 호텔에 있을 겁니다. 그 외에는 식당에 전화해 절 찾으세요."

시간을 짜서 알려주느라 니콜에게는 말하지 말아달라고 한다는 것을 깜박했다. 그게 떠올라 말하려는데 전화가 이미 끊겨 있었다. 아무려면 말하지 않아도 케테가 알 것이다.

⋯⋯케테는 기차를 타고 산꽃과 깊숙한 곳에서 부는 바람만 있는 적막한 산을 오를 때만 해도 딱히 니콜에게 그 이야기를 해줄 생각은 없었다. 겨울에는 스키를 타러, 봄에는 등산을 하러 환자들을 데리고 가는 곳이었다. 기차에서 내린 케테는 니콜이 아이들의 단체 놀이를 인도하고 있는 것을 보았다. 그녀는 니콜에게 다가가 살짝 어깨동무하며 말했다. "아이들을 다루는 재주가 있으시네, 여름이 되면 아이들에게 수영을 좀 더 가르쳐주면 좋겠어요."

아이들과 노느라고 몸이 더웠기 때문에 니콜은 반사적으로 케테의 팔에서 벗어났는데 그것이 무례하다싶을 정도로 기계적인 동작이었다. 케테의 손이 어색하게 허공에 떨어졌다. 그러자 그녀도 반응을 보였다. 그녀가 말로 보인 반응은 개탄스러운 것이었다.

"내가 자기를 포옹이라도 할 줄 알았어요?" 그녀는 날카롭게 말했다. "부군 때문에 그랬을 뿐이에요. 아까 전화를 받았는데 딱해서—"

"우리 그이한테 무슨 일이 있어요?"

케테는 문득 실수를 깨달았지만 이미 분별없이 행동한 탓에 니콜이 "……그럼 왜 딱하다 그랬죠?"라며 반복해서 질문을 하자 대답하지 않을 도리가 없었다.

"부군에게 무슨 일이 있는 건 아니에요. 프란츠한테 말해야 하는데."

"딕 얘기잖아요."

그녀의 얼굴이 겁에 질렸다. 가까이에 있던 다이버네 아이들도 엄마와 함께 걱정하는 얼굴이 되었다. 케테는 그만 무너져 내리고 다음과 같이 말했다. "당신 아버지가 로잔에 있는데 편찮으시대요…… 딕은 그것 때문에 프란츠와 통화하려고 한 거예요."

"많이 편찮으시대요?" 니콜이 물었다. 바로 그때 프란츠가 병원에서의 버릇대로 쾌활하게 다가왔다. 케테는 마음속으로 감사하며 나머지 책임을 그에게 전가했다. 하지만 손상은 이미 가해졌다.

"로잔에 가겠어요." 니콜이 선언했다.

"잠깐." 프란츠가 말했다. "그게 바람직한 일인지 잘 모르겠군요. 먼저 딕한테 전화를 해봐야겠어요."

"그러면 내려가는 기차를 놓칠 거예요." 니콜이 항의했다. "그렇게 되면 취리히에서 3시 기차를 놓칠 거고요! 아버지가 돌아가신다는데……" 그녀는 명확하게 말을 하는 게 두려워

중간에 말을 끊었다. "꼭 가봐야 해요! 서둘러 가서 기차를 타야겠어요." 그녀는 그렇게 말하면서 증기와 소리를 뿜어내며 살풍경한 산봉우리에 왕관처럼 둘려 있는 기차를 향해 이미 달려가고 있었다. 그녀는 어깨 너머로 소리쳤다. "우리 그이한테 전화하면 내가 가는 길이라고 해줘요, 프란츠!"

……딕이 호텔 방에서 〈뉴욕 헤럴드〉지를 읽고 있는데 제비처럼 날렵한 수녀가 황급히 들어왔다. 그와 동시에 전화벨이 울렸다.

"돌아가셨습니까?" 딕이 희망을 걸고 수녀에게 물었다.

"Monsieur, il est parti, 그분이 떠났어요."

"Comment(뭐라고요)?"

"Il est parti(떠나셨어요), 하인과 짐도 떠났어요!"

믿기지 않았다. 그 같은 상태에 있는 사람이 일어나 길을 떠났다니.

딕은 프란츠에게서 온 전화를 받았다. "니콜에게 말하지 말았어야 했는데 그랬군." 그가 나무랐다.

"케테가 말했네, 분별없이 말이야."

"내 잘못이야. 여자한테는 사전에 아무 말도 하지 말아야 하는 법인데. 어쨌든 니콜을 마중하러 가겠네……. 이보게, 프란츠, 도무지 말도 안 되는 일이 생겼어, 그 양반이 침상을 거두어 걸어서* 가버렸어……"

"뭐라고? 지금 뭐라고 했나?"

"걸어갔다고, 니콜 아버지가…… 걸어갔다고!"

"그럼 안 돼?"

"모든 기능이 정지돼 곧 죽을 거라고 했거든…… 그런데 일어나 걸어서 떠난 거야, 아마 시카고로 가겠지…… 모르겠어, 간호사가 지금 여기에 있네…… 모르겠네, 프란츠, 나도 지금 방금 들었거든…… 나중에 전화하게."

그는 워런의 행방을 추적하는 데 두 시간을 거의 다 썼다. 환자는 주간과 야간 간호사가 교대하는 틈을 타 바에 가서 위스키 넉 잔을 마셨다. 호텔에는 1천 달러**짜리 지폐로 숙박료를 정산하고 잔돈은 나중에 보내라 지시하고 그곳을 떠났다. 미국을 향했을 거라고 추측되었다. 딕은 당죄 박사와 마지막 순간에 워런을 따라잡으려고 기차역으로 황급히 가는 바람에 헛수고만 하고 니콜을 마중하러 가지도 못했다. 딕이 니콜을 호텔 로비에서 만났을 때 그녀는 갑자기 피곤해 보였고 그를 불안하게 만드는 얼굴 표정인 꼭 오므린 입을 하고 있었다.

"아버지는 어떠세요?" 그녀가 물었다.

"많이 좋아지셨어. 결국은 비축된 체력이 있으셨던 거야." 그는 그 소식이 편안하게 받아지도록 알리느라 뜸을 들였다. "사실은 아버지께서 일어나 떠나셨어."

---

*성경 〈마태복음〉 9장 6절에 나오는 구절을 인용한 것.
**1928년의 1천 달러의 가치를 2013년의 가치로 환산하면 약 1만 3천 달러에 상당한다.

그를 쫓느라 저녁 먹을 시간이 없었던 딕은 술을 한 잔 하고 싶어 어리둥절해하는 그녀를 데리고 호텔 식당으로 갔다. 그는 하이볼과 맥주를 시켰다. "아버지를 담당하는 의사가 예후를 잘못 진단했든가 그랬나봐…… 잠깐, 그게 어떻게 된 건지 충분히 생각해보지 못했어."

"아버지가 떠나셨다고요?"

"파리행 밤차를 타셨어."

그들은 말이 없었다. 니콜에게서 대단히 비통한 냉담함이 흘러나왔다.

"직관이었어." 딕이 마침내 말했다. "아버지는 정말 죽어가고 있었어, 하지만 리듬을 회복해보려 하신 거지. 죽음의 자리에서 일어나 걸은 건 아버지가 처음이 아니야. 오래된 시계 같은 거지. 있잖아 왜, 섰다가도 흔들어주면 워낙 가던 습관이 있어서인지 다시 가기 시작하는 거. 그런데 아버지의 경우는……"

"오, 말하지 말아요." 그녀가 말했다.

"아버지의 주된 연료는 공포였어." 그가 계속했다. "두려우셨던 거지, 그래서 가버리신 거야. 아마 아흔이 다 되도록 사실 거야……"

"더 이상 그 얘기는 하지 말아요." 그녀가 말했다. "제발 하지 말아요…… 더 이상 견딜 수 없을 거예요."

"알았어. 내가 보러 온 그 말썽꾸러기 녀석은 절망적이야. 내일 집에 가는 게 좋겠어."

"왜 당신이 그래야만 하는지 모르겠어요, 왜 이 모든 것과 관계해야 하는지." 그녀가 격정을 이기지 못하고 터뜨렸다.

"오, 저런. 모르셔? 어떤 때는 나도 모르는데."

그녀는 그의 손에 손을 얹었다.

"오, 그렇게 말해서 미안해요, 여보."

그들은 누군가 바에 가져다놓은 축음기에서 흘러나오는 〈연지 바른 인형의 결혼〉을 들으며 앉아 있었다.

3

그로부터 일주일 후 어느 날 아침, 우편물을 가지러 관리동에 들른 딕은 밖에서 또 다른 소동이 벌어지고 있는 것을 알게 되었다. 이름이 본 콘 모리스인 환자가 병원을 떠나고 있었다. 오스트레일리아인인 그의 부모는 대형 승용차에 맹렬히 짐을 싣고 있었다. 그들 옆에서 라디슬라우 박사가 아버지 모리스의 격렬한 몸짓을 마주해 무력한 태도로 항의하고 있었다. 다이버 박사가 다가가는데도 그 젊은이는 아버지가 짐을 싣는 것을 시큰둥하게 냉소적으로 바라보고 있었다.

"이건 너무 갑작스러운 거 아닙니까, 모리스 씨?"

모리스 씨는 딕을 보고 움찔했다. 그의 불그레한 얼굴과 큰 체크무늬의 양복이 전등불처럼 꺼졌다 켜지는 듯했다. 그는 치기라도 할 태세로 딕에게 가까이 갔다.

"우리가 떠날 때가 되었소. 우리와 함께 온 사람들도 그렇고." 그는 말을 꺼냈다가 숨을 돌렸다. "떠날 때가 되었소, 다이버 박사님, 떠날 때가."

"제 사무실로 좀 가실까요?" 딕이 제안했다.

"안 가요! 당신과 이야기는 하겠소, 하지만 당신과 당신이 있는 곳과는 관계를 끊을 것이오."

그는 딕의 면전에 대고 손가락을 흔들어댔다. "내가 방금 여기 이 의사한테 말하고 있던 참이오. 우리는 여기서 시간과 돈을 허비했소."

라디슬라우 박사는 미약한 부정의 몸짓으로 꿈틀거리며 모호하기 그지없는 슬라브족의 회피성을 드러냈다. 딕은 언제나 라디슬라우를 싫어했었다. 그는 그럭저럭 그 흥분한 오스트레일리아 사람을 데리고 사무실 쪽으로 향했다. 안으로 들어가자고 설득해보았지만 그는 고개를 가로저었다.

"당신 때문이오, 다이버 박사님, 당신, 당신, 바로 당신 때문이란 말이오. 당신이 없어서 라디슬라우 박사한테 갔던 거요. 그레고로비우스 박사는 저녁이나 되어야 온다고 하니 그때까지 기다릴 수 없어서. 아무렴, 안 되지! 내 아들이 사실을 말해준 이상 한시도 지체할 수 없소이다."

그는 위협적으로 딕에게 다가섰다. 딕은 여차하면 그를 쓰러뜨릴 수 있게 손을 느슨하게 늘어뜨렸다. "내 아들은 알코올 중독으로 여기에 왔소. 그런데 당신한테서 알코올 냄새가 난다고 하더이다. 그랬고말고!" 그는 민첩하게 콧방귀를 뀌었지만 잘 되지 않은 것 같았다. "본 콘이 그러는데, 한 번도 아니고 두 번이나 당신 입에서 술 냄새가 났다고 하더군. 나도 내 아내도 술이라고는 평생 한 방울도 입에 댄 적이 없소. 본 콘을 치료해달라고 맡겼더니 한 달 만에 두 번이나 애 앞에서 술 냄새를 풍기다니! 도대체 여기선 무슨 치료를 하는 거요?"

딕은 머뭇거렸다. 모리스 씨는 병원 앞에서 한바탕 소란을 피우고도 남을 위인이었다.

"어쨌든 말입니다, 모리스 씨, 당신의 아들 때문에 자기가 음식으로 여기는 것을 끊지 않는 사람도 있는 겁니다……"

"이봐요, 당신은 의사잖소!" 모리스가 격노해서 소리쳤다. "노동자가 맥주를 마신다면 그러다 돼지든 말든 상관없는 일이지. 하지만 당신은 사람들을 치료—"

"이건 도가 지나치군요. 당신의 아들은 도벽(盜癖) 때문에 여기에 온 겁니다."

"그 배후에 뭐가 있는데?" 그는 비명을 지르다시피 했다. "술이잖아, 검은 술. 검은색이 무슨 색인 줄 알아? 검은색이야! 우리 숙부님이 술 때문에 목매달아 죽었어, 알아? 아들을 요양소에 데려왔는데 의사가 술 냄새를 풍기다니!"

"가주셔야겠습니다."

"가달라고? 가지 말래도 우리가 간다!"

"좀 차분히 계시겠다면 지금까지의 치료 경과를 설명해드릴 수 있습니다. 물론, 모리스 씨가 그런 식으로 생각하신다면 아드님을 환자로 받고 싶지 않을 것입니다……"

"감히 나한테 '차분히'라는 말을 해?"

딕은 라디슬라우 박사를 부르고, 그가 가까이 오자 다음과 같이 말했다. "환자와 가족에게 병원을 대표해 작별 인사를 해주겠나?"

그는 고개를 살짝 숙여 인사하고 사무실로 들어가, 문을 닫고 그 자리에 잠시 경직된 채 서 있었다. 그리고 그들이 차를 타고 떠나는 것을 지켜보았다. 막돼먹은 부모, 덤덤하고 타락한 아들. 그 가족의 유럽 일주 여행을 예측해보는 것은 어렵지 않았다. 그들은 자기들보다 나은 사람들을 용감한 무식과 현금으로 위협하며 다닐 것이다. 트레일러가 달린 승용차가 시야에서 사라진 후에 그가 골몰한 것은 자신이 어느 정도로 이 상황을 유발했는가 하는 의문이었다. 그는 식사할 때 반주로 클라레*를 마셨고 잠자기 전에는 대개 따끈한 럼을 한 잔 마셨고 오후에는 간혹 진을 마시고 취했다. 진은 입에서 나는 냄새를 알아채기 가장 힘든 술이었다. 그는 매일 평균 500밀리리터의 술을 마셨다. 그의 몸이 분해해내기에는 너무 많은 양이었다.

*드라이한 프랑스 보르도산 레드 와인.

그는 자기의 행위를 정당화하는 버릇을 떨치고 책상에 앉아 처방전처럼 음주량을 절반으로 줄이겠다는 계획을 썼다. 미술가나 중개인이나 기병대 지휘관이라면 몰라도 의사나 운전사나 개신교 목사는 절대로 술 냄새를 풍겨서는 안 된다. 그는 무분별했던 점에서만 자신을 탓했다. 하지만 그 문제는 30분 뒤, 2주 동안 산에 다녀와 활기를 되찾은 프란츠가 차로 도착했을 때까지도 전혀 명료해지지 않았다. 프란츠는 일을 시작할 열의에 넘쳐 사무실에 가기도 전에 이미 일에 몰두했다. 딕은 그의 사무실로 가서 그를 만났다.

"에베레스트 산은 어땠어?"

"우리 속도대로라면 에베레스트도 올랐을 거야. 우리도 그 상상을 안 해본 건 아니지. 여긴 어땠어? 케테는 잘 있어? 자네 부인은?"

"집안일이야 다 순조롭지. 하지만 젠장, 프란츠, 오늘 아침에 볼썽사나운 소동이 있었네."

"어떻게? 무슨 일인데?"

프란츠가 집에 전화를 하는 동안 딕은 방 안을 서성거렸다. 가족끼리의 통화가 끝난 뒤 딕이 말했다. "모리스 가족이 아들을 데리고 떠났어…… 그때 말다툼이 있었네."

프란츠의 쾌활한 얼굴이 어두워졌다.

"떠난 건 이미 알고 있어. 베란다에서 라디슬라우를 만났거든."

"라디슬라우가 뭐라 그래?"

"그냥 모리스 아들이 떠났다고…… 자네가 그 이야기를 해 줄 거라던데. 무슨 일인가?"

"으레 볼 수 있는 앞뒤 안 맞는 이유들이지."

"그 녀석, 악의적인 놈이었지."

"지각 마비 사례였지." 딕이 동의했다. "아무튼, 내가 나와 보니 그 아이 아버지가 라디슬라우를 식민지 주민처럼 쩔쩔매 게 만들어놨더라고. 라디슬라우는 어쩔 건가? 계속 데리고 있 을 건가? 나는 반대야, 사내답지가 않아. 무슨 일에도 대처하 지 못하는 거 같아." 딕은 개요를 말할 공간을 위해 옆으로 밀 어놓았던 진실의 가장자리에서 머뭇거렸다. 프란츠는 리넨 외 투와 여행용 장갑을 벗지도 않고 책상 가장자리에 앉았다. 딕 이 말했다.

"그 아이가 제 아버지한테 말한 것 중 하나는 자네의 탁월한 협력자가 술주정뱅이라는 거였네. 그자는 광신자야, 그의 후 예가 내 옷에 와인 자국이 묻은 걸 본 모양이야."

프란츠는 생각에 잠겨 아랫입술을 질근질근 깨물며 의자에 앉았다. "자세히 말해봐." 그가 마침내 말했다.

"지금 말할까?" 딕이 물었다. "내가 알코올을 남용할 사람이 아니란 걸 알아주기 바라네." 딕과 프란츠가 서로 마주 보는 눈 이 양쪽 다 번득였다. "라디슬라우가 그자를 어찌나 흥분시켜 놓았는지 내가 수세에 놓여 있었지. 그 일이 다른 환자들 앞에 서 벌어졌을 수도 있을 거야. 그런 상황에서 자기를 방어하는 게 얼마나 어려울 수 있는지는 자네도 상상할 수 있겠지!"

프란츠는 외투와 장갑을 벗었다. 그리고 문으로 가 비서에게 지시를 내렸다. "아무도 우리 방해하지 않도록 해." 다시 방에 들어온 그는 느닷없이 긴 테이블로 확 가더니, 그런 상태에 있는 사람들이 특징적으로 그러듯 조리 있는 생각을 하기보다는 앞으로 꺼내야 할 말에 적합한 표정을 불러내면서 우편물을 만지작거렸다.

"딕, 나는 자네가 차분하고 균형 잡힌 사람이라는 걸 잘 알고 있어. 알코올 문제에 있어서는 우리가 전적으로 같은 생각을 갖고 있지는 않지만 말이야. 하지만 이제 때가 된 것 같군. 딕, 자네한테 솔직히 말하네만, 자네가 그러지 말아야 할 때 술 마신 걸 나도 여러 차례 알아차린 적이 있네. 거기엔 어떤 이유가 있는 거지. 한 번 더 금욕의 휴가를 가는 건 어때?"

"금욕이 아니라 부재." 딕이 반사적으로 말을 고쳤다. "집을 떠나는 건 내게는 해결책이 못 돼."

두 사람 모두 화가 났다. 프란츠로서는 귀갓길이 손상되고 얼룩져서 화가 났다.

"어떤 때 보면 자네는 상식 없이 행동을 해."

"난 복잡한 문제에 상식을 적용한다는 게 무엇을 의미하는지 모르겠더군…… 가정의가 전문의보다 수술을 더 잘한다는 것을 의미하지 않는다는 거라면 모를까."

딕은 이 상황에 대한 압도적인 혐오감에 사로잡혔다. 해명과 미봉―이런 것들은 그들의 나이에는 자연스러운 기능이 아니었다. 차라리 귓속에 울리는 오랜 진실의 갈라진 메아리를 따라가는 게 나을 것이다.

"이래서는 안 되겠군." 그가 갑자기 말했다.

"그래, 나도 그런 생각이 들었어." 프란츠가 인정했다. "자네는 이 사업에 더 이상 관심이 없는 거야, 딕."

"알아. 떠나고 싶네…… 니콜의 투자액을 단계적으로 빼가는 식으로 합의를 볼 수 있을 거야."

"나도 그 생각을 해봤네, 딕…… 이런 일이 생길 줄 알았지. 다른 데서 투자를 받을 수 있으니까 연말까지 자네의 돈을 모두 가져갈 수 있을 거야."

딕은 그렇게까지 신속하게 결정을 내릴 생각은 없었지만, 그러고 나니 마음이 후련했다. 직업의 윤리가 분해되어 무생물 덩어리가 되어 가고 있는 것을 좌절감과 함께 느낀 지 오래였던 것이다.

4

다이버 가족은 리비에라의 집으로 돌아가기로 했다. 빌라 다이애나는 그해 여름에도 세를 주었기 때문에 그들은 그 기간이 끝날 때까지 독일의 휴양지와 프랑스의 대성당이 있는 도시에서 보냈다. 딕은 글을 조금 썼지만 특별한 체계를 세워 하는 것은 아니었다. 그 시기는 그의 인생에서 기다림의 시간에 해당하는 부분이었다. 그것은 니콜의 건강에 대한 기다림이 아니었고, 그녀의 건강은 여행을 하며 좋아지는 것 같았다, 일에 대한 기다림도 아니었다. 그것은 그저 단순한 기다림이었을 뿐이다. 그 시기에 목적의식을 갖게 한 것이 있다면 그건 아이들이었다.

아이들이 커감에 따라 그들에 대한 딕의 관심도 커졌다. 이제 각각 열한 살, 아홉 살이었다. 아이들이 일정한 수준의 의무를 다하지 못하는 일이 없도록 하기 위한 오랜 동안의 주의 깊은 경계, 아이들의 행동에 대한 견제와 균형과 평가를 대신하기에는 그들을 강제하거나 강제하기 두려워하는 것이 적절하지 않다는 근본 방침에 따라 그는 아이들이 하인들의 영향을 받기 전에 그들을 가르치는 데 성공했다. 그는 니콜보다 한층 더 아이들을 잘 알게 되었으며, 여러 나라의 와인을 마시고 마음이 유유해졌을 때는 아이들과 오랫동안 이야기하며 함께 놀아주었다. 그들에게는 일찍부터 마음껏 울거나 웃지 않도록 교육받은 아이들 특유의, 무엇을 동경하는 듯한, 슬픔에 가까운 매력이 있었다. 그들은 극단적인 감정에 치우치지 않고, 단순한 통제와 그들에게 허락된 단순한 즐거움에 만족하는 게 분명했다. 이것은 서양의 유서 깊은 집안들이 경험상 현명한 것으로 깨달은 평탄한 생활인데, 그들은 특별한 자질의 개발

보다는 보살핌과 훈육을 받으며 큰다. 이를테면 딕은 관찰력을 키우는 데는 강제로 침묵하도록 하는 것보다 좋은 것이 없다고 생각했다.

러니어는 초인적인 호기심을 가진 예측할 수 없는 아이였다. "사자 한 마리를 이기려면 포메라니안 몇 마리가 있어야 할까요, 아빠?" 이런 것이 딕을 성가시게 한 전형적인 질문이었다. 톱시는 수월했다. 아홉 살 나이에 살이 매우 희고 금발이었으며, 니콜처럼 예민한 성격이라, 과거에는 걱정을 했지만 최근에는 여느 미국 아이들처럼 원기 왕성해졌다. 그는 두 아이 모두에게 만족했지만, 그것을 말로 하지 않고 넌지시 암시할 뿐이었다. 아이들은 올바른 품행을 지키지 않으면 무사히 넘어가지 못했다—"사람은 가정에서 예절을 배우든가 세상으로부터 채찍으로 가르침을 받든가 하는데 그 과정에서 다칠 수 있지. 톱시가 나를 '흠모'하든 말든 그게 무슨 상관이야? 커서 내 아내가 될 것도 아닌데."

이번 여름과 가을이 다른 해와 두드러지게 구분되는 또 한 가지는 돈이 풍부했다는 점이다. 병원의 지분을 팔기도 했고 미국의 발전 때문이기도 했다. 그 덕분에 이제는 그저 돈을 쓰는 행위, 물건에 대한 관심이 그 자체로서 하나의 몰두의 대상이 되리만치 돈이 많았다. 그들이 여행하는 품격은 우화에서나 나올 법했다.

기차가 그들이 2주 동안 있을 볼차노*로 속도를 줄이고 진입할 때를 예로 들어 볼 수 있다. 침대차에서의 이동은 이탈리아 국경을 넘으면서 시작되었다. 2등 칸에 있던 가정교사의 하녀와 다이버 부인의 하인이 와서 수하물과 강아지들 챙기는 일을 거든다. 벨루아 양은 휴대용 수하물을 관리하고 하녀 한 명은 실리엄 강아지들을, 페키니즈 강아지들은 다른 하녀가 맡는다. 여자가 활기를 주는 것들로 자신을 둘러싸는 것은 반드시 정신의 빈곤 때문만은 아니다—관심사가 넘쳐나도록 많기 때문에 그럴 수도 있다. 하여 간혹 병이 도지는 때를 제외하고는 니콜은 그 모든 것을 감독할 수 있었다. 가령 대량의 무거운 수하물의 경우, 지금처럼 수하물 차에서 내릴 짐으로는 으레 다음과 같은 것들이 있다. 의복 트렁크들, 신발 트렁크, 모자 트렁크 세 개, 모자 상자 두 개, 하인들의 트렁크가 든 대형 궤, 이동식 문서 보관함, 의약품 상자, 알코올램프 용기, 피크닉 세트, 라켓 프레스를 씌워서 케이스에 넣은 테니스 라켓 네 개, 축음기, 타자기. 가족과 수행원들을 위해 따로 잡아둔 수하물 차 자리의 여기저기에 20여 개의 손가방과 책가방과 포장한 물건들이 있었는데, 지팡이 케이스의 꼬리표에 이르기까지 모두 일일이 번호가 매겨져 있었다. 이렇게 함으로써 어떤 기차역에 도착하든 플랫폼에서 2분이면 모든 짐을 점검해서 창고에 보관할 것은 무엇이며 가지고 갈 것은 무엇인

---

*이탈리아 알프스의 도시. 오스트리아 헝가리의 영토였으나 1919년 이탈리아에게 양도되었다.

지를 '가벼운 여행 목록'과 '무거운 여행 목록'으로 구분했다. 이 목록들은 끊임없이 첨삭되었고 니콜은 그것들을 네 귀퉁이가 쇠로 장식된 판에 끼워서 핸드백에 넣어 갖고 다녔다. 그녀는 어렸을 때 쇠약해져가던 어머니와 여행하며 이 방식을 고안했다. 그것은 3천 명 사병의 주린 배와 군장에 신경을 써야 하는 연대 보급장교의 조직적 방식에 상당하는 것이었다.

다이버 가족은 계곡에 일찍 몰려든 황혼 속에 기차에서 무리 지어 내렸다. 마을 사람들은 1세기 전 영국 시인 바이런 경의 이탈리아 편력에 대해 가졌던 것과 유사한 경외심으로 그들의 상륙을 구경했다. 그들을 맞이한 사람은 얼마 전까지만 해도 메리 노스였던 밍게티 백작 부인이었다. 뉴어크의 지물포 위층에서 시작된 그녀의 인생 항로는 놀라운 결혼이 종착점이었다.

"밍게티 백작"은 로마 교황에게서 수여받은 명예 작위에 불과했다. 메리 남편의 부는 그가 지배자로서 소유하고 있는 아시아 서남부의 망간 광산에서 나오는 것이었다. 그는 피부가 메이슨-딕슨 경계선 이남에서 풀먼 기차를 탈 수 있을 정도로 하얗지는 않았다.* 그는 북아프리카와 아시아를 두르는 커바일-베르베르-사바-힌두 혈통이었으며, 항구의 혼혈아들보다는 유럽인 쪽에 좀 더 가까웠다.

---

*노예제를 기준으로 남과 북을 가르던 경계선. 남부에서는 '풀먼 침대차'에 유색인종이 탈 수 없었다.

각각 동양과 서양의 군주 같은 이 두 집안이 기차역의 플랫폼에서 만났을 때 다이버 집안의 장려함은 상대적으로 개척자의 간소함으로 보였다. 그들을 초청한 사람들은 지휘봉을 가지고 다니는 이탈리아인 집사와 오토바이를 탄 터번 머리의 하인 넷, 베일로 얼굴을 반쯤 가린 여자 두 명과 함께 왔다. 그 여자들이 메리보다 약간 뒤쪽에 공손히 서서 니콜에게 인도식으로 절을 하자 니콜은 그 동작에 움찔했다.

다이버 가족에게뿐 아니라 메리에게도 그 환영 인사는 어렴풋이 희극적이라는 느낌이 들었다. 메리는 그것이 미안한지 별것 아니라는 듯 키득거렸다. 하지만 남편을 아시아의 칭호로 소개할 때의 목소리는 자랑스러운듯 높이 흘러나왔다.

저녁 식사를 위해 방에서 옷을 갈아입을 때 딕과 니콜은 경이롭다는 듯한 표정으로 서로 얼굴을 찡그려 보였다. 민주적이라고 여겨지기 바라는 그들이 남이 안 보는데도 화려한 과시에 마음을 사로잡힌 척할 정도의 부였다.

"메리 노스 어린이는 자기가 원하는 게 뭔지 아네." 딕이 면도 크림을 바른 채 중얼거렸다. "에이브한테 배우더니 부처한테 시집을 갔어. 유럽이 볼셰비키 세상이 되면 스탈린의 신부가 되어 나타날 거야."

니콜은 화장품 가방 앞에 있다가 뒤돌아보았다. "말 좀 조심해요." 하지만 그녀는 웃었다. "이 사람들 사는 게 아주 굉장해요. 전함이 그들에게 발포하는지 그들을 맞이하는지 아무튼 그러고. 메리는 런던의 대형 왕실 자동차를 타고 행렬하듯 하고."

"맞아." 그가 동의했다. 니콜이 문 앞에서 핀을 달라고 하는 소리를 듣고 그는 소리쳐 말했다. "위스키 좀 마실 수 있을지 모르겠네. 산 공기가 느껴져!"

"그 여자가 차려주겠죠." 니콜이 이제는 화장실 문을 통해 소리쳐 말했다. "기차역에 나왔던 여자들 중 한 여자 말이에요. 그 여자는 베일을 벗고 다니던데요."

"메리는 사는 게 어떻대?" 그가 물었다.

"별로 많은 이야기는 안 했어요. 상류층의 생활 방식에 관심을 보이던데요…… 내 족보랄지 그런 거에 대해 질문을 많이 했어요, 나는 그런 거 알지도 못하는데. 남편은 그전 결혼에서 얻은 아이가 둘 있다나봐요, 피부가 아주 갈색이에요. 한 아이는 원인 모를 아시아의 뭔가로 아프대요. 우리 애들한테 주의를 줘야겠어요. 아주 이상한 거 같아요. 우리가 어떻게 생각하는지 메리가 알아챌 텐데." 그녀는 잠시 걱정하며 서 있었다.

"이해할 거야." 딕이 그녀를 안심시켰다. "그리고 아마 그 아이는 자리보전하고 있을 테고."

저녁 식사 자리에서 딕은 영국 공립학교를 다닌 호세인과 이야기를 나누었다. 호세인이 증권과 할리우드에 관하여 알고 싶어 해서 딕은 샴페인의 힘을 빌린 상상력을 발휘하여 터무니없는 이야기를 지어냈다.

"몇 십 억요?" 호세인이 물었다.

"몇 조는 됩니다." 딕이 장담했다.

"저는 정말 몰랐습니다……"

"글쎄요, 어쩌면 몇 백만일지도." 딕이 한 발 물러섰다. "호텔 투숙객은 하렘을…… 아니 하렘에 상당하는 것을 배정받죠."

"배우나 감독 말고도요?"

"호텔 투숙객 모두에게요, 출장을 다니는 세일즈맨들까지도. 웬걸요, 저한테도 열두어 후보자들을 올려 보냈지만 니콜이 허락하려 하지 않았죠."

니콜은 방으로 돌아가 단둘이 있을 때 그를 책망했다. "웬 하이볼은 그렇게 많이 마셨어요? 그 사람 앞에서 스픽 운운하질 않나."

"미안, 깜둥이란 말을 하려고 했는데. 그만 말이 헛나왔네."

"여보, 이건 전혀 당신답지 않아요."

"또 미안, 나는 더 이상 나 같지가 않아."

그날 밤 딕은 그 대저택의 좁은 관(管) 같은 안뜰에 면한 화장실의 창문을 열었다. 안뜰은 쥐색처럼 어두컴컴했지만 피리 소리처럼 구슬픈 애조를 띤 독특한 음악이 그 안에 울려 퍼지고 있었다. 두 남자의 목소리가 k와 l음이 많이 나는 동양의 언어 혹은 방언으로 영창하고 있었다. 그는 창밖으로 몸을 내밀어 보았지만 그들이 보이지는 않았다. 분명한 것은 그 소리가 종교적인 의미를 띠었다는 것이었다. 피곤하여 아무런 감동이 없는 그는 속으로 그들에게 그를 위하여도 기도해달라고 했지만, 그게 무엇을 위한 기도가 되기를 바라는 건지 알 수 없었다. 점점 증가하는 우울감에 사로잡히면 안 된다는 것 말고는.

다음 날 나무가 많지 않은 산비탈을 다니며 그들은 메추라기의 먼 빈약한 사촌뻘 되는 앙상한 새들을 사냥했다. 서투른 몰이꾼들을 동원한, 영국식 비슷하게 모방한 사냥이었다. 딕이 쏜 총이 몰이꾼들의 머리 바로 위를 아슬아슬하게 스쳐 지나가기도 했다.

사냥에서 돌아오니 러니어가 그들의 방에서 기다리고 있었다.

"아버지, 우리가 그 아픈 애한테 가까이 가면 곧바로 엄마나 아버지께 말하라고 하셨잖아요."

니콜은 빙 돌아서 즉시 경계하는 태세를 보였다.

"……그래서, 엄마." 러니어가 니콜을 바라보며 계속해서 말했다. "그 애가 매일 저녁에 목욕을 하는데 오늘밤은 내가 하기 바로 전에 했어요. 나는 그 애가 들어갔던 물에 들어가야 했는데, 물이 더러웠어요."

"아니, 그래 그 물에 들어가서 목욕을 했어?"

"네, 엄마."

"어쩌면!" 그녀는 딕을 보고 외쳤다.

딕은 러니어에게 물었다. "루시엔이 왜 네 목욕물을 따로 받지 않았어?"

"루시엔은 할 수 없었어요. 희한한 히터예요. 간밤에 루시엔이 가만있는데도 히터가 뻗쳐서 팔을 데었는데, 그러고 나서 히터 만지는 걸 겁냈어요. 그래서 그 두 여자 중 한 여자가……"

"당장 여기 화장실에 들어가 목욕해."

"절대로 제가 말했다고 하시면 안 돼요." 러니어가 문간에서 말했다.

딕은 화장실에 들어가 욕조에 유황을 뿌렸다. 그리고 문을 닫으면서 니콜에게 말했다.

"메리한테 말하든가 여길 떠나든가 해야겠군."

그녀가 동의하자 딕이 말을 이었다. "사람들은 자기 자식들이 다른 사람보다 체질적으로 깨끗하다고, 또 병이 있어도 전염성이 덜하다고 생각한단 말이야."

딕은 방으로 들어와 화장실의 욕조에 물이 쏟아지는 소리의 리듬에 맞추어 비스킷을 마구 씹으며 디캔터에서 술을 한 잔 따랐다.

"루시엔에게 히터를 어떻게 사용하는지 배우라고 해요—" 그가 말했다. 그 순간 그 아시아 여자 본인이 방에 와 문 앞에 섰다.

"백작 부인이……"

딕은 그녀에게 들어오라고 손짓하고 문을 닫았다.

"그 아픈 아이는 좀 나았나요?" 그가 상냥하게 물었다.

"나았냐고요? 네, 하지만 아직 부스럼이 자주 생겨요."

"딱하군요, 안됐어요. 하지만 그 아이가 목욕한 물로 우리 아이들이 목욕을 하면 안 되죠. 그건 있을 수 없는 일이에요.

거기가 그랬다는 걸 여주인이 알았다면 노발대발하셨을 거요."

"제가 그랬다니요?" 그녀는 벼락이라도 맞은 듯했다. "아니, 저는 다이버 선생님 댁의 하인이 히터 때문에 곤란을 겪고 있는 걸 봤을 뿐인데요…… 그래서 어떻게 하는지 말해주고 물을 틀어주었어요."

"하지만 아픈 사람이 썼을 때는 물을 말끔히 빼내고 욕조를 깨끗이 닦아야죠."

"제가요?"

여자는 목이 메어 숨을 깊이 쉬더니 경련하는 흐느낌 소리를 내고는 방에서 뛰쳐나갔다.

"우리를 희생시키면서까지 저 여자가 서구 문명을 배우게 할 수는 없지." 그가 힘하게 말했다.

그날 밤 저녁을 먹으며 그는 어쩔 수 없이 예정보다 일찍 떠나야겠다고 마음먹었다. 호세인은 자기 나라에 대해서는 많은 산과 양과 양치기가 있다는 것 외에는 아는 게 없는 것 같았다. 그는 내성적인 젊은이였다. 그가 술술 말하도록 하기 위해서는 딕의 진지한 노력이 필요했을 테지만 그는 이제 그것을 가족에게만 기울였다. 저녁 식사가 끝나고 호세인은 메리와 다이버 부부를 남겨두고 금방 자리를 떠났지만 세 사람 사이의 이전의 화합은 깨져 있었다—그들 사이에는 메리가 정복하려는, 들썩이는 사회적 장(場)들이 가로놓여 있었다. 딕은 메리가 9시 30분에 어떤 쪽지를 전달받고 자리에서 일어나자 해방감을 느꼈다.

"양해를 구해야겠어요. 남편이 짧은 여행을 떠난대요. 그래서 가봐야겠어요."

다음 날 아침, 커피를 가져오는 하인의 뒤를 따라 메리가 그들의 방으로 왔다. 그녀는 옷을 차려입었지만 그들은 아직 잠자던 그대로였다. 메리는 일어난 지 꽤 되는 것처럼 보였다. 그녀의 얼굴이 소리 없는 경련적인 분노로 엄해 보였다.

"러니어가 더러운 물로 목욕했다는 게 무슨 소리죠?"

딕은 항변하려 했지만 그녀가 바로 말을 잘랐다.

"내 남편의 여동생에게 러니어가 쓰는 욕조를 닦으라고 명했다는 건 또 무슨 소리예요?"

그녀는 그들을 빤히 바라보며 그대로 서 있었다. 그들은 무릎에 놓인 쟁반에 눌려 신상(神像)처럼 무력하게 그대로 침대에 앉아 있었다. 그들은 이구동성으로 외쳤다. "여동생?"

"여동생에게 닦으라고 명령했다니요!"

"우린 안 그랬는데……" 그들은 입을 모아 같은 말을 했다. "원주민 하인한테 그런 거예요……"

"그 사람이 호세인의 여동생이에요."

딕은 달리 할 수 있는 말이 없었다. "난 그 두 여자가 하인인 줄로 알았어요."

"그들은 히마둔이라고 내가 말했잖아요."

"뭐라고요?" 딕은 침대에서 나와 가운을 입었다.

"이틀 전날 밤에 피아노 있는 데서 설명해줬잖아요. 너무 취해 못 들었다고 하진 않겠죠."

"그런 말을 했어요? 처음 부분은 못 들었어요. 나는 연결을 짓지 못해서…… 우리는 그게 그 여자들 얘기인 줄 몰랐어요, 메리. 나 원, 가서 그 여자를 만나 사과할 도리밖에 없군요."

"만나서 사과한다고요? 내가 말해줬잖아요, 집안의 장손이…… 장손이 결혼하면, 여자 형제들 중에서 가장 손위의 자매 둘이 신부의 시녀로 바쳐진다고요."

"그래서 간밤에 호세인이 그렇게 간 거예요?"

메리가 주저하다가 고개를 끄덕였다.

"그래야만 했어요…… 그들 모두 떠났어요. 명예를 위해 그럴 수밖에 없어요."

이제 다이버 부부는 옷을 입기 시작했다. 메리는 말을 이었다.

"그런데 목욕물 어쩌고 하는 건 다 무슨 말이죠? 마치 이 집에서 그런 일이 있을 수 있기라도 한 것처럼! 러니어한테 물어보자고요."

딕은 니콜에게 상황을 떠맡으라는, 그들만 아는 신호를 하며 침대에 앉았다. 그사이 메리는 문으로 가 하인에게 이탈리아어로 무언가 말했다.

"잠깐." 니콜이 말했다. "그건 용납할 수 없어요."

"우리를 비난했잖아요." 메리가 대답했다. 니콜에게 그런 어조로 말하기는 처음이었다. "그러니 확인할 권리가 있어요."

"이 문제로 아이를 불러들일 순 없어요." 니콜은 쇠사슬 갑옷을 걸치듯 옷을 확 입었다.

"괜찮아." 딕이 말했다. "러니어 불러. 이 욕조 문제의 끝을 봐야겠어, 사실이든 꾸며낸 이야기든."

러니어는 정신적으로나 신체적으로나 반쯤 옷을 입은 채 화난 표정의 어른들을 쳐다보았다.

"얘, 러니어." 메리가 물었다. "네가 목욕한 물이 한 번 썼던 물이라는 생각은 어떻게 하게 됐니?"

"똑바로 말해." 딕이 덧붙였다.

"그냥 더러웠어요, 그뿐이에요."

"네 방이 바로 옆인데 욕조에 물 받는 소리 안 들렸어?"

러니어는 그 가능성을 인정했지만 자신의 요점을 반복했다—물이 더러웠다는 것이다. 그는 약간 두려워졌다. 그리고 앞을 똑바로 쳐다보려고 애썼다.

"물을 새로 받았을 리가 없어요, 왜냐하면……"

그들은 설명을 요구했다.

"그랬을 리가 없다니, 어째서?"

작은 기모노를 입은 채 서 있는 모습이 부모의 동정심을 불러일으켰지만 메리는 오히려 더 짜증이 났다. 그러자 러니어가 말했다.

"물이 더러웠어요, 비누거품투성이였어요."

"네가 말하려는 게 확실하지 않을 때는—" 메리가 말을 시작했지만 니콜이 가로막았다.

"그만해요, 메리. 물에 더러운 거품이 있었다면 논리적으로 물이 더럽다고 생각하게 되죠. 애 아버지가 무슨 일이 있으면 말하라고 했어요……"

"더러운 거품이 있었을 리가 없어요."

러니어는 자기를 배신한 아버지를 원망하는 눈으로 쳐다보았다. 니콜은 러니어의 어깨를 잡고 뒤돌아서게 해서 방 밖으로 내보냈다. 딕은 웃음으로 긴장을 깼다.

그때 그 소리가 과거의 기억, 이전의 우정을 일깨운 듯 메리는 자신이 그들로부터 얼마나 멀어졌는지 생각하고는 마음을 누그러뜨리는 어조로 말했다. "아이들은 꼭 저런다니까요."

과거가 떠오르자 그녀는 마음이 불안해졌다. "바보처럼 이렇게 가지 말아요. 어차피 이번 여행은 호세인이 가고 싶어 하던 거예요. 어쨌든 두 사람은 내 손님이고 그냥 어쩌다 실수했을 뿐인 걸요 뭐." 하지만 딕은 에두르는 태도와 실수라는 말에 더 화가 나 소지품을 정리하기 시작하며 이렇게 말했다.

"젊은 여자들인데 사정이 딱하군요. 여기 왔던 그 아가씨한테 사과하고 싶어요."

"피아노 의자에 앉아 있었을 때 내 말에 귀를 기울이기만 했어도!"

"하지만 이야기가 정말, 아주 지루했거든요, 메리. 최대한 오래 귀를 기울였어요."

"가만히 좀 있어요!" 니콜이 딕에게 말했다.

"나도 똑같은 칭찬을 해주고 싶군요." 메리가 비통하게 말했다. "안녕, 니콜." 그녀는 방에서 나갔다.

그러고 나니 그녀가 그들을 전송하러 나오지 않으리라는 데는 의심의 여지가 없었다. 집사가 그들이 출발할 수 있도록 준비해주었다. 딕은 호세인과 그의 여자 형제들 앞으로 의례상의 편지를 남겼다. 떠나는 일 외에는 할 게 없었다. 하지만 모든 가족은, 러니어의 경우에 특히 더, 그렇게 떠나는 게 유감스러웠다.

"정말이에요." 러니어가 기차에서 강조했다. "그 욕조 물 더러웠어요."

"그만 됐다." 아버지가 말했다. "이제 잊으려무나, 이 아버지가 너와 절연하기를 원하지 않는다면 말이다. 프랑스에 부모가 아들과 절연할 수 있는 새 법이 생겼다는 거 알아?"

러니어는 환호성을 질렀고 다이버 가족은 다시 하나가 되었다—딕은 몇 번이나 더 그럴 수 있을까 하고 생각했다.

5

니콜은 창문으로 가 창턱 위로 몸을 구부리고 언쟁이 점점 격해지는 테라스를 내려다보았다. 4월의 태양이 요리사 오귀스틴의 성자 같은 얼굴을 분홍빛으로 밝히고 술 취한 그녀가 흔들어대는 푸줏간 칼을 시퍼렇게 반사했다. 그녀는 그들이 2월에 빌라 다이애나로 돌아온 뒤로 줄곧 그 집에서 일해 왔다.

　차일 때문에 시야가 가려 딕의 머리와 청동 손잡이가 달린 무거운 지팡이를 쥐고 있는 손만 보였다. 칼과 지팡이, 서로으르며 맞서고 있는 모양이 마치 검투사들이 결투에서 삼지창과 단도로 겨루는 것 같았다. 먼저 딕의 말이 들렸다.

　"자네가 부엌의 일반 와인이야 얼마나 마시든 상관 않네만 샤블리 무통에 손을 대는 걸 보면……"

　"사돈 남 말 하시네!" 오귀스틴이 그녀의 검을 휘두르며 소리쳤다. "당신도 마시잖아, 시도 때도 없이!"

　니콜이 차일 위에서 외쳤다. "무슨 일이에요, 여보?" 그러자 그는 영어로 대답했다.

　"이 노인네가 고급 와인들을 먹어치우잖아. 그래서 지금 내보내려는 거야, 최소한 그러려 하고 있어."

　"저런! 그럼 그 칼에 다치지 않도록 해요."

　오귀스틴은 니콜을 향해 칼을 쳐들어 흔들어댔다. 늙은 그녀의 입은 두 개의 작은 체리가 교차하는 것처럼 생겼다.

　"말할 게 있다오, 부인, 당신 남편이 작업실에서 날품팔이처럼 술을 마셔대는 걸 알면……"

　"닥치고 꺼져요!" 니콜이 끼어들었다. "안 그러면 경찰을 부를 테니."

"당신이 경찰을 부른다! 내 동생이 경찰에 있는데! 당신이, 구역질나는 미국인이?"

딕은 위에 있는 니콜을 향해 영어로 말했다.

"내가 이거 해결할 때까지 애들 데리고 집에서 나가 있어."

"……여기에 와서 우리 최고급 와인들을 다 마셔버리는 구역질나는 미국인들이." 오귀스틴이 파리 혁명군 같은 목소리로 부르짖었다.

딕은 더욱 단호한 어조로 말했다.

"당장 떠나시오! 지금까지 일한 돈을 줄 테니."

"물론 돈을 줘야지! 그런데 먼저 이 말부터 하고……" 그녀가 가까이 다가오며 광포하게 칼을 휘둘러 딕은 지팡이를 번쩍 쳐들었다. 그러자 그녀는 후다닥 부엌으로 달려 들어가더니 그 고기 칼에 손도끼를 보강해 가지고 나왔다.

별로 보기 좋은 상황이 아니었다. 오귀스틴은 힘이 센 여자여서 그녀가 심각하게 다치는 결과를 초래하는 위험을—그리고 프랑스 국민을 괴롭히는 사람 쪽에서는 심각한 법률적인 분규를 지게 되는 운명을—감수하지 않고서는 무장을 해제시킬 수 없을 터였다. 허세로 위협하기 위해 딕은 위에 있는 니콜을 향해 외쳤다.

"경찰에 전화해." 그런 다음 오귀스틴의 무기를 가리키며 말했다. "체포될 거요."

"하—하!" 그녀는 포악하게 웃었다. 하지만 더 가까이 오지는 않았다. 니콜은 경찰에 전화를 했지만 신호가 떨어지면서 오귀스틴의 웃음소리가 메아리치는 것 같은 소리만 났다. 그러고 나서 웅얼거리는 소리나 명령을 전달하는 소리가 들렸다. 그러다가 전화 연결이 뚝 끊겼다.

　창문에 돌아온 니콜은 아래를 바라보며 딕에게 외쳤다. "돈을 추가로 더 준다고 그래요!"

　"내가 전화를 해야 하는데!" 이것은 불가능한 일로 생각됐으므로 딕은 조건부로 항복했다. 그녀를 신속히 집에서 내보내야 한다는 생각에 굴복하고 그가 50프랑에 50프랑을 얹어 100프랑을 주겠다고 하자, 오귀스틴은 요새를 내어주고 퇴각하며 '더러운 놈!'이라는 수류탄을 투척했다. 그녀는 짐을 들어줄 조카가 오면 떠나기로 했다. 경계를 늦추지 않고 부엌 근방에서 기다리는 딕은 와인 병을 따는 소리가 들렸어도 그 점만은 양보하기로 했다. 더 이상 말썽은 없었다—조카가 도착하자 오귀스틴은 아주 미안해하며 딕에게 기운차고 명랑한 작별 인사를 하고는 니콜이 있는 창문을 향해 "Au revoir, Madame! Bonne chance(안녕히 계세요, 부인! 행운을 빕니다)!" 하고 외쳤다.

　다이버 부부는 니스에 가서 저녁으로 사프란으로 진하게 맛을 낸 작은 바닷가재와 볼락 스튜인 부야베스를 먹으며 차가운 샤블리를 마셨다. 그는 오귀스틴에 대한 동정심을 표했다.

　"나는 조금도 딱하게 생각하지 않아요." 니콜이 말했다.

"나는 그래…… 그렇지만 그 노인을 절벽으로 밀어 떨어뜨렸더라면 좋았을 걸 하는 마음이야."

이즈음 그들은 큰마음 먹고 하는 말 외에는 별로 말이 없었다. 시의적절한 말을 하면 좋을 경우에도 그 말이 생각나는 일이 드물었으며, 그것은 언제나 서로의 마음을 움직일 수 없게 되었을 때 너무 늦게 생각났다. 오귀스틴의 폭발은 이날 밤 그들을 뒤흔들어 각자의 공상에서 깨어나게 했다. 그들은 매콤한 스튜의 화끈한 맛과 드라이한 와인의 차가움을 느끼며 대화를 나누었다.

"계속 이대로 갈 수는 없어요." 니콜이 말을 꺼냈다. "그럴 수 있어요?……어떻게 생각해요?" 딕이 일단은 그 말을 부인하지 않자 그녀는 깜짝 놀라고는 말을 이었다. "어떤 때는 이게 다 내 잘못이라는 생각이 들어요…… 내가 당신 신세를 망쳐놓은 거죠."

"그러니까 나는 신세 망친 거네?" 그가 쾌활하게 말했다.

"그런 말이 아니에요. 하지만 당신은 무엇을 창조하기를 원했잖아요, 그런데 지금은 무엇이든 부수고자 하는 것 같으니 하는 말이에요."

그녀는 그러한 노골적인 말로 그를 비난하는 게 떨렸다. 하지만 갈수록 커져만 가는 그의 침묵은 그녀를 더욱 무섭게 했다. 그 침묵 뒤에서, 그 냉랭한 파란 눈 뒤에서, 아이들에 대한 거의 부자연스러운 관심 뒤에서, 무언가 전개되고 있다는 생각이 들었다. 그답지 않게 돌연히 화를 내는 일은 그녀로서는 깜짝 놀랄 일이었다. 그는 느닷없이 어떤 사람이나 인종, 사회 계층, 생활 방식, 사고방식에 대한 경멸이 말을 길게 늘어놓곤 했다. 마치 어떤 헤아릴 수 없는 이야기가 그의 마음속에서 계속 전개되고 있기라도 한 것 같았으며, 그녀는 그게 바깥으로 표출되는 순간을 통하여 그게 무엇인지 추측해볼 수 있을 뿐이었다.

"어쨌든 여기서 얻는 게 뭐예요?" 그녀가 물었다.

"당신이 하루가 다르게 건강해지고 있음을 알게 된다는 것. 당신의 병이 수확체감의 법칙을 따르고 있음을 알게 된다는 것."

아무 관계가 없고 학구적인 무엇에 관한 이야기를 하는 듯, 그의 목소리가 멀리에서 들려오는 것 같았다. 그러자 그녀는 놀라서 소리를 쳤다. "딕!" 그녀는 식탁을 가로질러 손을 뻗었다. 딕은 반사적으로 손을 뒤로 빼고 앞의 말에 덧붙여 말했다. "전체 상황을 숙고해봐야 하겠지? 당신만 있는 게 아니니까." 그는 니콜의 손을 덮어 잡고 쾌락과 장난과 이익과 기쁨을 함께 도모한 공모자의 상냥한 목소리로 이렇게 말했다.

"저기 저 배 보여?"

그것은 니스 만에 잘게 이는 파도 가운데 잔잔히 떠서 언제나 실제 운행에 의존하지 않고도 낭만적인 항해를 하고 있는 T. F. 골딩의 모터 요트였다. "지금 저 배에 가서 거기에 있는 사람들한테 그들 문제는 무언지 물어보자. 저 사람들이 행복한지 알아보자고."

"우리는 그 사람을 잘 모르잖아요." 니콜이 반대했다.

"우리한테 놀러오라고 그랬었지. 게다가 처형이 그를 알아. 처형은 그자와 결혼한 거나 다름없었잖아, 지금도 그런가…… 그러지 않았나?"

항구에 나가 모터보트를 세내어 타고 바다로 나갈 때 벌써 여름날의 황혼이 지기 시작했고 마진호의 삭구를 따라 불빛이 경련을 일으키듯 켜지고 있었다. 배가 마진 호의 뱃전에 이르자 니콜은 거듭 미심쩍은 마음을 드러냈다.

"파티를 벌이고 있는데……"

"라디오 소리일 뿐이야." 그는 추측했다.

누군가 큰 소리로 그들을 맞이했다. 하얀 양복을 입은 거구의 백발 남자가 그들을 내려다보며 외쳤다.

"다이버 부부로 보이는데 맞소?"

"승선이오, 어이, 마진!"

그들의 보트가 사다리 밑으로 이동했다. 사다리를 오르자 골딩이 거구의 상체를 굽혀 니콜에게 손을 내밀었다.

"저녁 식사 시간에 때맞춰 잘 오셨소."

배 뒤쪽에서 소규모 오케스트라가 연주를 하고 있었다.

"부탁만 하면 나는 당신의 것, 그전엔 점잖이 있으라고 하지 마세요……"

골딩이 사이클론 같은 팔뚝으로 그들의 몸에 손을 대지 않으면서 그들을 뒤로 몰아갈 때 니콜은 거기에 온 게 더욱 유감스러웠으며 딕에 대해서 더욱 짜증이 났다. 딕의 일과 그녀의 건강 때문에 사람들과 교제할 수 없었던 시기, 이곳의 방종한 사람들로부터 떨어진 초연한 태도를 취했던 그들은 거절하는 사람들이라는 명성을 얻었다. 사람들이 떠나고 그 후로 새로이 리비에라를 차지한 사람들은 그것을 막연히 인기가 없는 것으로 해석했다. 그렇다 하더라도 기왕 그러한 입장을 취해 왔는데 잠깐의 방종 때문에 값싸게 굽힐 수는 없다고 니콜은 생각했다.

그들이 중앙 홀을 통과하는데 저만치 앞에 있는 둥그런 선미의 반원형 불빛 속에 춤을 추고 있는 것 같은 사람들의 모습이 보였다. 이것은 음악과 낯선 조명, 주변을 에워싸고 있는 바닷물의 마법이 일으키는 환영이었다. 실제로는 바삐 다니는 급사들 외에 손님들은 둥글게 휘어 돌아가는 갑판의 가장자리를 따라 줄이어 놓인 널찍한 긴 소파에서 빈둥거리고 있었다. 하얀 드레스, 빨간 드레스, 부연 드레스, 다림질한 깨끗한 셔츠의 가슴을 풀어헤친 남자 여러 명이 있었는데, 이 가운데 나머지 사람들로부터 분리되어 누군지 분명히 알 수 있는 한 사람이 니콜로 하여금 드문 기쁨의 작은 소리를 지르게 만들었다.

"토미!"

허리를 굽혀 손을 잡는 그의 의례적인 프랑스풍 인사를 무시하고 니콜은 뺨을 맞대 인사했다. 그들은 난간 가장자리를 따라 빙 둘린 안락한 소파에 앉았다, 아니 길게 기댔다는 게 맞을 것이다. 그의 얼굴은 보기 좋게 햇빛에 깊이 그은 정도를 넘어, 흑인의 아름다운 푸른빛은 돌지 않는 검은 피부가 되어 있었다―그것은 그저 헌 가죽이었다. 미지의 태양들에 의해 색소를 잃은 이국적인 정취, 이국의 땅에서 자양분을 받은 모습, 많은 방언이 섞여 혀가 뒤틀려 어색한 그의 말, 뜻밖의 경보에 조율된 반사적인 행동―이러한 것들은 그녀를 매혹시키고 쉴 수 있게 했다―그를 만나는 순간 그녀는 그의 가슴에 누웠다, 정신적으로, 마음이 밖으로 또 밖으로 향하면서…… 그러다 자기 보호 본능이 발동했고 그녀는 자신의 세계로 물러나며 가볍게 말했다.

"토미 당신은 영화에 나오는 모험가들 같아요…… 그런데 왜 그렇게 오래도록 들르지도 않았어요?"

토미 바르방은 그녀를 바라보았다. 이해는 하지 못했지만 기민한 눈초리였다. 그의 눈의 동공이 빛났다.

"5년이에요." 그녀가 아무것도 아닌 무엇을 모방한 후음(喉音)으로 말을 이었다. "너무, 너무 긴 세월이에요. 그냥 그자들 어느 정도만 해치우고는 이리로 돌아와 한동안 여기 공기를 마시며 우리와 지낼 수는 없었어요?"

소중한 그녀가 있는 앞에서 토미는 빠르게 유럽화했다.

"Mais pour nous héros, il nous faut du temps, Nicole. Nous ne pouvons pas faire de petits exercises d'héroisme―il faut faire les grandes compositions(하지만, 우리 영웅들은 시간이 필

요해요, 니콜. 우리는 소소한 영웅적 행위를 수행할 수 없어요. 우리는 주요 사건에 참여해야 해요)." 토미가 말했다.

"영어로 말해요, 토미."

"Parlez français avec moi, Nicole(당신이 프랑스어로 말해요, 니콜)."

"하지만 그 뜻이 다른 걸요…… 당신은 프랑스어로 기품을 가지고 영웅적이고 용감할 수 있죠, 당신도 그걸 알고 있고요. 하지만 영어로는 영웅적이고 용감하더라도 좀 우스꽝스러워요, 당신은 그것도 알고 있죠. 그럼 내가 유리해져요."

"하지만 어쨌든……" 그가 별안간 싱긋 웃었다. "나는 영어로도 용감하다 영웅적이다 등등 그런 거 다 통해요."

그녀가 경탄해서 휘청거리는 시늉을 했지만 그는 겸연쩍어하지 않았다.

"나는 영화에서 보는 걸 알 뿐이에요." 그가 말했다.

"그 모든 게 영화 같아요?"

"영화도 그렇게 나쁘진 않아요. 그런데 그 로널드 콜먼이…… 혹시 그가 나오는 외인부대에 관한 영화들 봤어요? 괜찮은 영화들이에요."

"좋아요, 영화 볼 때마다 그 순간 당신이 그런 일을 겪고 있다고 알고 있을게요."

말하다가 니콜은 토미의 다른 쪽에 앉아 있는 작고 창백하고 예쁜 젊은 여자를 의식하게 되었다. 금속 빛이 나는 아름다운 머리가 갑판의 조명으로 거의 초록색으로 보였다. 그녀는 그들의 대화나 그 옆의 다른 사람들의 대화를 듣고 있었는지도 모른다. 하지만 다시 그의 주목을 끌 희망을 버리고 앵돌아져서 마지못해 초승달 모양의 갑판을 가로질러 다른 데로 가는 것을 보니 니콜이 오기 전까지만 해도 그를 독점하고 있었던 게 분명했다.

"어쨌든 나는 영웅이에요." 토미가 농담 반 진담 반으로 말했다. "무서운 용기가 있죠, 대개는요, 사자의 용기와 같다고나 할까, 술 취한 사람의 용기와 같다고 할까."

니콜은 그의 마음속에서 자랑의 메아리가 사그라지기를 기다렸다—예전의 그라면 그런 말을 하지 않았을 거란 것을 그녀는 알고 있었다. 그녀는 낯선 사람들을 바라보았다. 언제나 그렇듯 그 가운데 지독한 신경증 환자들이 보였다. 차분한 체하고 있는 그들은 오로지 도시에 대한 혐오의 반작용으로서, 그 도시에서 나는 소리의 음정과 음조에 일조한 자신들의 목소리에 대한 혐오의 반작용으로서 전원을 즐기고 있었다…….

"흰 옷을 입은 여자는 누구예요?" 그녀가 물었다.

"내 옆에 있던 여자요? 레이디 캐럴라인 시블리 비어스예요." 그들은 잠시 건너편에 있는 그녀가 말하는 소리에 귀를 기울였다.

"그자는 무뢰한이지만 그 계층에 속하는 놈이죠. 우리는 밤새도록 앉아 2인 슈만드페르*를 했는데 나한테 1천 스위스프랑을 빚졌어요."

 토미는 한 번 웃고 말했다. "저 여자는 런던 최고의 악녀예요. 유럽에 돌아올 때마다 런던 최고의 악녀들이 우후죽순처럼 생겨나 있어요. 저 여자가 가장 최근에 나타났죠. 이제 거의 그 급으로 악하다고 생각되는 여자가 하나 더 늘기는 했지만."

 니콜은 갑판 건너편에 있는 그 여자를 다시 한 번 훑어보았다. 가냘픈 약체였다. 그렇게 좁은 어깨, 그렇게 미약한 팔로 타락의 깃발을, 쇠퇴하는 제국의 지나간 상징을 드높일 수 있다는 게 믿기지 않았다. 그녀는 전쟁 전부터 화가와 소설가의 모델이 되어온 키가 훤칠하고 께느른한 금발 미인의 대열에 든다기보다는 존 헬드 그림 속의 가슴이 밋밋한 왈가닥과 유사했다.

 골딩이 거대한 앰프를 통하여 의지를 발신하는 것 같은 거구의 공명을 애써 억제하며 다가왔다. 니콜은 여전히 마음이 내키지 않으면서도 그의 되풀이되는 요청에 굴복했다. 즉, 저녁 식사가 끝나는 대로 마진호는 칸으로 향할 것이며, 저녁을 먹었지만 언제든 원하면 캐비아와 샴페인을 먹을 수 있으며, 또 어쨌든 딕이 나중에 타고 갈 수 있도록 차를 칸의 알리에 카페 앞에 갖다 놓으라고 니스에 있는 운전사에게 전화를 하고 있는 중이라는 말이었다.

*바카라와 비슷한 카드 게임.

그들은 식당으로 이동했고 딕은 레이디 시블리 비어스 옆에 앉았다. 니콜은 평소에 혈색이 불그레한 그의 얼굴에 핏기가 없는 것을 알아챘다. 그는 독단적인 목소리로 말했다. 니콜에게는 그가 하는 이야기가 단편적으로만 들렸다.

"……당신들 영국인한테야 괜찮죠, 죽음의 무도곡을 추고 있으니까……. 파괴된 요새의 세포이*들, 그러니까, 성문의 세포이들과 요새에서의 즐거움이랄지 그런 것들. 초록색 모자, 짓밟힌 모자, 암울한 미래."

레이디 캐럴라인은 최종적인 "뭐라고요?" 또는 양날이 있는 "그럼요!" 항상 임박한 재난을 함축하고 있는 "만세!"와 같이 대화의 단절을 알리는 단어가 포함된 짧은 말로 응답했지만, 딕은 그런 경고의 신호를 알아차리지 못하고 있는 듯했다. 그러다 돌연 그가 특별히 열정적인 의견을 표했는데, 니콜은 그게 무슨 말인지 놓치고 못 알아들었지만, 그 젊은 여자가 어둡고 야무진 얼굴로 변하는 것을 보았다. 곧이어 그녀의 날카로운 대답이 들렸다.

"결국 사내는 사내고 단짝은 단짝이죠."**

그는 또 누군가의 기분을 상하게 했다―조금만 더 입을 다물고 있을 수는 없을까? 얼마나 오래? 그럼 죽을 때까지.

---

*영국 동인도 회사에 고용된 인도인 용병.
**캐롤라인이 "사내는 사내고"라는 말을 할 때 'chap'이라는 말을 상류계층의 발음대로 'chep'이라고 표기하고 있다. 이어서 '단짝'이라는 뜻의 chum을 씀으로써 사회계급을 암시하며 비웃는 것이다.

오케스트라(드럼에 '에딘버러 래그타임 칼리지 재즈'라고 이름 붙여져 있다) 멤버인 금발의 젊은 스코틀랜드인이 낮은 화음으로 피아노를 치며 〈대니 디버〉*식의 단조로 노래를 부르기 시작했다. 그는 거의 견딜 수 없는 감명을 받기라도 한 듯 노랫말을 아주 정확하게 발음했다.

> 지옥에서 온 여인
>
> 종소리에 움찔했네
>
> 나쁜 여자, 나쁜 여자였기 때문
>
> 그녀는 종소리에 움찔했네
>
> 지옥에서 (붐붐)
>
> 지옥에서 (뚜뚜)
>
> 지옥에서 온 여인……

"이게 다 뭐죠?" 토미가 니콜에게 작은 소리로 말했다.
 토미 반대편에 앉은 여자가 그에 대한 대답을 주었다.
 "캐럴라인 시블리 비어스가 노랫말을 썼어요. 곡조는 피아노 친 사람이 만든 거고요."
 "Quelle enfanterie(유치하게)!" 다음 소절이 시작될 때 그 신경질적인 여자의 한술 더 뜨는 흥취를 넌지시 가리키며 토미

---

*군의 사형 집행에 관한 러드야드 키플링의 시로써, 애처로운 어조로 암송되었다.

가 중얼거렸다. "On dirait qu'il récite Racine(마치 라신의 비극을 낭송하는 것 같잖아)!"

레이디 캐럴라인은 최소한 겉으로 보기에는 자기의 작품 연주에 아무런 주의도 기울이고 있지 않았다. 니콜은 그녀를 다시 한 번 훑어보고 깊은 인상을 받았다. 그것은 그녀의 인격이나 성격에 대한 게 아니라 태도에서 나오는 힘 그 자체에 대한 것이었다. 니콜은 그녀를 아주 만만찮은 여자로 생각했는데, 이 생각은 사람들이 모두 식탁에서 일어났을 때 틀리지 않은 것으로 확증되었다. 딕은 일어나지 않고 이상한 표정으로 그대로 앉아 있다가 불쾌한 부적절한 말로 자폭했다.

"나는 이 귀청 터지게 하는 영국적인 속삭임에 담겨 있는 빈정거림이 싫어."

식당에서 거의 다 나가다 말고 레이디 캐럴라인이 몸을 돌려 그에게 돌아오더니 일부러 모든 사람들이 듣도록 낮으면서도 또박또박한 목소리로 이렇게 말했다.

"자업자득이죠. 내 동포를 비방하고, 내 친구 메리 밍게티를 비방했잖아요. 나는 단지 당신이 로잔에서 의심스러운 사람들과 어울리는 것을 본 사람이 있다고 했을 뿐이에요. 그게 귀청을 터지게 하는 속삭임인가요? 아니면 단지 당신의 귀청만 터지게 하는 건가요?"

"아직 그렇게까지는 크지 않죠." 딕이 말했다. 좀 뒤늦은 말이었다. "그러니까 내가 정말로 소문난—"

골딩이 딕의 다음 말을 뭉개버렸다.

"저런! 저런!" 그리고 건장한 몸에서 풍기는 위협감으로 손님들을 밖으로 이동시켰다. 니콜은 문밖을 나가다 돌아서며 딕이 아직도 식탁에 앉아 있는 것을 보았다. 그녀는 터무니없는 말을 한 그 여자에게 화가 치밀었다. 그리고 딕에게도 똑같이 화가 치밀었다, 여기에 오자고 했기 때문에, 만취했기 때문에, 그에게 있는 한 겹 덮인 풍자의 가시 끝이 잘렸기 때문에, 결과적으로 굴욕을 당했기 때문에—이 배에 도착하자마자 토미 바르방을 차지함으로써 자기가 그 영국 여자를 먼저 화나게 했다는 것을 알기 때문에 니콜은 조금 더 화가 났다.

조금 뒤에 그녀는 딕이 선내 통로에서 골딩과 이야기하는 것을 보았다. 완전히 제정신으로 돌아온 것 같았다. 그러고 나서 약 30분 동안 갑판 어디에서도 그가 보이지 않자 그녀는 끈과 커피콩으로 노는 복잡한 말레이 게임을 하다 말고 빠져나와 토미에게 이렇게 말했다.

"가서 딕을 찾아봐야겠어요."

저녁 식사 후에 요트는 서쪽으로 가고 있었다. 쾌청한 밤이 배의 양쪽으로 끊임없이 흘러가고 디젤 엔진은 묵묵히 돌았다. 뱃머리에 이르자 돌연 봄바람이 훅 불어와 니콜의 머리칼을 날렸다. 깃대 옆 귀퉁이에 서 있는 딕을 보자 가슴을 날카롭게 저미는 불안감이 그녀를 엄습했다. 그녀를 알아보는 그의 목소리는 평온했다.

"좋은 밤이야."

"걱정했어요."

"저런, 걱정했어?"

"아이 참, 그런 식으로 말하지 말아요. 내가 당신을 위해서 해줄 수 있는 무언가 작은 걸 생각해낼 수 있다면 정말 기쁠 거예요."

그는 그녀에게서 돌아서 베일처럼 아프리카에 드리운 별빛 쪽을 쳐다보았다.

"난 그 말이 정말이라고 믿어. 그리고 어떤 때에는 그게 작은 것일수록 당신은 더 큰 기쁨을 얻을 거라고 믿어."

"그런 식으로 말하지 말아요…… 그런 말은 하지 말아요."

흰 물보라에 비치고 빛나는 하늘로 도로 던져 올려진 빛 속에 창백한 그의 얼굴에는 그녀가 예상했던 짜증 어린 주름은 없었다. 그의 얼굴은 초연하기까지 했다. 그는 이동시킬 체스 말을 보듯이 서서히 그녀에게 눈의 초점을 맞췄다. 그리고 그와 똑같은 느린 동작으로 손목을 잡아 그녀를 가까이 끌었다.

"당신이 나를 망친 거지?" 그가 덤덤히 물었다. "그럼 우리 둘 다 망친 거네. 그럼……"

겁을 집어먹고 오싹해진 그녀는 다른 손목마저 그의 손에 가져갔다. 좋다, 그녀는 그와 함께 갈 것이다—완전한 감응과 포기의 한순간에 밤의 아름다움이 다시금 선명하게 느껴졌다—좋아, 그럼……

—하지만 뜻하지 않게 그녀는 그의 손에서 풀려나 있었고 딕은 등을 돌리며 탄식했다. "쯧! 쯧!"

니콜의 얼굴에 눈물이 흘렀다—그녀는 곧 누군가 다가오는 소리를 들었다. 토미였다.

"찾았군요! 니콜은 저 영국 갈보한테 모욕을 당했다고 자네가 배에서 뛰어내렸을지도 모른다고 생각했어."

"배에서 뛰어내리기에 아주 좋은 배경이지." 딕이 온화하게 말했다.

"그렇죠?" 니콜이 성급히 말했다. "구명구를 빌려 뛰어내리자고요. 스릴이 있는 무언가를 해야겠어요. 우리 모두 너무 억제된 생활을 해온 거 같아요."

토미는 두 사람을 번갈아 보고 그 상황을 밤과 함께 들이마시며 냄새를 맡으려 했다. "우리 가서 레이디 비어·앤드·에일에게 뭘 하면 좋을지 물어보도록 하죠. 최근 유행이 뭔지 틀림없이 알 테니까. 그리고 〈지옥에서 온 여인〉이라는 그녀의 노래를 외워야 할 거예요. 내가 그걸 번역해서 카지노에서 히트시켜 돈을 벌어야지."

"자네 부자야, 토미?" 배의 뱃전을 따라 뒤로 되돌아갈 때 딕이 물었다.

"지금 이대로는 아냐. 증권 거래소 일에 물려서 그만두고 떠났네. 하지만 친구들이 관리해주고 있는 우량 주식이 좀 있지. 만사태평이야."

"딕은 부자가 될 거예요." 니콜이 말했다. 모든 것에 대한 반응으로 그녀의 목소리가 떨리고 있었다.

선미의 갑판에서 골딩은 거대한 손으로 사람들을 부추기고 잡아끌어 남녀 세 쌍을 춤추게 했다. 니콜과 토미도 그들 가운데 끼었다. 토미가 말했다. "딕은 요즘 술 좀 하나봐요."

"적당히 마실 뿐이에요." 그녀가 충성스럽게 말했다.

"술을 마실 줄 아는 사람이 있고 마실 줄 모르는 사람이 있죠. 딕은 술을 마실 줄 모르는 게 분명해요. 딕한테 술을 마시지 말라고 해요."

"내가?" 그녀가 놀라워하며 외쳤다. "내가, 내가 딕한테 이거 해라 저거 해라 한다고요?"

하지만 배가 칸의 부두에 다다랐을 무렵 딕은 말이 없었고 여전히 멍하니 졸린 듯했다. 골딩은 그를 마진호의 보트에 태워 모선 아래로 내렸다. 같은 보트에 탄 레이디 캐럴라인은 티가 나게 자리를 바꾸어 앉았다. 부두에 오르자 딕은 과장된 예를 갖춰 그녀에게 꾸벅 하고 인사했다. 그리고 한순간 그는 그녀가 가는 길에 신랄한 경구를 한마디 쏘아 붙일 것 같았는데 토미가 팔꿈치로 그의 옆구리를 찔렀고 그들은 대기되어 있는 차까지 함께 걸었다.

"내가 집까지 대신 운전해 갈게." 토미가 제안했다.

"그럴 거 없어…… 택시 타면 돼."

"그러고 싶어, 오늘 밤 나를 재워준다면."

뒤에 앉은 딕은 노란 거석 같은 골프 쥐앙을 지나, 음악이 울리고 많은 언어로 시끄러운 밤이 있는 쥐앙 레 팽의 끊임없는 축제의 현장을 지날 때까지 움직임이 없이 잠잠했다. 차가 언덕길로 빠져 타르메를 향하여 오를 때 딕은 차의 기울기를 느끼고 갑자기 몸을 곤추세우고 열변을 토했다.

"매력적인 대리인……" 그는 순간 말을 더듬었다. "……그 회사……영국식 뒤섞은 머리 가져와." 그런 다음 그는 누그러져 잠이 들면서 이따금 트림을 하고는 만족스럽게 포근한 어둠 속으로 빠져들었다.

6

다음 날 아침 일찍 딕은 니콜의 방으로 갔다. "당신이 일어난 기척이 있을 때까지 기다렸어. 말할 필요도 없이 간밤 일은 유감스럽게 생각해…… 하지만 사후 평가는 하지 않는 게 어때?"

"좋아요." 그녀는 거울에 얼굴을 가져가며 태연히 대답했.

"토미가 운전해 왔어? 아니면 내가 꿈을 꾼 건가?"

"알면서 그래요."

"그럼 맞는 것 같군." 그가 인정했다. "방금 그 친구 기침 소리가 나서 말이야. 가서 들여다봐야겠어."

그녀는 그가 나갔을 때 기뻤다, 그때까지 살면서 거의 처음 있는 일이었다—그가 마침내 그 지독한 올바름의 기능을 잃은 것으로 보인 것은.

토미는 카페오레를 마시려고 잠에서 깨어 침대 속에서 꼼지락거리고 있었다.

"괜찮아?" 딕이 물었다.

토미가 목이 따끔거린다고 하자 딕은 직업적인 태도를 취했다.

"약으로 목을 헹궈내든가 하는 게 좋겠어."

"그거 있어?"

"이상하게 들리겠지만 나한테는 없어, 아마 니콜한테는 있을 거야."

"니콜은 깨우지 마."

"일어났네."

"니콜은 어때?"

딕은 천천히 돌아섰다. "내가 술에 취했다고 니콜이 죽을 줄 알았어?" 그의 어조는 쾌활했다. "니콜은 이제 어떠냐면, 조지아 소나무로 만들어져 있어. 가장 단단하다고 알려져 있는 나무지, 뉴질랜드의 유창목을 제외하면……"

니콜은 아래층으로 내려가다 그 대화의 끝 부분을 들었다. 그전에도 늘 그랬지만 그녀는 토미가 자기를 사랑한다는 것을 알고 있었다. 그녀는 토미가 딕을 싫어하게 되었다는 것을 알고 있었고, 딕이 토미가 그러기에 앞서 그 사실을 깨닫고 그의

3부 213

고독한 정열에 어떤 긍정적인 방식으로 반응하리라는 것도 알고 있었다. 이런 생각을 하는 순간 그녀는 순전한 여성스러운 만족감을 느꼈다. 두 남자가 2층에서 그녀를 놓고 근심하는 동안 그녀는 아이들의 아침 식탁에 몸을 구부리고 가정교사에게 여러 가지 지시를 내렸다.

그 후 정원으로 나간 그녀는 행복했다. 아무런 일도 일어나지 않았으면 했다. 단지 2층의 두 남자가 그녀를 마음속으로 주거니 받거니 하는 가운데 이 상황이 미결정의 상태에 머물렀으면 했다. 그녀는 오랜 세월 존재하지 않았으니까, 공으로서도.

"좋지, 토끼들아, 그렇잖아…… 그런가? 얘, 토끼야…… 얘, 너! 그거 좋으니? ……어? 아니면 그게 너한테는 아주 별난 거 같아?"

사실상 양배추 외에는 다른 것은 아무것도 경험해보지 못한 토끼는 시험 삼아 몇 번 코의 위치를 바꾼 뒤에 입에 맞는 것으로 결정했다.

니콜은 일상적인 정원 일을 하나씩 해나갔다. 꽃꽂이할 꽃을 꺾어 지정된 장소들에 놓았다. 나중에 정원사가 집 안으로 가져올 것들이었다. 방파제에 이른 그녀는 마음을 터놓고 이야기하고 싶은 기분이었지만 함께 이야기할 사람이 없었다. 그래서 그녀는 멈추어 곰곰이 생각에 잠겼다. 그녀는 딴 남자에게 관심을 둔다는 생각이 다소 충격적이었다. 하지만 다른 여자들에게는 애인이 있지 않은가. 나라고 안 될 이유가 무엇이지? 화창한 봄날 아침, 남성들의 세계가 금하는 것들은 사라지고 그녀는 꽃처럼 가볍게 사고했다. 머리칼이 바람에 흩날리다 머리도 함께 움직였다. 다른 여자들에게는 애인이 있지 않았던가. 간밤에 죽음도 불사하기까지 딕에게 몸을 맡겼던 바로 그 에너지가 이제는 그녀로 하여금 바람을 향하며 머리를 끄덕이게 했다. '나라고 안 될 게 뭐야?'라는 논리에 만족하고 행복해하며.

그녀는 낮은 담에 올라 앉아 바다를 내려다보았다. 그리고 또 다른 바다, 공상의 넓은 파도에서 실체적인 무엇을 낚아 그녀의 나머지 전리품과 나란히 놓았다. 간밤에 딕이 그렇게 보인 것과는 달리 그녀의 마음이 영원히 그와 하나일 필요가 없다면, 둥근 메달의 주변을 그저 끝없이 행진하며 돌도록 운명지어진 어떤 형상을 넘어선 추가적인 무엇이어야만 한다.

니콜이 방파제의 이 자리를 택해 앉은 이유는 채소밭이 있는 경사진 풀밭으로 절벽이 완만하게 연결되어 있기 때문이었다. 빽빽한 나뭇가지들 틈으로 두 남자가 갈퀴와 삽을 가지고 걸어가며 서로 대비되는 니스와 프로방스의 방언으로 이야기하고 있었다. 그들의 말과 몸짓에 끌린 그녀는 그 의미를 포착했다.

"나는 그 여자와 여기서 잤어."

"나는 저기 저 포도나무 숲 뒤로 데려갔는데."

"그 여자는 신경쓰지 않아, 그 녀석도 그렇고. 그건 저 말이었어. 암튼 난 그 여자와 여기서 잤어……"

"갈퀴 있어?"

"너도 있잖아, 이 바보."

"그런데, 네가 어디서 그 여자와 잤는진 상관없어. 그날 밤 전에는 결혼한 이후로 내 가슴에 여자의 가슴을 느껴보지 못했으니까. 12년 전에 결혼했지. 그런데 자네가 지금 나한테 말하는 건……"

"하지만 그놈 얘기 좀 들어봐……"

니콜은 나뭇가지 사이로 그들을 지켜보았다. 그들이 말하고 있는 것은 받아들일 만했다— 한 사람에게는 이게 좋았고, 다른 사람에게는 저게 좋았다. 하지만 그녀가 엿들은 것은 남자들의 세계였다. 그녀는 집으로 돌아가며 다시 의심스러운 마음이 되었다.

딕과 토미는 테라스에 나와 있었다. 그녀는 그들을 지나 집 안으로 들어가 스케치북을 가지고 나와 토미의 두상을 그리기 시작했다.

"손을 가만 놀리는 적이 없어. 돌아가는 실톳대 같아." 딕이 가볍게 말했다. 비누 거품 같은 적갈색 수염이 그의 충혈된 눈만큼이나 붉게 보일 정도로 얼굴에서 핏기가 가셨는데 어쩌면 저렇게 아무렇지 않게 말할까? 그녀는 토미를 바라보고 말했다.

"나는 항상 무언가 할 수 있어요. 옛날에 예쁘고 활동적인 작은 폴리네시아 원숭이를 기른 적이 있는데 몇 시간이고 곡예하듯 데리고 놀아서 사람들이 질 낮은 거친 농담들을 하기 시작할 정도였죠……"

그녀는 계속 결연히 딕을 바라보지 않았다. 그는 곧 양해를 구하고 집 안으로 들어갔다―그녀는 그가 물 두 잔을 마시는 것을 보았다. 그러자 그녀는 마음이 더 굳어졌다.

"니콜……" 토미가 말을 꺼내다 말고 깔깔한 목청을 가다듬었다.

"가서 캠퍼 좀 가져올게요." 그녀가 말했다. "미제예요, 딕은 그게 효과 있다고 생각해요. 금방 올게요."

"정말 가야겠어요."

딕이 나와 앉았다. "효과 있다고 생각하다니, 뭐가?" 그녀가 캠퍼 병을 가지고 나와보니 그들은 앉은 자리에서 움직이지 않고 그대로 있었다. 하지만 아무것도 아닌 것에 관하여 열띤 말을 주고받은 것으로 짐작되었다.

운전사가 간밤에 토미가 입은 옷이 든 가방을 들고 문 앞에 와 있었다. 딕의 옷을 빌려 입은 토미를 보자 니콜은 마치 그가 그런 옷을 사 입을 형편이 안 되기라도 하듯 부당하게도 마음이 뭉클했다.

"호텔로 돌아가면 이걸 목과 가슴에 문질러 바르고 냄새를 들이마셔요." 그녀가 말했다.

"이봐." 토미가 계단을 내려가는데 딕이 작게 말했다. "병째

전부 주지 마. 파리에서 주문해야 하는데…… 여기 가게에는 재고가 떨어졌어."

토미가 그들의 말소리가 들리는 데까지 돌아서 올라왔다. 세 사람은 햇빛 속에 섰다. 토미는 차를 가로막고 계단 아래쪽에 서 있어서, 위에서 볼 때 그가 몸을 앞으로 굽히면 차가 등에 떠받쳐 기울 것처럼 보였다.

니콜은 보도까지 내려갔다.

"자 받아요." 그녀가 토미에게 말했다. "아주 귀한 거예요."

옆에 있는 딕이 침묵하는 소리가 들렸다. 그녀는 그에게서 한 걸음 떼고, 캠퍼를 든 토미를 태우고 가는 차를 향하여 손을 흔들었다. 그런 다음 그녀는 벌을 감수하려고 돌아섰다.

"그럴 필요는 없었는데." 딕이 말했다. "우리 집에 사람이 넷 있어. 지난 몇 년 동안 누가 기침을 하면……"

그들은 서로 마주 보았다.

"언제든 새로 사면 되잖아요……" 그리고 그녀는 기가 죽어 그를 따라 2층으로 올라갔다. 그는 침대에 드러누워 아무 말도 하지 않았다.

"점심을 이리로 가져오라고 할까요?" 그녀가 물었다.

그는 고개를 끄덕하고 말없이 가만히 누워 천장을 응시했다. 그녀는 미심쩍었지만 내려가 하녀에게 지시했다. 다시 2층으로 올라온 그녀는 방 안을 들여다보았다―그의 파란 눈이 어두운 하늘을 비추는 탐조등 같았다. 그녀는 그에게 저지른 잘못을 깨닫고 방에 들어가는 게 두려워 문간에 잠시 서 있었다……. 그녀는 그의 머리를 만지려는 듯 손을 내밀었지만 그는 의심 많은 동물처럼 고개를 돌렸다. 니콜은 더 이상 그 상황을 견딜 수 없었다. 자기는 젖이 마른 그의 빈약한 가슴을 아직도 계속해서 빨아야 하는데 위에서 괴로워하고 있는 그는 무엇을 먹이로 할지, 겁이 난 그녀는 부엌 하녀가 공포 상태에 빠진 것처럼 아래층으로 달려 내려갔다.

니콜은 일주일 만에 토미에 대한 흥분을 잊었다—그녀는 사람들에 대한 기억력이 별로 좋지 않아서 쉽게 그들을 잊었다. 하지만 6월의 뜨거운 바람이 불기 시작했을 때 그녀는 그가 니스에 있다는 소식을 들었다. 그는 두 사람에게 짧은 편지를 보냈다. 그녀는 집에서 가져온 다른 우편물들과 함께 파라솔 아래서 편지를 뜯어 보았다. 그리고 다 읽고는 딕에게 툭 던져주었다. 그는 그것과 교환하듯 해변용 바지를 입은 그녀의 무릎 위에 전보 한 장을 던져주었다.

　친애하는 두 분께, 내일이면 고스 호텔에 있을 겁니다. 유감스럽게도 엄마는 같이 안 갑니다. 두 분을 볼 수 있기를 기대합니다.

"기꺼이 봐야죠." 니콜이 뚱하게 말했다.

7

하지만 다음 날 아침 그녀는 딕이 어떤 무모한 해결책을 궁리하고 있다고 다시 우려하며 바닷가로 나갔다. 골딩의 요트에서 보낸 그날 밤 이후 그녀는 무슨 일이 일어나고 있는지 깨달았다. 그녀는 그간 안전을 보장해준 오래된 발판과 임박한 도약 사이의 미묘한 위치에 놓여 그 문제를 의식의 진정한 최전선으로 불러낼 용기를 내지 못하고 있었다. 일단 도약하면 피와 근육의 성분 자체가 변화해서 내려앉아야만 하니까. 딕과 그녀 자신의 모습은 돌연변이를 일으키면서 확정되지 않은 모양으로 환상의 무도회에 휩쓸린 유령처럼 보였다. 몇 달 동안 모든 말은 어떤 다른 의미를 함축하고 있는 것 같이 생각되었고 곧 이것은 딕이 정하는 상황 속에서 해소될 것이었다. 이 심리상태는 전보다 한층 더 희망적일지 몰라도 (존재 자체를 위해 존재한 기나긴 세월은 그녀의 본성에서 일찍이 병으로 인해 죽은 부분들 중 딕의 손길이 닿지 않은 부분들에 생기를 불어넣는 결과를 낳았다—그의 잘못이 아니라 하나의 본성이 다른 본성 안으로 빈틈없이 미치지 못하는 법이라서 그렇다) 그것은 여전히 걱정되는 일이었다. 그들의 관계에서 가장 불행한 측면은 딕이 점점 냉담해진다는 것이었으며, 이것은 현재 과음으로 구체화되고 있었다. 니콜은 자신이 꺾일지 아니면 살아날지 알 수 없었다. 불성실로 넘쳐나는 딕의 목소리는 쟁점을 흐렸다. 그녀는 고통스럽도록 느리게 카펫이 깔리고 난 다음 그가 어떤 행동을 할지도, 마지막에, 도약의 순간에, 어떤 일이 일어날지도 짐작할 수 없었다.

그 후에 생길 수 있는 일에 대해서는 그게 무엇이든 그녀는 걱정하지 않았다. 그것은 짐을 벗는 것, 멀었던 눈을 뜨게 되는 것이리라는 어렴풋한 예감이 들었다. 니콜은 돈을 지느러미와 날개 삼아 변화하여 비상하도록 예정되었다. 새로운 형국은 경주용 차의 차대가 일반 자가용 차의 차체를 쓰고 오랜 세월 감춰져 있다가 차체를 벗고 원래의 모습을 드러내는 것과 같을 것이다. 니콜은 벌써 신선한 공기를 느낄 수 있었다. 그녀가 두려워하는 것은 이별의 쓰라림과 그렇게 되기까지의 암울한 과정이었다.

다이버 가족은 바닷가로 나갔다. 그녀의 흰 수영복과 그의 흰 수영 팬츠가 피부색과 대비되었다. 니콜은 딕이 아이들을 찾아 수많은 파라솔의 혼동되는 모양과 그늘 사이를 자세히 살피는 것을 보았다. 그의 마음이 그녀에게서 일시적으로 떠난 틈을 타 그녀는 거리를 두고 그를 바라보고는 그가 아이들을 찾고 있는 것은 보호하기 위함이 아니라 보호받기 위함이라고 단정 지었다. 그가 두려워하는 것은 바닷가일지도 모른다, 마치 몰래 옛 궁전을 찾아온 폐위된 통치자처럼. 그녀는 미묘한 농담과 예의가 있는 그의 세계를 미워하기에 이르렀다. 오랜 세월 그게 자신에게 열려 있는 유일한 세계였음을 잊고서. 그걸 쳐다보라지—그의 바닷가를, 이제는 품위 없는 자들의 취향이 망쳐놓은 바닷가를. 온종일 헤매도 그는 한때 주위에 세웠던 만리장성의 돌도, 옛 친구의 발자국도 찾지 못할 것이다.

잠시 니콜은 사정이 그렇게 되어 안타깝다는 생각을 했다. 그가 오래전 쓰레기 더미 같은 백사장에서 유리를 긁어내던 일을 떠올리며, 함께 니스의 뒷골목에서 산 선원 바지와 스웨터를 떠올리며—그 옷들은 나중에 파리의 디자이너들에 의해 실크로 만들어져 유행했다—천진난만한 어린 여자애들이 방파제에 기어 올라가 새처럼 "Dites donc! Dites donc(이봐요! 이봐요)!" 소리치던 일을 떠올리며, 아침 시간에 행하는 의례, 조용하고 휴식을 주는 바다와 태양을 향하는 외향성을 떠올리며—그가 고안해낸 수많은 것들, 그것들은 몇 년 안 되는 세월에 눌려 모래 속 깊이 묻혔다…….

이제 그 해수욕장은 '클럽'이었다. 그 말이 표방하는 국제사회처럼 누구에게 입장이 허락되지 않는지는 말하기 어려울 테지만.

니콜은 딕이 돗자리에 무릎을 꿇고 로즈메리를 찾는 것을 보고 다시 마음이 굳어졌다. 그녀도 그의 눈이 향하는 곳을 바라보았다. 그는 여러 가지 새로운 용구들, 물 위의 공중그네, 고리 달린 줄들, 이동식 탈의장, 간밤의 축제에서 쓰인 탐조등, 끊임없이 연결되는 팔자 콧수염 모양의 진부한 무늬가 있는 하얀 현대식 간이식당을 살폈다.

그는 바다를 내다보았다. 로즈메리를 찾기 위해 거의 맨 마지막으로 본 곳이었다. 그 푸른 낙원에서 수영을 하는 사람은 이제 거의 없기 때문이었다. 오전 시간 간간이 어린아이들과 과시욕이 강한 호텔 사환 한 명이 50피트 높이의 암벽 위에서 스릴 만점의 다이빙을 했다. 고스 호텔의 투숙객들은 대부분 오후 1시쯤 흐늘흐늘한 살을 가리는 통 넓은 비치 바지를 벗고 잠깐 물에 들어가 숙취를 쫓았다.

"저기 있네." 니콜이 말했다.

그녀는 뗏목에서 뗏목으로 헤엄쳐 가는 로즈메리를 눈으로 쫓는 딕을 지켜보았다. 하지만 그녀의 가슴을 진동시키며 나온 한숨은 5년 전에 남은 것이었다.

"우리 헤엄쳐 가서 로즈메리와 얘기나 할까."

"당신이나 가요."

"같이 가." 그녀는 그의 결정을 두고 잠시 갈등했지만 결국 그들은 함께 헤엄쳐 나갔다. 로즈메리를 따라가는 작은 물고기 떼를 보고 그녀를 발견한 그들이 다가가자 송어 낚시의 반짝이는 가짜 미끼처럼 눈을 부시게 하는 물고기 떼가 그녀에게서 떠났다.

니콜은 물속에 그대로 있고 딕은 뗏목에 올라가 로즈메리 옆에 앉았다. 두 사람이 물을 흘리며 이야기하는 모습이 흡사 서로 사랑한 적도, 서도 만져본 적도 없는 사이 같았다. 로즈메리는 아름다웠다―그녀의 젊음은 니콜에게 충격이었다. 하지만 니콜은 자기가 새파란 그녀보다 털 끝만큼은 더 날씬한 것을 보고 기뻤다. 니콜은 작은 원을 그리며 빙빙 돌면서 재미있어하고 기뻐하고 기대감을 보이는 연기를 하고 있는 로즈메리의 말에 귀를 기울였다―그녀는 5년 전보다 더 자신만만했다.

"엄마가 너무 보고 싶은데 월요일에나 파리에서 만나기로 했어요."

"로즈메리가 여기에 온 게 5년 전이었지." 딕이 말했다. "호텔 실내 가운을 입고 있는 게 얼마나 재미있고 귀여웠는지!"

"그런 걸 다 기억하시는군요! 항상 그랬지만, 항상 좋은 일만 기억하시죠."

니콜은 예의 그 알랑거리는 수작이 또다시 시작되는 것을 보고 잠수해 들어갔다. 수면 위로 나오니 다음과 같은 말이 들렸다.

"5년 전으로 되돌아가 열여덟 살짜리 여자애인 척해야겠어요. 박사님이라면 언제든 그때의 나에 대해 알고 있는 것을 느끼게 해줄 수 있겠죠, 뭐랄까, 행복하게…… 박사님과 니콜이 그랬죠. 아직도 저 모래사장에 두 분이 있는 것만 같아요, 저기 어느 파라솔 아래에…… 두 분은 그때까지 내가 알던 사람들 중 가장 좋은 분들이었죠, 아마 언제나 그럴 거예요."

그들로부터 멀어져 가면서 니콜은 퇴색한 예술이 되어버린, 사람을 다루는 예전의 노련한 솜씨를 불러내어 로즈메리와 노는 딕의 모습에서 그의 가슴을 드리우고 있던 우울의 먹구름이 조금 걷힌 것을 보았다. 술이 한두 잔 들어가면 고리 달린 줄에서 묘기를 해 보이는 등 한때 수월하게 해냈던 이목을 끄는 묘기들을 서툴게 더듬거리며 해 보이리라는 생각이 들었다. 니콜은 이번 여름에 처음으로 딕이 하이다이빙을 피한다는 것을 알아차렸다.

나중에 딕은 니콜이 살며시 뗏목에서 뗏목으로 헤엄치고 있는 것을 따라잡았다.

"로즈메리의 친구들한테 쾌속정이 있는데, 저기 저거 말이야. 당신 수상스키 타고 싶어? 재미있을 거 같은데."

니콜은 한때 그가 스키보드의 끝에 달린 의자 위에서 물구나무를 설 수 있었던 것을 기억하고 러니어의 응석을 받아주듯 그가 하고 싶은 대로 하게 내버려두었다. 지난해 여름 취리히 호수에서 있었던 즐거운 수중 게임에서 딕은 스키보드에 올라 몸무게 90킬로그램의 남자를 목말 태워 일어선 적이 있었다. 하지만 여자들은 남자의 모든 재주를 보고 결혼하지만, 자연스럽게 나중에는 그에 대해 인상 깊게 생각하는 척해도 속으로는 그렇게까지 생각하지 않기 마련이다. 니콜은 인상 깊게 생각하는 척도 안 했다, 다만 그에게 "네"라거나 "네, 나도 그렇게 생각해요"라는 말을 하기는 했다.

하지만 그녀는 그가 지쳐 있으며, 사람들에게 곧 보일 시도는 오로지 로즈메리의 활기찬 젊음이 바로 옆에 있다는 사실에서 나오는 것임을 알고 있었다—그녀는 그가 어린 두 아이의 새로운 몸에서도 같은 영감을 받는 것을 봐왔던 터였다. 그래서 그녀는 그가 창피한 꼴을 보이지는 않을까 생각하며 마음이 싸늘해졌다. 다이버 부부는 그 보트에서 가장 나이가 많았다—그들보다 젊은 그 사람들은 예의 바르고 공손했지만 니콜은 그들이 겉으로 드러내지 않는 '그나저나 이 노땅들은 뭐야?'라는 감정을 느끼고는 여유롭게 상황을 장악하고 바로잡을 줄 아는 그의 재능이 아쉬웠다—지금 그는 자기가 시도하려는 것에 집중하고 있었다.

모터보트가 해변에서 200야드 떨어진 곳에서 속력을 죽이자 한 청년이 보트에서 납작하게 물에 뛰어들었다. 그는 이리저리 방향이 바뀌는 스키보드로 헤엄쳐 가 그것을 흔들리지 않게 잡고 천천히 올라 무릎을 꿇었다—그러더니 보트가 속력을 내자 일어나 섰다. 가벼운 스키보드에 서서 줄을 잡고 몸을 뒤로 기울이고는 마음을 죄게 하는 활 모양을 그리며 느릿하게 빙 돌 때마다 활 모양의 바깥쪽, 보트가 일으킨 측면 물결을 타고 한쪽 옆에서 다른 쪽으로 왔다 갔다 하는 모습이 둔해 보였다. 배가 앞서 지나간 자리 바로 뒤로 가게 되자 그는 줄을 놓고 잠시 몸의 균형을 잡더니 뒤로 공중제비를 넘어 물속으로 들어가 영광의 신상처럼 사라졌다가, 보트가 빙 돌아 그에게 오는 사이에 하찮은 머리를 물 위로 드러냈다.

니콜은 자기 차례를 사양했다. 그러자 로즈메리가 팬들로부터 유쾌한 환호를 받으며 깔끔하고 조심스럽게 수상스키를 탔다. 남자 셋이 보트에 오르는 그녀를 잡아주려 이기적인 각축전을 벌이다 그녀의 무릎과 엉덩이를 뱃전에 부딪치게 함으로써 타박상을 입혔다.

"이제 박사님 차례입니다." 운전대를 잡고 있는 멕시코 남자가 말했다.

딕과 마지막 청년이 뱃전 밖으로 몸을 던져 보드로 헤엄쳐 갔다. 딕은 사람을 들어 올리는 묘기를 보일 작정이었다. 니콜은 냉소를 머금었다. 무엇보다 로즈메리에게 보이기 위한 육체적 과시에 그녀는 화가 났다. 두 남자가 균형감을 찾을 만치 보드를 탔다 싶었을 때 딕이 무릎을 꿇었다. 그리고 목덜미를 앞에 선 청년의 가랑이에 집어넣고 그의 다리 사이로 줄을 찾아 잡고 천천히 일어서기 시작했다.

보트에서 그것을 뚫어지게 구경하던 사람들은 그가 어려움을 겪고 있는 것을 알아챘다. 그는 무릎을 꿇은 상태였다. 그 묘기의 요령은 무릎을 꿇은 자세에서 일어서려고 다리에 힘을 주는 순간 바로 그 운동력으로 끝까지 일어서는 것이었다. 그는 잠시 쉬었다. 그리고 얼굴을 찌푸리더니 몸에 힘을 집중시키고는 청년을 들어올렸다.

수상스키보드는 좁았다. 몸무게가 70킬로그램도 안 되는 청년은 자신의 몸무게가 어색하게 느껴졌는지 엉성하게 딕의 머리를 잡았다. 마지막으로 등에 힘을 주어 비틀어 올려 곧추 섰을 때 보드가 옆으로 밀려 두 사람은 와르르 물속으로 빠졌다.

배에서 그것을 지켜보던 로즈메리는 이렇게 외쳤다. "대단해! 거의 성공했는데."

그들이 보트에 돌아왔을 때 니콜은 딕의 얼굴을 보려고 주시했다. 2년 전만 해도 수월하게 행했던 묘기인지라 그는 그녀가 예상했던 대로 잔뜩 짜증이 나 있었다.

그는 두 번째 시도에서는 좀 더 조심했다. 어깨에 실린 무게의 균형을 테스트하기 위해 몸을 약간만 일으켜보았다가 도로 주저앉았다. 그런 다음 끙 하는 소리와 함께 "영차!"하며 일어서기 시작했다. 하지만 몸을 완전히 세우기 전에 다리에 힘이 풀려 굽어지는가싶더니 떨어지며 보드에 다치지 않도록 발로 보드를 옆으로 밀쳤다.

이번에는 베이비 가르 모터보트가 그들을 태우려 왔을 때 배에 탄 모든 사람들의 눈에 딕의 화난 모습이 역력했다.

"한 번만 더 시도해도 될까?" 그가 물속에서 발을 구르며 뜬 채 외쳤다. "거의 성공했었거든."

"네. 하세요."

니콜의 눈에 딕의 혈색이 안 좋아 보였다. 그녀는 그에게 경고했다.

"일단 지금은 그걸로 충분하지 않아요?"

그는 대꾸하지 않았다. 처음 파트너는 진저리를 내며 배에 올랐다. 보트를 운전하던 멕시코 청년이 친절하게 그를 대신

했다.

그는 먼젓번 파트너보다 무거웠다. 보트가 속도를 올리는 동안 딕은 보드에 엎드려 잠깐 쉬었다. 그런 다음 청년의 가랑이 사이로 들어가 줄을 잡고 나서 몸을 일으키려고 근육에 힘을 주었다.

그는 일어서지 못했다. 니콜은 그가 위치를 약간 바꿔 다시 힘을 주는 것을 보았다. 하지만 청년의 무게 전체가 몸에 실리자 그 이상 꿈쩍도 하지 못했다. 그는 다시 시도했다—손가락 한 마디만큼, 두 마디만큼—니콜은 그와 함께 힘을 주다 보니 이마에 땀이 흐르는 것을 느꼈다—그 상태에서 정지해 있다가 그는 그만 내려앉아 보드에 무릎을 세게 찧었고 두 사람은 쓰러졌다. 딕은 되튀는 보드에 머리를 맞을 뻔했다.

"빨리 가요!" 니콜은 보트를 운전하는 사람에게 외쳤다. 그렇게 말하면서 보니 딕의 머리가 물속에 잠겨 있어 니콜은 작은 비명을 질렀다. 하지만 그는 수면으로 다시 머리를 내밀고 얼굴을 들고 몸을 뒤로 눕혔다. 샤토*가 그를 도우려 가까이 헤엄쳐 갔다. 보트가 그들에게 가기까지 굉장히 오래 걸리는 느낌이었다. 마침내 그의 옆에 도착하여 몹시 지치고 무표정하게, 물과 하늘만을 벗 삼아 고독하게 둥둥 떠 있는 딕을 보자 그녀의 공포는 돌연 경멸로 바뀌었다.

*같이 보드를 탔던 청년의 별명. '샤토'는 '대저택'을 의미한다.

"우리가 도와드릴게요, 박사님…… 네가 발 좀 잡아…… 그렇지……자 모두 함께…….."

딕은 헐떡이며 앉아 멍하니 눈앞을 응시했다.

"그럴 줄 알았어요." 니콜은 기어코 한마디 하지 않을 수 없었다.

"그전에 두 번 시도하면서 기운이 다 빠지셔서 그래요." 멕시코 청년이 말했다.

"바보 같은 짓이었어요." 니콜이 말했다. 로즈메리는 눈치 빠르게 아무 말도 하지 않았다.

잠시 후 딕이 숨차하는 가운데 호흡이 정상으로 되돌아왔다. "이번에는 종이 인형도 못 들었을 거야."

사람들의 웃음소리가 작게 터져 나와 그의 실패로 인한 긴장이 누그러졌다. 딕이 보트에서 내릴 때 배에 탔던 사람들은 모두 그에게 마음을 써주었다. 하지만 니콜은 짜증이 났다— 이제 그가 무엇을 하든 그녀는 짜증이 났다.

그녀는 로즈메리와 함께 파라솔 아래에 앉았고 딕은 마실 것을 사러 간이식당에 갔다. 그는 그들에게 줄 셰리주를 가지고 금방 돌아왔다.

"내가 처음 술을 마신 것도 두 분과 함께였죠." 로즈메리가 말했다. 그리고 갑자기 열의를 보이며 이렇게 덧붙였다. "아아, 두 분을 보고 잘 지내시는 걸 알게 돼서 정말 기뻐요. 걱정했는데……" 그녀는 중간에 말을 끊고 뒤에 할 말을 바꾸었다. "혹시나 그렇지 않으면 어쩌나 해서요."

"내가 퇴화하기 시작했다는 말이라도 들었어요?"

"당치도 않아요. 그냥…… 좀 변하셨다는 말을 들었을 뿐이에요. 이렇게 두 눈으로 직접 보니 그게 사실이 아니란 걸 알게 되어 기뻐요."

"사실 맞아요." 딕이 그들 옆에 앉으며 대답했다. "변화는 오래전에 일어났어요. 처음에는 그게 밖으로 드러나지 않았을 뿐이죠. 의기가 꺾여도 태도는 얼마 동안은 변하지 않고 그대로 가는 법이죠."

"여기 리비에라에서 진료하세요?" 로즈메리가 서둘러 물었다.

"그럴듯한 표본을 찾기에 좋은 곳이긴 할 텐데." 그는 여기저기 금빛 나는 모래사장에 몰려다니는 사람들을 고개를 끄덕여 가리켰다. "훌륭한 후보자들이죠. 우리 오랜 친구 에이브럼스 부인을 잘 보세요, 메리 노스라는 여왕에게 공작부인 노릇을 하고 있잖아요? 질투할 건 없어요. 에이브럼스 부인이 리츠 호텔의 긴 뒷계단을 기어 올라가며 들이쉬어야 했던 그 모든 카펫의 먼지를 한번 상상해봐요."

로즈메리가 그의 말을 가로막았다. "아니, 저 여자가 정말 메리 노스예요?" 그녀는 그들이 있는 쪽으로 한가로이 걸어오고 있는 여자를 응시했다. 여자의 뒤에는 사람들이 구경하는 데 익숙한 듯 행동하는 적은 수의 일행이 따르고 있었다. 그들이 10피트 떨어진 곳까지 왔을 때 메리의 시선이 빛이 깜박이

듯 순간적으로 다이버 부부를 스쳐 지나갔다. 그런 시선의 스침을 당한 사람들에게 그들을 인지했지만 무시할 것임을 암시하는 유감스러운 시선, 다이버 부부나 로즈메리 호이트나 태어나서 한 번도 다른 사람을 그렇게 보는 것을 스스로에게 용납하지 않은 종류의 시선이었다. 메리가 로즈메리를 알아보고 생각을 바꿔 다가오는 것을 보고 딕은 속으로 재미있어 했다. 그녀는 니콜에게는 상냥하게 열의를 보이며 말을 했지만 딕에게는 마치 그가 전염병에 걸리기라도 한 듯 웃음기 없이 고개만 끄덕했다. 이에 그는 고개를 숙여 비꼬는 경의를 표했다. 그가 그러는 사이 그녀는 로즈메리에게 인사했다.

"로즈메리 양이 여기 있다는 말은 들었어요. 얼마나 있을 거예요?"

"내일까지요." 로즈메리가 대답했다.

그녀도 메리가 다이버 부부를 건성으로 대하고 자기에게 이야기한 것을 알아차렸다. 그러자 그녀는 의리감 때문에 미온적인 태도를 취했다. 대답은 거절이다. 그녀는 저녁 식사 초대에 응할 수 없었다.

메리는 니콜을 바라보았다. 그녀의 태도는 동정이 뒤섞인 애정을 암시했다.

"아이들은 잘 있어요?" 그녀가 물었다.

그때 아이들이 왔다. 니콜은 수영하는 문제와 관련해서 가정교사의 말을 철회해달라는 부탁에 귀를 기울였다.

"안 돼." 딕이 니콜 대신 대답했다. "마드무아젤 말대로 해야 해."

권한을 위임했으면 참견하지 말아야 한다는 데 의견을 같이하는 니콜은 아이들의 요청을 거절했다. 그것을 본 메리는—그녀는 아니타 루스* 소설의 여주인공과 같은 식으로 오직 '다 갖춰진 것들'하고만 관계를 가졌고, 그러다 보니 실제로 집 안에서 대소변을 가리도록 프렌치 푸들 강아지를 길들일 수 없었다—그가 마치 몹시 극악무도한 협박을 저지른 것처럼 쳐다보았다. 딕은 그 지겨운 짓거리에 약이 올라 짐짓 배려하는 체하며 이렇게 물었다.

"아이들은…… 아이들 고모들은…… 잘 있어요?"

메리는 대답하지 않았다. 그녀는 가여운듯 내키지 않아하는 러니어의 머리를 쓰다듬어주고 그 자리를 떴다. 그녀가 간 다음 딕은 이렇게 말했다. "내가 언제 자기를 때리기라도 한 것처럼 그러네."

"난 메리가 좋아요." 니콜이 말했다.

딕의 빈정대는 말에 로즈메리는 깜짝 놀랐다. 그녀는 그가 모든 것을 다 용서하고, 모든 것을 다 이해하는 사람이라고 생각했었다. 그녀는 갑자기 그에 관하여 들은 이야기가 뭐였더라 하고 머릿속에 떠올려보았다. 선상에서 미국 국무성 직원

---

*Anita Loos(1889~1981). 미국의 시나리오 작가, 소설가. 메릴린 먼로 주연의 영화로 널리 알려진 〈신사는 금발을 좋아한다〉의 원작자이다.

들과 나눈 대화에서—그들은 특정한 어떤 나라에 속한다고 할 수 없는 미국인들, 적어도 그들과 비슷한 시민들로 구성된 발칸 반도 같은 나라라면 몰라도 그 어떤 강대국에도 속한다고 할 수 없는 처지에 이른 유럽화된 미국인들이었다—어디를 가나 유명한 베이비 워런의 이름이 거론되자 베이비의 여동생이 방탕한 의사에게 인생을 날렸다는 말이 나왔다. "그자는 이제 어디에서도 환영받지 못해요." 그 여자가 그렇게 말했다.

로즈메리는 그 말이 몹시 혼란스러웠다. 그런 사실이, 설령 그게 사실이라도, 당사자들에게 조금이라도 의미를 띠는 사회와 관계하며 사는 사람들로 다이버 부부를 평가할 수는 없었지만 그랬다. "그자는 이제 어디에서도 환영받지 못해요." 그녀는 대저택 앞의 계단을 올라 명함을 제시하자 집사에게서 "이 댁은 이제 당신을 환영하지 않습니다"라는 말을 듣는 딕을 상상했다. 그리고 그가 계속해서 큰길을 따라 내려가며 수없는 대사들과 장관들과 외교관들의 집사들에게서 같은 말을 듣는 모습을 상상했…….

니콜은 어떻게 하면 거기서 빠져나갈 수 있을까 생각했다. 그녀는 자극에 정신이 깬 딕이 호감을 발산할 것이며, 로즈메리를 그에게 감응하게 할 것이라고 추측했다. 아니나 다를까 그의 목소리는 곧 그가 말한 불쾌한 모든 것에 단서를 붙였다.

"메리야 괜찮은 여자지…… 성공도 했고. 하지만 자기를 싫어하는 사람을 계속 좋아하기란 힘든 노릇이야."

로즈메리는 그 말에 동조하여 딕 쪽으로 몸을 기울이며 부드럽게 노래하듯 다음과 같이 말했다.
"오, 박사님은 아주 좋은 분이세요. 나는 박사님이 무슨 짓을 해도 그걸 용서하지 못하는 사람을 상상할 수 없어요." 그렇게 넘치게 반응한 게 니콜의 권리를 침해한 행동이었다는 느낌이 들자 로즈메리는 바로 그들 사이에 있는 모래에 시선을 떨어뜨렸다. "내가 가장 최근에 출연한 영화들을 어떻게 생각하시는지 묻고 싶었어요…… 보셨는지 모르겠지만."

니콜은 그중 한 영화를 봤지만 대수롭지 않게 생각했기 때문에 아무 말도 하지 않았다.

"그걸 말하자면 시간이 좀 걸려요." 딕이 말했다. "니콜이 러니어가 아프다고 말한다고 가정해봅시다. 그 말을 들으면 사람들은 현실에서 어떻게 하죠? 연기하죠—얼굴, 목소리, 말로……. 얼굴로는 슬픔을 보이고, 목소리로는 충격을 보이고, 말로는 동정을 보이죠."

"네, 이해해요."

"하지만 극장에서는 그렇지 않아요. 극장에서는 최고의 여자 희극배우들이 적절한 감정의 반응을 희화화해서 명성을 쌓았죠, 공포나 사랑이나 동정심 같은."

"뭔지 알겠어요." 하지만 그녀는 딱히 그게 뭔지 알지 못했다.

니콜은 무슨 말인지 갈피를 잡지 못하자 계속 더 짜증이 났다. 딕은 계속해서 말했다.

"배우에게 위험이 되는 것은 반응에 있어요. 그리고 또 누군가가 '당신의 애인이 죽었다'라고 말한다고 가정해봅시다. 현실에서는 아마 몸과 마음이 허물어지겠죠. 하지만 무대의 경우 배우는 관객을 즐겁게 하려고 노력하지요. 관객은 각자 알아서 '반응'을 할 수 있어요. 배우는 우선 대본대로 하지만 관객의 주의를 살해당한 중국인이든 뭐든 그 어떤 것에서든 배우 자신에게 돌려야만 하는 거예요. 그래서 배우는 예기치 않은 행동을 하지 않고는 못 배기는 것이고요. 관객이 작중인물이 모질다고 생각하면 배우는 그 부분을 무르게 연기하는 거죠. 너무 무르다고 그들이 생각할 것 같으면 모질게 하고요. 그러다가 배역에서 벗어나게 되는 거예요. ……이해돼요?"

"이해가 잘 안 돼요." 로즈메리가 시인했다. "배역에서 벗어난다는 건 무슨 뜻이죠?"

"관객의 주의가 객관적인 사실에서 배우 자신에게 향할 때까지 대본에는 없는 예기치 않은 행동을 하는 거예요. 그러고 나면 다시 배역의 인물로 돌아가는 것이죠."

니콜은 더 이상 견딜 수 없었다. 그녀는 짜증을 감추려 하지도 않고 벌떡 일어섰다. 니콜의 짜증을 얼마간 의식하고 있던 로즈메리는 회유의 몸짓으로 톱시에게 주의를 기울였다.

"너 이담에 크면 배우 될래? 훌륭한 배우가 되겠는걸."

니콜은 유유히 그녀를 노려보며 그녀의 할아버지의 목소리로 천천히 또렷하게 말했다.

"다른 사람의 자식에게 그런 생각을 불어넣는 건 정말 부적절한 행동이에요. 기억해요, 아이들의 장래에 대한 우리의 계획은 전혀 다를 수 있다는 것을." 그녀는 딕을 향해 홱 돌아섰다. "집에 갈 건데 내가 차를 가져갈게요. 당신과 아이들은 미셸더러 운전해서 데리러 가라 그럴게요."

"몇 달 동안 운전해본 적이 없잖아." 그가 항의했다.

"운전하는 법은 잊지 않았어요."

니콜은 얼굴에 격렬한 '반응'을 보이는 로즈메리에게는 눈길 한 번 주지 않고 그곳을 떠났다.

그녀는 탈의장에서 해변용 바지로 갈아입었다. 그녀의 얼굴 표정은 아직도 명판처럼 굳어 있었다. 하지만 소나무가 위로 둥글게 드리운 거리로 나오자 분위기가 바뀌었다. 나뭇가지에서 후다닥 달아나는 다람쥐, 나뭇잎을 톡톡 건드리는 바람, 멀리서 공기를 가르는 수탉의 울음소리가 있고 부동의 상태에 햇빛이 슬금슬금 비쳐 들어오더니 해변의 목소리들이 멀리 물러갔다. 그러자 니콜은 마음이 누그러지고 새롭고 행복한 기분이 되었다. 생각은 잘 만들어진 종이 울리는 소리처럼 명징했다—그녀는 치유되는 느낌을 받았다, 그것도 새로운 방식으로. 몇 년 동안 헤매던 미로를 따라 빨리 되돌아가며 그녀의 자아는 크고 화려한 장미처럼 개화하기 시작했다. 그녀는 해변을 증오했다. 딕이라는 태양을 중심으로 도는 행성 노릇을 했던 장소들이 원망스러웠다.

'와, 나는 거의 완전한 거야.' 그녀는 생각했다. '나는 거의 홀로 서 있는 거나 다름없어, 그이가 없이.' 그리고 그 완전함이 최대한 빨리 이루어지기를 바라고, 딕이 그녀가 그렇게 되도록 계획했다는 것을 어렴풋이 이해하는 가운데 그녀는 집에 도착하자마자 행복한 아이처럼 침대에 엎드려 니스에 있는 토미 바르방에게 도발적인 편지를 썼다.

하지만 그것은 낮 동안의 일이었다. 밤이 가까워오자 필연적으로 신경성 활력이 감소하고 기분이 처졌으며 생각의 화살은 얼마간 황혼을 향하여 날아갔다. 그녀는 딕이 무슨 생각을 하고 있는지 두려웠다. 최근에 보이는 그의 행동의 근저에 어떤 계획이 있을 것이라고 생각되었다. 그녀는 그의 계획이 두려웠다―그가 세운 계획들은 잘되었으며, 거기에는 포괄적인 논리가 있었지만 니콜에게는 그런 논리가 없었다. 그녀는 어쩌다 보니 생각하는 부분을 그에게 일임해왔으며, 그가 없을 때 자동적으로 그녀의 모든 행동을 주관한 기준은 딕이 그것을 승인할 것인지의 여부였던 듯했다. 그래서 결국 그녀는 자기의 의향을 그의 의향과 대립시키기에 스스로 미숙하다는 느낌이 들었다. 그렇지만 그녀는 생각해야만 했다. 그녀는 마침내 환상이라는 무서운 문, 탈출이 아닌 탈출의 입구에 붙은 번호를 알았다. 그녀는 그 순간, 그리고 앞으로도 자기가 저지를 수 있는 가장 큰 죄악은 자기기만이라는 것을 알았다. 시간이 오래 걸린 학습이었지만 어쨌든 그것을 알게 되었다. 스스로 생각해야 한다. 아니면 다른 사람들이 우리를 대신해서 생각해야만 하는데, 그러면 그들은 우리에게서 힘을 앗아가고, 우리의 타고난 취향을 통제하고, 우리를 교화하고 불모의 존재로 만들기 마련이다.

그들은 조용히 저녁을 먹었다. 딕은 맥주를 많이 마시고 어스레한 방에서 아이들과 즐겁게 놀았다. 나중에는 피아노로 슈베르트의 가곡을 치더니 미국에서 나온 재즈 노래집의 신곡을 쳤다. 니콜은 그의 어깨 뒤편에서 껄껄하면서도 감미로운 콘트랄토 음성으로 흥얼거렸다.

고마워요, 아빠
고마워요, 엄마
두 분이 만나서 고마워요……

"이 가사는 마음에 안 드는군." 딕이 페이지를 넘기며 말했다.
"에이 그냥 그거 쳐요!" 그녀가 외쳤다. "앞으로도 평생 '아빠'란 말을 겁내며 살라는 거예요?"

그날 밤 마차를 끈 말아 고마워!
엄마 아빠 조금만 엄격해서 고마워요……

그 후 그들은 아이들과 무어 양식의 지붕에 올라가 앉아 멀리 아래쪽 해변에 서로 뚝 떨어져 있는 두 카지노의 불꽃놀이를 구경했다. 서로를 향하여 그리도 공허한 마음인 것은 외롭고도 슬펐다.

이튿날 아침 니콜은 칸에 쇼핑을 갔다가 돌아와 소형차를 가지고 혼자 며칠 프로방스에 다녀오겠다는 딕의 메모를 보았다. 메모를 읽고 있는데 바로 그때 전화벨이 울렸다. 몬테카를로에서 토미 바르방이 건 전화였다. 그녀의 편지를 잘 받았으며 운전을 해서 오겠다는 것이었다. 오겠다는 그의 말을 반길 때 수화기에 닿는 그녀의 입술이 따뜻했다.

8

그녀는 목욕을 하고 몸에 기름을 바른 다음 파우더를 뿌리면서 수건 위에 놓인 파우더 더미를 발가락으로 뽀드득뽀드득 눌렀다. 그녀는 옆구리 선을 자세히 살피며 아름답고 호리호리한 신체적 구조가 얼마나 빨리 쭈그러들어 땅을 향해 처지기 시작할까 생각했다. 한 6년 있으면 그럴지 모르지만 현재로선 쓸만하다. 사실 나는 내가 아는 그 누구에게도 뒤지지 않는다.

그것은 과장이 아니었다. 현재의 니콜과 5년 전의 니콜이 신체적으로 유일하게 다른 점은 그녀가 이제는 어린 아가씨가 아니라는 것뿐이었다. 하지만 그녀는 세상의 일과 지혜를 이어받아가는 것으로 단조로이 묘사되는 수많은 여자아이들이 나오는 영화의 지배, 청춘 숭배 풍조의 지배를 받고 있었는데, 그것은 그녀로 하여금 청춘을 시샘하게 만들기에 충분했다.

그녀는 몇 년 동안이나 가지고 있던 발목까지 오는 원피스를 처음 입고 경건하게 성호를 긋듯이 샤넬 16을 뿌렸다. 토미가 1시에 집 앞에 차를 댔을 때 그녀의 용모는 가장 손질이 잘 된 정원이 되어 있었다.

다시 숭배를 받는다는 것, 신비가 있는 척한다는 것, 이와 같은 경험을 한다는 게 정말 좋다! 그녀는 예쁜 여자의 인생에 주어지는 두 번의 도도한 시기를 상실했다. 이제 그녀는 그에 대한 보상을 받고 싶었다. 그녀는 정원을 가로질러 파라솔 식탁으로 갈 때 그와 나란히 걷지 않고 앞서감으로써 그녀의 발치에 조아리는 수많은 숭배자들 가운데 하나인 양 토미를 맞았다. 열아홉과 스물아홉의 매력적인 여자는 쾌활한 자신감이 있다는 점에서 비슷하다. 그와는 반대로 이십 대의 절박한 자궁은 구심력이 작용하듯 자기 주변으로 바깥세상을 끌어당기지 않는다. 앞의 두 연령은 오만의 연령으로서, 열아홉 살은 어린 사관생도에, 스물아홉 살은 전투를 마치고 활보하는 전사(戰士)에 필적한다.

하지만 열아홉의 소녀가 과다한 주목을 받는 데서 자신감을 얻는 데 반하여 스물아홉의 여자는 보다 미묘한 것에서 자양분을 얻는다. 욕망이 있는 그녀는 아페리티프의 선택을 현명하게 한다. 바꿔 말하면, 만족한 그녀는 잠재적인 힘의 캐비아를 즐긴다. 다행히 그녀는 양쪽의 경우에 공히, 그녀의 직관이 종종 공포로 흐려질지도 모를, 멈춤에 대한 두려움 또는 지속에 대한 두려움으로 흐려질지도 모를 후속의 세월을 앞질러 생각하지 않는 것 같다. 하지만 열아홉 살이나 스물아홉 살의 층계참에 올라선 그녀는 복도에 무서운 곰이 없다고 확신한다.

니콜이 원한 것은 애매한 정신적인 로맨스가 아니었다. 그녀는 '정사'를 원했다. 변화를 원했다. 그녀는 딕의 생각을 가지고 생각하고는 피상적으로 볼 때 그게 그들 모두에게 위협적인 방종에 발을 들여놓는 저속한 일임을 깨달았다. 다른 한편으로 그녀는 당면한 상황을 딕의 탓으로 돌렸다. 정말로 그런 실험은 치료적 가치가 있을지 모른다고도 생각했다. 그녀는 여름 내내 사람들이 자기들 하고 싶은 대로 하고도 아무런 벌을 받지 않는 것을 보고 자극받았다. 게다가 그녀는 더 이상 스스로를 속이지 않겠다고 하고서도, 자기는 그저 손을 내밀어 더듬어볼 뿐이라서 언제든 손을 뗄 수 있다고 생각하는 쪽으로 마음이 기울었다…….

밝게 응달진 정원에서 토미는 흰 즈크 옷을 입은 팔로 니콜을 낚아채 뒤로 돌리며 끌어당겨 그녀의 눈을 보았다.

"움직이지 말아요." 그가 말했다. "이제부터는 당신을 아주 많이 볼 거예요."

그의 머리칼에서 향기가 약간 났고 흰옷에서는 은은한 비누 냄새가 어렴풋했다. 그녀는 웃음기 없는 입을 꼭 다물고 있었다. 두 사람 모두 결정적인 순간을 모색했다.

"눈에 보이는 게 마음에 들어요?" 그녀가 속삭였다.

"Parle français(프랑스어로 말해요)."

"좋아요." 그리고 그녀는 프랑스어로 다시 물었다. "눈에 보이는 게 마음에 들어요?"

그는 그녀를 더 가까이 끌어당겼다.

"나는 내가 보는 당신의 모든 게 마음에 들어요." 그가 머뭇거렸다. "나는 당신의 얼굴을 알고 있다고 생각했는데 내가 모르는 것들이 있는 것 같아요. 언제부터 홍채 가장자리가 흰 사기꾼의 눈을 가지게 되었죠?"

그녀는 깜짝 놀라 분연히 그에게서 떨어져 나와 영어로 소리쳤다.

"그러려고 프랑스어로 말하자고 했어요?" 집사가 셰리주를 가지고 나오자 그녀는 목소리를 낮췄다. "좀 더 정확하게 모욕을 주려고요?"

그녀는 은실의 천으로 덮인 의자에 작은 엉덩이를 세차게 내맡겼다.

"여기엔 거울이 없어요." 그녀가 말했다. 다시 프랑스어로 말했지만 단호한 어조였다. "하지만 내 눈이 달라졌다면 그건 내가 다시 건강해졌기 때문이에요. 건강해졌기 때문에 어쩌면 진정한 나 자신으로 되돌아온 건지도 모르죠. 우리 할아버지가 사기꾼이라 나도 그 피를 물려받았다면 사기꾼일 테니, 그렇게 설명이 되네요. 당신의 논리적인 머리로 납득할 만한 설명인가요?"

그는 그녀가 무슨 말을 하는지 거의 알아듣지 못하는 것 같았다.

"딕은 어디에 있어요? ……딕도 함께 점심을 먹을 건가요?"

그가 앞서 한 말이 그 자신에게는 상대적으로 별 의미가 없었다는 것을 깨닫자 그녀는 그로 인해 영향을 받은 마음을 웃어서 풀어버렸다.

"그이는 여행 중이에요." 그녀가 말했다. "로즈메리 호이트가 나타났어요. 그러니까 지금 둘이 함께 있든지, 로즈메리 때문에 너무 속상해서 혼자 멀리 떠나 로즈메리를 꿈꾸고 있겠죠."

"있잖아요, 결국은 당신도 좀 복잡한 여자군요."

"천만에요." 그녀가 급히 그를 안심시켰다. "그렇지 않아요, 정말 안 그래요…… 나는 그저…… 나는 그저 수많은 단순한 사람들의 집합체일 뿐이에요."

마리우스가 멜론과 얼음 통을 내왔지만 니콜은 억누를 수 없이 떠오르는 사기꾼의 눈에 대한 생각에 잠겨 아무런 응답을 하지 않았다. 토미는 그녀에게 어떤 문제를 호두처럼 송두리째 던져준 셈이었다. 그것을 깨어서 속을 발라 먹도록 해주지 않고서.

"왜 사람들은 당신을 원래의 모습 그대로 내버려두지 않은 거죠?" 토미가 이내 물었다. "당신은 내가 아는 가장 극적인 사람이에요."

그녀는 대답해줄 말이 없었다.

"여자를 길들이는 그 모든 작태란!" 그가 비웃었다.

"어떤 사회든 거기에는 어떤……" 그녀는 곁에서 대사를 일러주는 딕의 유령을 의식했지만 토미가 한 말의 뜻이 깨달아지자 이내 침묵했다.

"나는 많은 사내들에게 폭력으로 세상 물정을 알게 해줬지만 여자라면 그 절반에게도 그럴 엄두를 못 낼 거예요. 특히 이 '친절하게' 괴롭히는 행위는…… 그래 봤자 누구한테 좋죠? 당신한테, 아니면 딕한테, 아니면 다른 누구한테?"

그녀의 가슴이 뛰다가 딕에 대한 부채감의 무게로 내려앉았다.

"내게 있는 건……"

"당신한테 있는 건 너무 많은 돈이에요." 그가 성급히 말했다. "그게 문제의 핵심이에요. 딕은 그걸 풀지 못하는 거예요."

그녀는 멜론을 치우는 동안 곰곰이 생각했다.

"내가 어떻게 해야 할까요?"

그녀는 10년 만에 처음으로 남편이 아닌 다른 사람에게 지배되었다. 토미가 한 말은 무엇이든 영원히 그녀의 일부가 되었다.

힘없는 바람이 솔잎을 살랑살랑 흔들고 이른 오후의 관능적인 열기가 체크무늬의 점심 식탁보를 깨알처럼 눈부시게 만드는 동안 그들은 병에서 와인을 따라 마셨다. 토미가 그녀의 등 뒤로 와 그녀의 양 팔에 자신의 팔을 길게 포개어 대고 그녀의 손을 움켜쥐었다. 그들의 뺨이 서로 닿고 입술이 닿자 그녀는 절반은 그를 원하는 열정으로 절반은 그 힘의 갑작스러운 기습으로 숨이 막혔다…….

"가정교사와 아이들을 오후에 어디로든 보낼 수 없어요?"
"피아노 레슨이 있어요. 어쨌든 나는 여기 있고 싶지 않아요."
"다시 키스해줘요."

잠시 후 니스로 가는 차 안에서 그녀는 생각했다. 그러니까 내가 홍체 둘레가 흰 사기꾼의 눈을 가졌다 이거지? 그러라지 뭐, 광적인 도덕가보다야 제정신인 사기꾼이 나으니까.

토미의 주장은 그녀에 대한 모든 비난이나 책임을 면해주는 느낌이 들었고 자신을 새롭게 상상하는 즐거움이 짜릿했다. 눈앞에 새로운 전망이 펼쳐졌다. 수많은 사람들의 얼굴이 보였지만 그녀는 복종하기는커녕 그중 누구를 사랑할 필요조차 없었다. 그녀는 숨을 들이쉬고 몸을 꿈틀거리며 어깨를 활처럼 굽혔다. 그리고 토미를 바라보았다.

"몬테카를로에 있는 호텔까지 꼭 가야 해요?"

차가 급정차하며 타이어에서 끽 하는 소리가 났다.

"아뇨!" 그가 대답했다. "그뿐 아니라, 오, 하느님, 나는 지금 이 순간처럼 행복했던 적이 없어요."

그들은 푸른 해안을 따라 니스를 지나고 나서 중간 높이의 절벽 가의 도로를 오르기 시작했다. 그러다가 해안 쪽으로 급커브를 틀어 짧고 굵게 돌출한 반도로 차를 몰아 해안의 작은 호텔 뒤쪽에 차를 댔다.

호텔이 현실로 눈앞에 보이자 니콜은 잠깐 두려워졌다. 프런트에서 어떤 미국인이 환율을 가지고 직원과 끝없는 말다툼을 벌이고 있었다. 그녀는 토미가 경찰용 신고 용지*를—그의 정보는 올바로 그녀의 정보는 거짓으로—쓰는 동안 겉으로는 차분하지만 속으로는 비참한 기분이 되어 주위에서 서성였다. 그들의 방은 지중해 스타일의 방으로 거의 금욕주의적이었다시피 했고 바다의 눈부신 빛에 대하여 어둑하게 조명되어 있어 거의 깨끗해 보였다. 지극히 단순한 향락—지극히 단순한 곳이었다. 토미는 코냑 두 잔을 시켰다. 웨이터가 문을 닫고 나가자 그는 하나 있는 의자에 앉았다. 거무스름한 피부에 흉터가 있는 잘생긴 얼굴이었다. 눈썹은 결이 위로 말리는 활 모양이었다. 그는 호전적인 퍽**이요 진지한 악마였다.

그들은 브랜디를 다 마시기도 전에 느닷없이 함께 움직여 한 자리에 섰다. 그리고 침대에 앉아 있는데 그가 그녀의 강인

---

*당시 프랑스에서는 호텔에 들 때 인근 경찰서에 신고를 해야 했다.
**셰익스피어의 〈한여름 밤의 꿈〉에 나오는 장난꾸러기 요정.

한 무릎에 키스했다. 아직도 약간 애를 쓰며 목이 잘린 동물처럼 그녀는 딕을 잊고 그녀의 새로운 흰 테두리의 눈동자를 잊고 토미 그마저도 잊고 깊이 더 깊이 몇 분의 시간과 그 순간으로 침잠했다.

……그가 창문 아래쪽에서 점점 커지는 소란의 정체가 무엇인지 보려고 일어나 덧창문을 열었을 때, 밧줄을 꼰 것 같은 근육의 명암이 드러난 몸은 딕보다 더 거무스름하고 강인했다. 일시적으로 그는 그녀마저 잊었다—그의 몸이 그녀에게서 떨어져나가는 거의 그 순간에 그녀가 미리 맛본 것은 모든 게 예상했던 것과는 다르리라는 것이었다. 기쁜 것이든 슬픈 것이든, 폭풍우에 앞서 멀리서 우르릉거리는 천둥처럼 불가피한, 모든 감정에 우선하는 이름 없는 공포를 느꼈다.

토미는 발코니에 나가 자세히 조심스럽게 살펴보고 니콜에게 보고했다.

"이 발코니 아래의 발코니에 있는 여자 둘밖에 안 보여요. 미국식 흔들의자에 앉아 앞뒤로 흔들거리며 날씨 얘기를 하고 있어요."

"그렇게 소란스럽게요?"

"그건 그 여자들 아래쪽 어디선가 나는 거예요. 들어봐요."

아, 저 아래 남부 면화의 고장은
호텔은 비고 장사는 형편없고

눈길을 돌리라……*

"미국 사람들이네요."

니콜은 팔을 양쪽으로 펼치고 누워 천장을 응시했다. 몸에 바른 파우더가 축축해져 피부가 우윳빛이 되었다. 그녀는 이 방의 휑뎅그렁한 느낌과 파리 한 마리가 빙빙 돌아다니며 내는 소리가 좋았다. 토미는 의자를 침대 가로 가져와 그 위에 있던 옷가지를 밀어내고 거기에 앉았다. 그녀는 바닥에서 그의 즈크 옷과 뒤섞이는 무게가 거의 없는 그녀의 옷과 에스파드리유의 경제성이 좋았다.

그는 타원형의 흰 몸통 부분이 돌연 갈색 팔다리와 얼굴과 만나는 모양을 자세히 관찰하다가 진지한 표정으로 웃으며 이렇게 말했다.

"어린애처럼 아주 싱싱하군요."

"홍채 테두리가 흰 눈도 있죠."

"그건 내가 알아서 건사해요."

"그런 눈을 알아서 건사하는 건 아주 힘든 일인데요, 시카고에서 만들어진 건 특히 더 힘들죠."

"내가 예로부터 내려오는 랑케도크 농부들의 치료법을 모두 알고 있어요."

*미국의 포크송 〈딕시〉의 패러디.

"키스해줘요, 토미, 입술에."

"그건 아주 미국적인 건데." 그는 그렇게 말하면서도 키스했다. "지난번에 마지막으로 미국에 갔을 때 입술로 사람을 물어뜯을 것 같은 여자들이 있었어요. 남의 입술뿐 아니라 자기들 입술마저, 입술 가를 빙 둘러 피가 반점처럼 살갗에 드러났고 얼굴들이 빨갰죠. 하지만 키스에서 더 나아가지는 않았어요."

니콜은 한쪽 팔꿈치를 대고 비스듬히 기댔다.

"이 방이 마음에 들어요." 그녀가 말했다.

"왠지 좀 빈약한데. 당신이 몬테카를로에 도착할 때까지 기다리지 않아서 기뻐요."

"어째서 빈약하기만 해요? 아니 아주 훌륭한 방인데요, 토미…… 세잔이나 피카소의 그림에서 많이 볼 수 있는 빈 식탁처럼."

"글쎄요." 그는 그녀를 이해하려고 하지 않았다. "또 저 소리가 나네. 나 원, 누가 살인이라도 했나?"

그는 창가로 가 다시 또 보고했다.

"미국 해군 두 명이 싸우고 있나봐요. 그들보다 훨씬 많은 다른 사람들은 그들을 응원하고 있고요. 저 앞바다에 있는 전함에서 온 해군들이에요." 그는 허리에 수건을 두르고 발코니에서 좀 더 바깥으로 나갔다. "해군들이 창녀들과 같이 있어요. 이런 일에 관한 얘기를 들은 게 있어요. 배가 이동할 때 여자들도 따라서 이동한다더군요. 하지만 여자도 여자 나름이지! 저들이 받는 돈이면 좀 더 괜찮은 여자를 찾을 수 있을 텐데! 하필이면 코르닐로프*를 따라다니던 여자들을! 어유, 우리는 발레리나 급이 아니면 쳐다보지도 않았는데!"

니콜은 그가 그렇게 많은 여자를 경험해서 기뻤다. 그랬기 때문에 그에게 여자라는 말은 아무런 의미가 없을 것이라서. 내면의 그녀가 여체의 보편성을 넘어서는 한 그를 붙들어둘 수 있을 것이라서.

"급소를 쳐!"

"야아아아!"

"야, 내가 뭐랬어, 거길 정확히 쳐야지!"

"덤벼, 덜슈밋, 이 새끼야!"

"야아, 야아."

"야, 이, 야아!"

토미는 방으로 들어왔다.

"이곳은 유용성을 상실한 거 같군, 동의해요?"

그녀는 동의했다. 하지만 그들은 옷을 입기 전에 잠시 서로에게 들러붙었다. 그러자 그곳은 조금 더 있는 동안 궁전이나 다름없이 좋은 듯했다…….

마침내 옷을 입으며 토미가 이렇게 외쳤다.

"원 세상에, 아래층 발코니의 흔들의자에 앉아 있는 저 두

---

*Lavr Georgyevich Kornilov(1870~1918). 러시아 혁명기의 반혁명 지도자.

여자는 꿈쩍도 안 했어요. 서로 이야기를 해서 아무 일도 없었던 걸로 하려는 거죠. 돈을 절약해서 여행하는 건데 미국의 해군이나 유럽의 모든 창녀들이 다 집합해도 그걸 망치게 할 수 없다는 거죠."

그는 살며시 다가오더니 슬립의 어깨끈을 이빨로 물어 제자리에 올려주며 그녀를 감쌌다. 그때 밖에서 어떤 소리가 공기를 갈랐다. 쿵, 우-우-웅! 전함에서 귀대를 알리는 신호였다.

이제 창밖 아래는 실로 아수라장이었다—예고도 없이 보트가 육지로 오고 있었기 때문이다. 웨이터들은 미지급 투숙객들을 불러 간절한 목소리로 지불을 요구했다. 욕설과 부인(否認)의 말이 오갔다. 너무 큰 금액의 계산서와 너무 적은 거스름돈이 거칠게 오갔다. 술에 취해 정신을 잃은 군인들은 보트까지 부축되어 갔다. 해군 헌병의 목소리가 짤막한 명령으로 모든 목소리들을 끊었다. 첫 번째 보트가 뭍에서 밀려나가자 울음과 눈물과 비명과 약속이 뒤따랐으며 여자들은 절규하는 소리와 함께 손을 흔들며 선창으로 달려 나왔다.

토니는 아래층 발코니에 한 여자가 뛰쳐나와 작은 수건을 흔드는 것을 보았다. 그가 흔들의자의 영국 여자들이 마침내 양보하고 그 여자의 존재를 인정했는지 살펴보기도 전에 누군가 그들의 방문을 두드렸다. 문밖에서 나는 흥분한 여자들의 목소리를 듣고 그들은 문을 열어주기로 동의했다. 길을 잃었다기보다는 발견되지 않은, 젊고 야위고 야한 여자 둘이 복도에 있었다. 그중 한 여자는 목메어 울었다.

"여기 발코니에서 손 좀 흔들어도 될까요?" 다른 여자가 간절한 미국 영어로 사정했다. "그래도 될까요? 우리 애인들한테 손을 흔들어도 될까요? 제발 부탁해요. 다른 방들은 다 잠겨 있어요."

"그러세요." 토미가 말했다.

여자들은 후다닥 발코니로 뛰어나가 곧 다른 소음보다 큰 고성으로 소리를 질렀다.

"안녕, 찰리! 찰리, 여기 위를 봐!"

"니스 우체국으로 전보 보내!"

"찰리! 찰리가 나를 안 보네."

한 여자가 갑자기 치마를 치켜 올리더니 분홍색 팬티를 마구 벗어서는 그것을 찢어 꽤 큰 깃발을 만들었다. 그리고 나서 "벤! 벤!" 하고 비명을 지르며 미친 듯이 팬티 깃발을 흔들어댔다. 토미와 니콜이 방을 나설 때 그것은 여전히 푸른 하늘을 배경으로 펄럭이고 있었다. 아아, 그대는 보이는가*, 기억 속의 부드러운 살색이?─전함의 선미에 팬티 깃발과 경쟁이라도 하듯 성조기가 게양되었다.

그들은 몬테카를로에 새로 문을 연 해변 카지노에서 저녁을 먹었다……. 그리고 한참 뒤 볼류로 가 모나코와 흐릿한

---

*미국 국가의 첫 구절.

망통에 면한, 찻잔에 담긴 것 같은 인광성 물의 주변을 두르는 엷은 빛의 옥석에 의해 형성된 흰 달빛의 지붕 없는 동굴에서 수영을 했다. 그녀는 그가 리비에라의 동쪽 끝이 보이고 바람과 물의 새로운 환각을 볼 수 있는 곳에 자기를 데려온 게 마음에 들었다. 상징적으로 그녀는 다마스쿠스에서 그에게 납치되어 몽골의 평원에 이르러 바깥에 나오게 된 것이나 마찬가지로 확실하게 그의 말안장 앞테에 가로질러 얹혀 있었다. 시시각각 딕이 가르쳐준 것들이 떨어져나가고 그녀는 원래의 모습에, 주변 세상에서 계속되고 있는 모호한 항복 의식의 원형이 시작되었을 때의 모습에 점점 가까이 가고 있었다. 달빛 속에서 사랑에 뒤엉킨 그녀는 연인의 무질서를 환영했다.

  그들은 똑같이 잠이 깨면서 달이 지고 공기가 차졌다는 것을 깨달았다. 그녀는 애써 일어나며 시간을 물었다. 토미는 3시로 추측했다.

  "그럼 집에 가야겠어요."

  "몬테카를로에서 같이 잘 줄 알았는데."

  "아뇨. 가정교사와 애들이 있잖아요. 날이 새기 전에 침대에 들어가 있어야 해요."

  "좋을 대로."

  그들은 잠깐 물에 들어갔다 나왔다. 그녀가 떨고 있는 것을 보자 그는 수건으로 그녀를 세차게 문질렀다. 차에 탔을 때 머리는 아직 축축했고 피부는 생기 있고 윤이 났다. 그들은 되돌아가기가 끔찍이도 싫었다. 그들이 있는 곳은 매우 밝았다. 토미가 키스했을 때 그녀는 그가 순백의 볼과 하얀 이와 차가운 이마에, 그의 얼굴을 만지는 손에 자기 자신을 잊는 것을 느꼈다. 아직도 딕에게 맞춰져 있는 그녀는 해석이나 규정을 기다렸지만, 그런 것은 아무것도 따르지 않았다. 졸음이 오는 가운데서도 행복하게 아무런 해석이나 규정이 없으리라고 안심하고 그녀는 좌석에 푹 몸을 파묻고 잠이 들었다가 엔진 소리가 바뀌어 차가 빌라 다이애나로 올라가는 게 느껴질 때 일어났다. 문앞에서 그녀는 거의 자동적인 작별 키스를 했다. 보도를 밟는 발소리가 달리 들리고 정원의 밤에서 나는 소리들이 갑자기 과거에 속했지만, 그녀는 그래도 아직은 집에 돌아온 게 기뻤다. 하루가 스타카토의 속도로 지나갔다. 그 하루가 만족스러웠어도 그녀는 그런 긴장에 익숙하지 않았다.

9

다음 날 오후 4시, 역에서 운행하는 택시가 문 앞에서 와 서더니 딕이 내렸다. 니콜은 갑자기 평정을 잃고 테라스에서 급히 나와 자제하려 애쓰느라 헐떡이며 그를 맞았다.

"우리 차는 어떡하고요?" 그녀가 물었다.

"아를에 두고 왔어. 더 이상 운전할 마음이 없어져서."

"당신이 남긴 쪽지에는 며칠 있다 올 것 같더니."

"미스트랄이 오고 비도 좀 와서."

"재미있었어요?"

"도망치는 사람이 재미있을 게 뭐가 있겠어. 로즈메리가 아비뇽에서 기차를 타게 거기까지 태워줬어." 두 사람은 함께 테라스로 걸어갔다. 그는 거기에 가방을 내려놓았다. "쪽지에선 그 말을 안 했어, 당신이 이런저런 상상을 할까봐서."

"아주 자상하시네요." 니콜은 이제 좀 더 자신감이 있었다.

"로즈메리가 무언가 제공할 게 있는지 알고 싶었어. 그것을 알아낼 유일한 길은 단둘이 있는 거였지."

"로즈메리한테 무언가…… 제공할 게 있던가요?"

"로즈메리는 성장하지 않았어." 그가 대답했다. "그 편이 나을지도 모르지. 당신은 뭐 했어?"

그녀는 토끼처럼 얼굴이 바르르 떠는 게 느껴졌다.

"간밤에 춤추러 갔었어요, 토미 바르방하고. 우리는……"

그는 움찔 놀라며 그녀의 말을 중단시켰다.

"그 얘기는 하지 마. 당신이 뭘 하든 상관없어, 다만 나는 그게 무엇이든 확정적으로 알고 싶지 않아."

"알고 말고 할 것도 없어요."

"알았어, 알았어." 그런 다음 마치 일주일은 집을 비웠던 양 그가 물었다. "아이들은?"

집 안에서 전화벨이 울렸다.

"내 전화면 없다 그래." 딕이 빨리 돌아서며 말했다. "작업실에서 할 일이 좀 있어."

니콜은 우물 뒤로 그의 모습이 보이지 않을 때까지 기다렸다. 그리고 집으로 들어가 전화를 받았다.

"Nicole, comment vas-tu(니콜, 잘 있어요)?"

"딕이 집에 왔어요."

그가 끙 하고 불만스러운 소리를 냈다.

"여기 칸에서 봅시다." 그가 제안했다. "할 말이 있어요."

"안 돼요."

"사랑한다고 말해줘요." 그녀는 말없이 수화기에 대고 끄덕이기만 했다. 그가 반복해서 말했다. "사랑한다고 말해줘요."

"오오, 그럼요." 그녀가 그를 안심시켰다. "하지만 지금은 아무것도 할 수 없어요."

"없기는 왜 없어요." 그가 성마르게 말했다. "딕은 당신과의 관계가 끝났다는 걸 알고 있어요. 포기한 게 분명해요. 딕은 당신이 어떻게 하길 바라죠?"

"몰라요. 나는 그저……" 그녀는 다음과 같은 말을 하려고 했지만 입을 닫았다. '딕한테 물을 수 있을 때까지 기다릴 수밖에 없어요.' 그 대신, 그녀는 이렇게 말했다. "편지 쓸게요, 그리고 내일 전화할게요."

그녀는 자신의 성취에 다소 만족스러운 기분으로 집 안을 어슬렁거렸다. 그녀는 장난꾸러기였으며 그것은 만족감을 주었다. 그녀는 더 이상 울타리를 만들어 짐승을 사로잡는 여자 사냥꾼이 아니었다. 어제의 일이 이루 다 말할 수 없이 상세하게 떠올랐다. 그것은 딕에 대한 그녀의 사랑이 새롭고 완전했을 때 경험했던 비슷한 순간들에 대한 기억에 들썩여졌다. 그녀는 그 사랑을 무시하기 시작했다. 그러자 그것은 처음부터 감상적인 습관이 가미되었던 것으로 보였다. 여자들의 기회주의적인 기억력으로 인해 그녀는 딕과 결혼하기 바로 전달에 세계 곳곳을 돌아다니며 비밀스러운 곳에서 서로를 소유했을 때 자기가 어떤 느낌이었는지 거의 생각나지 않았다. 바로 그렇게 그녀는 간밤에 토미에게 거짓말을 했는데, 그녀는 맹세하여 말했다, 전에는 그런 적이 없다고, 그렇게 전적으로, 그렇게 완전히, 그렇게 철저하게…….

……그러다가 오만하게도 그녀의 인생에서 10년을 하찮은 것으로 만든 이 배신의 순간에 대한 양심의 가책이 일자 그녀는 딕의 성역으로 발길을 옮겼다.

소리 없이 다가가면서 그녀는 그가 독채 작업실 뒤의 절벽 담 앞의 갑판 의자에 앉아 있는 것을 보았다. 그녀는 잠시 조용히 그를 바라보았다. 그는 생각하고 있었다, 그는 전적으로 그만의 세상에서 살고 있었다. 이마에 주름을 잡았다가 다시 펴고, 눈을 가늘게 떴다가 다시 크게 뜨고, 입술을 꼭 다물었다가 다시 고쳐 다무는 등 얼굴의 작은 움직임과 손의 동작에서 그녀는 그가 마음속으로 그만의 이야기를, 그녀의 것이 아닌 그의 이야기를 자아내며, 한 단계에서 다른 단계로 이행하고 있는 것을 보았다. 한 번은 두 주먹을 꼭 쥐고 몸을 앞으로 기울였고, 한 번은 그 이야기가 고뇌와 절망의 표정을 불러일으켰다—이 순간이 지나갔을 때 그의 눈에는 그 표정이 각인되어 있었다. 평생 거의 처음으로 그녀는 그런 그가 가여웠다—한때 정신적인 고통을 받았던 사람은 정상적인 사람들이 가엽다는 생각을 하기 어렵다. 니콜은 종종 그녀가 몰수당한 세계를 그가 돌려주었다는 사실에 대해서 입 발린 말을 했지만, 그녀가 생각하던 그는 실로 다함이 없는 에너지를 가진, 지칠 줄 모르는 사람이었다. 그녀는 그에게 문제를 초래한 자기 자신의 문제를 잊은 순간에 자기가 그에게 초래한 그 문제들을 잊었다. 그는 더 이상 그녀를 지배하지 않는다는 것—그는 그것을 알고 있을까? 그게 그가 바라는 것이었을까?—그녀는 에이브 노스와 그의 불명예스러운 운명에 대해 간혹 느꼈던 것과 같은 가엽다는 생각이 들었다. 또한 그것은 갓난아이와 노인에 대하여 갖는 것과 같은 가엽다는 생각이었다.

그녀는 다가가 한쪽 팔로 그의 어깨를 감싸고 그의 머리에 자기의 머리를 갖다 대며 이렇게 말했다.

"슬퍼하지 말아요."

그는 그녀를 차갑게 쳐다보았다.

"나한테 손대지 마!" 그가 말했다.

그녀는 당황하여 몇 발자국 떨어졌다.

"미안해." 그가 멍하니 말을 이었다. "그냥 내가 당신을 어떻게 생각하는지 생각하고 있었어……"

"당신 책에 새로이 분류해서 넣지그래요?"

"생각해봤지, '더욱 멀리 정신병과 노이로제를 넘어서……'"

"비위에 거슬리게 하려고 여기에 온 거 아니에요."

"그럼 왜 왔어, 여보? 나는 더 이상 당신을 위해 아무것도 할 수 없어. 나는 나 자신을 구하려고 애쓰고 있어."

"나한테서 오염돼서요?"

"나는 직업상 때로는 질이 의심스러운 사람들과 접촉하지 않을 수 없지."

그녀는 그의 독설에 분하여 눈물을 흘렸다.

"당신은 겁쟁이에요! 당신은 인생에 실패하고 그 탓을 내게 돌리고 싶은 거야."

그가 대답하지 않아도 그녀는 그의 지능에서 나오는 예의 그 암시력을 느끼기 시작했다. 어떤 때는 그게 아무런 효력도 없었지만, 거기에는 항상 그녀가 깨기는커녕 금가게 하지도 못하는, 진리 아래 진리의 단층들이 있었다. 다시 그녀는 그것과 싸웠다, 그녀의 작고 예쁜 눈으로, 우세한 쪽의 호사스러운 오만으로, 다른 남자를 향한 초기의 전이로, 오랜 세월에 걸쳐 쌓인 분노로 그녀는 싸웠다. 그녀는 돈으로 그리고 언니가 그를 싫어하며 이제 자신을 지지한다는 믿음으로 그와 싸웠다.

그가 신랄한 혀로 새로운 적을 만들고 있다는 생각으로, 와인과 만찬으로 둔해진 그에 맞선 자신의 눈치 빠른 간계로, 그의 육체적 퇴화에 맞선 자신의 건강과 아름다움으로, 그의 도덕 체계에 맞선 그녀의 부도덕으로 그녀는 그와 싸웠다—이 내면의 싸움에 심지어 그녀는 자신의 약점마저 동원했다—속죄 받은 죄와 모욕과 실수의 오랜 양철통과 토기와 병, 빈 용기들을 가지고 용감하고 씩씩하게 싸웠다. 그리고 그녀는 2분 만에 승리를 거두고 거짓말이나 구실을 만들지 않고 자신에게 자신을 정당화하고 영구히 줄을 끊었다. 그러고 나서 다리에 기운이 빠진 그녀는 침착하게 흐느끼며 마침내 그녀의 것이 된 집을 향해 걸어갔다.

딕은 그녀가 보이지 않을 때까지 기다렸다. 그러고 나서 머리를 앞으로 수그려 흉장(胸牆)에 갖다 댔다. 이 케이스는 완료되었다. 의사 다이버는 이제 자유로워졌다.

10

그날 밤 2시 니콜은 전화벨 소리에 잠이 깼다. 그들이 잠 못 이루는 침대라고 부르는 옆방 침대에서 딕이 전화를 받는 소리가 들렸다.

"Oui, oui…… mais à qui est-ce-que je parle?……Oui(네,

네…… 지금 전화하신 분은 누구시죠? ……네)." 놀라는 그의 목소리에서 졸음기가 걷혔다. "하지만 그분들과 통화할 수 있을까요? 지체가 아주 높은 부인들입니다…… 사실이에요, 맹세합니다…… 좋아요, 두고보십시오."

그는 일어났다. 상황을 파악하는 가운데 자신을 아는 그는 그 일을 처리하겠다고 분명히 말하고 있었다—예의 그 파멸적인 호감, 예의 그 강력한 매력이 '나를 써!'라는 구호와 함께 그를 엄습했다. 그는 아무래도 상관이 없는 이 일을 해결하러 가야 할 것이다. 사랑을 받는 것은 일찍부터, 어쩌면 쇠하는 가문에 자신이 마지막 희망임을 깨달은 순간부터, 하나의 습관이 되어 있었기 때문이다. 이와 거의 유사한 경우가 있었다. 옛날 취리히 호수의 돔러 병원에서 그는 자신에게 그런 능력이 있음을 깨닫고 결정을 내렸다. 그리고 오필리아*를 선택했다. 달콤한 독을 선택해 마셨다. 무엇보다 용감하고 친절하기를 원했던 그는 한층 더 나아가 사랑받기를 원했다. 계속 그래왔다. 계속 그럴 것임을, 전화 수화기를 내려놓았을 때 팅 하는 여운의 느린 울림과 동시에 그는 알았다.

한참 아무런 소리가 없자 니콜이 큰소리로 말했다. "뭐예요? 누구예요?"

딕은 전화를 끊고 바로 옷을 입기 시작했다.

*셰익스피어의 〈햄릿〉에 등장하는 햄릿의 연인. 그로 인하여 미치게 되고 결국은 물에 빠져 죽는 비극적인 인물.

"앙티브 경찰서야…… 메리 노스하고 시블리 비어스가 구류되어 있대. 심각한 일인가 봐. 경찰은 그게 뭔지 말을 안 하려 해. 계속 'pas de mortes—pas d'automobiles(사람이 죽은 건 아니고—자동차가 관련된 건 아니고)'라고 하지만 그 외에 모든 것일 수 있다고 암시하던데."

"도대체 왜 하필 당신한테 전화를 했대요? 별일이네요."

"망신당하지 않으려면 얼른 보석금을 내고 나와야 하는 거지. 그런데 재산이 있는 알프마리팀 주민이 아니면 보증을 설 수 없는 거야."

"그 사람들도 참 뻔뻔하군요."

"난 괜찮아. 하지만 호텔로 가서 고스를 데려갈 거야……"

니콜은 그가 나가고 나서 무슨 일 때문인지 궁금해하다가 잠이 들었다. 3시가 조금 지나서 딕이 돌아왔을 때 잠이 완전히 깬 그녀는 자리에서 일어나 앉아 마치 꿈속에 등장한 인물에게 그러듯 그에게 말했다. "왜 그랬대요?"

"놀라운 이야기야……" 딕이 말했다. 그는 그녀의 침대 발치에 걸터앉아, 깊은 잠에 빠져 있던 알자스 사람 고스 영감을 깨워 현금통의 돈을 모두 가지고 나오라고 해서 경찰서로 함께 간 이야기부터 시작했다.

"그 영국 여자를 위한 일이라니 마음이 안 내켜." 고스가 툴툴댔다.

메리 노스와 레이디 캐럴라인은 프랑스 해군 복장으로 음침한 두 감방 밖의 벤치에 느긋하게 앉아 있었다. 캐럴라인은 얼마 안 있어 자기를 돕기 위해 전속력을 내는 지중해의 영국 군함을 기다리는 영국인 같은 기세로 격분하고 있었다. 메리 밍게티는 공황과 허탈의 상태에 빠져 있었다. 그녀는 글자 그대로 딕의 배에 몸을 던졌다, 마치 거기가 가장 주요한 연계 지점이라도 되는 것처럼. 그리고 어떻게 좀 해달라고 애걸복걸했다. 그동안 경찰서장은 문제가 무엇인지 고스에게 설명했고 고스는 경찰의 타고난 말솜씨를 적절히 알아보는 시늉을 하면서 한편으론 자기는 이상적인 봉사자로서 그 이야기가 자기에게는 전혀 충격적인 영향을 미치지 않는다는 것을 보이고자 하는 마음으로 갈라진 상태에서 마지못해 그의 말 한 마디 한 마디에 귀를 기울였다. "그건 그냥 장난이었어요." 레이디 캐럴라인이 비웃으며 말했다. "우리는 휴가를 받아 나온 해군으로 가장하고 어리석은 여자애들 둘을 꼬였어요. 걔들이 어느 숙박업소에서 겁을 먹고는 끔찍한 소동을 부린 거예요."

딕은 고해실의 신부처럼 돌바닥을 바라보면서 근엄하게 고개를 끄덕였다—그는 빈정거리며 웃으려는 마음의 움직임과 아홉 개의 줄이 달린 채찍 형벌에다 2주 동안 빵과 물만 먹을 것을 명하는 마음의 움직임 사이에서 갈등했다. 비겁한 프로방스 아가씨들과 미련한 경찰이 초래한 해악에 대한 것 말고는 레이디 캐럴라인의 얼굴에 악행에 대한 의식이 없는 것을 보고 딕은 어리둥절했다. 하지만 그는 이미 오래전에 특정 사회계층의 영국인들은 상대적으로 뉴욕의 탐욕을 어린아이가 아이스크림을 먹다가 체하는 것과 같은 것으로 축소시키는 반사회성의 농축된 실체로 살아간다고 결론을 지어놓았다.

"호세인이 알기 전에 여기서 나가야 해요." 메리가 사정했다. "딕, 당신은 언제든 무언가 조처할 수 있잖아, 언제나 그랬어요. 저 사람들에게 우리가 곧장 집으로 돌아갈 거라고 말해주세요, 돈을 내라면 얼마든지 내겠다고 말해주세요."

"나는 안 내." 레이디 캐럴라인이 경멸적으로 말했다. "한 푼도 못 내. 칸의 영사관에서 이 일에 대해 뭐라고 할지 꼭 알아낼 거라고요."

"안 돼, 안 돼!" 메리가 힘주어 말했다. "오늘 밤에 나가야 해."

"한번 해보죠." 딕이 말했다. 그리고 이렇게 덧붙였다. "하지만 분명히 돈을 줘야 할 겁니다." 그들이 결백하지 않다는 것을 알면서도 결백한 사람들인 것처럼 바라보며 그는 고개를 절레절레 저었다. "다른 미친 짓 다 놔두고 하필이면!"

레이디 캐럴라인은 만족스러운 듯 빙긋이 웃었다.

"당신은 정신과 의사 아니던가요? 우리를 도와줄 수 있어야죠. 그리고 고스는 당연히 도와야 하고요!"

이 시점에서 딕은 고스와 한쪽으로 가서 그 영감이 알아낸 것에 관하여 이야기했다. 상황은 그때까지 드러난 것보다 더 심각했다―그들이 꾄 여자들 중 한 명은 점잖은 집안의 딸이었다. 그 집안사람들은 격노했거나 격노한 척했는데, 그런 그들과 합의를 봐야 하는 상황이었다. 다른 여자는 부둣가에 사는데, 보다 쉽게 처리할 수 있을 것 같았다. 프랑스 법령에 의거하여 유죄로 판결될 경우 징역형을 받거나, 최소한 공개적 추방형을 받을 수 있었다. 그러한 난점들 외에도 체류 외국인들의 혜택을 받는 읍민들과 그들 때문에 인상되는 물가에 타격을 입는 읍민들이 보이는 관용의 차이가 점점 더 커지고 있다는 점도 있었다. 고스는 그렇게 상황을 요약하고 나서 모든 것을 딕에게 넘겼다. 딕은 경찰서장과 협의했다.

"우선 프랑스 정부가 미국인 관광을 장려한다는 건 아시는 거고…… 어느 정도인가 하면 이번 여름 파리에서는 중죄가 아닐 경우 미국인들을 체포하지 말라는 명령이 내려졌죠."

"이건 상당한 중죄요, 나 원."

"하지만 이보세요, 그런데 저 여자들 신분증은 확인했습니까?"

"신분증들이 없어요. 아무것도 없어요. 2백 프랑과 반지 몇 개 말고는 아무것도. 스스로 목을 매달 수 있었을 신발 끈조차도!"

신분증을 가지고 있지 않았다는 사실을 알고 안도한 딕은 말을 이었다.

"이탈리아인 백작 부인은 아직은 미국 시민입니다. 부인의 할아버지가 누구냐 하면……" 그는 천천히 엄숙하게 거짓말을 늘어놓았다. "존 D. 록펠러 멜론입니다. 그 이름 들어본 적 있소?"

"네, 아, 저런, 네. 나를 보잘것없는 사람으로 아는 거요?"

"게다가 저 여자는 헨리 포드 경과 숙질간입니다. 그러니까 프랑스의 르노사와 시트로엥사와도 관련이 있는 거죠……"

그는 그쯤에서 그만하는 게 좋겠다고 생각했다. 하지만 경찰이 그의 목소리에 담긴 진정성의 영향을 받기 시작해서 그는 계속 말을 이었다. "저 여자를 체포한다는 건 영국의 왕족을 체포하는 거나 마찬가지죠. 그건 뭘 의미할 수 있냐면…… 전쟁입니다!"

"하지만 저 영국 여자는요?"

"그렇잖아도 그 이야기를 하려고 했습니다. 저 여자는 웨일즈 황태자의 동생 약혼녀예요, 버킹엄 공작 말이오."

"그에게 어울리는 고상한 신부가 되겠군요."

"자 우리가 미리 준비한 게 있는데……" 딕은 재빨리 계산했다. "두 여자에게 각각 천 프랑씩 주겠소, 그리고 '심각한' 쪽의 부친에게 추가로 천 프랑을 주겠습니다. 그리고 추가로 2천 달러를 서장님께 드릴 테니 잘 알아서 나누어주시기 바랍니다." 딕은 어깨를 으쓱했다. "……여자들을 체포한 경관도 있고, 숙박소 주인도 있고 할 테니까요. 그렇게 해서 도합 5천 프랑을 드릴 테니 즉시 합의를 봐주십시오. 그러고 나서 치안을 어지럽혔다든가 하는 죄로 보석금을 물려 석방해주시면 되겠죠. 그래서 내일 치안판사가 벌금을 물리면 그건 그것대로 낼 겁니다, 전령을 통해서요."

경찰서장이 미처 입을 떼기도 전에 딕은 그의 표정을 읽고 일이 잘 풀릴 거라는 것을 알았다. 서장은 머뭇거리며 이렇게 말했다. "신분증들이 없어서 아직 접수는 하지 않았습니다. 한번 봐야겠소…… 돈이나 주시오."

한 시간 뒤 딕과 고스 씨는 두 여자를 머제스틱 호텔까지 태워다주었다. 거기에 레이디 캐럴라인의 운전사가 그녀의 오픈카에서 잠들어 있었다.

"잊지 말아요." 딕이 말했다. "고스 씨에게 백 달러씩 갚아야 한다는걸."

"네." 메리가 말했다. "내일 수표를 보낼게요. 그 돈에 좀 더 얹어 드리죠."

"나는 못 줘요!" 그들은 깜짝 놀라 모두 레이디 캐럴라인을 쳐다보았다. 그녀는 이제 완전히 원상태를 회복하고 정의감으로 잔뜩 부풀어 있었다. "모든 게 모욕적이었어요. 나는 당신에게 그 일로 백 달러를 줄 권한을 주지 않았어요."

자동차 옆에 서 있는 체구가 작은 고스의 두 눈이 돌연 불타올랐다.

"갚지 않겠다고요?"

"당연히 갚을 거예요." 딕이 말했다.

한때 런던에서 버스 보이로 일하며 영국인들에게 혹사당한 기억이 불끈 솟아올라 고스는 달빛을 헤치고 레이디 캐럴라인에게 다가갔다.

그는 그녀에게 비난의 말을 줄줄이 쏟아냈다. 그녀가 차갑게 웃으며 뒤돌아서자 그는 한 발자국 앞으로 나가 재빨리 작은 발을 들어 표적치고는 너무 유명한 그녀에게 내리질렀다. 불의의 일을 당한 해군 복장의 레이디 캐럴라인은 총에 맞은 사람처럼 두 손을 번쩍 치켜들더니 보도에 큰대자로 엎어졌다.

사납게 호통치는 그녀의 목소리에 딕의 목소리가 가로질렀다. "메리, 저 여자 좀 조용히 시켜요! 아니면 둘 다 10분 안에 족쇄를 차게 될 테니까!"

호텔로 돌아가는 길에 고스는 한 마디도 하지 않았다. 계속 흐느끼며 소란스럽게 기침을 하던 고스는 쥐앙 레 팽 카지노를 지날 때에야 비로소 한숨을 내쉬고 다음과 같이 말했다.

"이런 종류의 여자들은 평생 처음이오. 이 세상의 대단한 고급 창부들을 많이 봤고 종종 그들에게 경의를 품기도 하지만 이런 여자들은 본 적이 없소이다."

11

딕과 니콜은 함께 머리를 자르러 가는 일에 익숙했다. 서로 붙어 있는 방에 각기 들어가 이발과 샴푸를 했다. 니콜은 딕이 있는 방에서 나는 가위질 소리와 잔돈을 세는 소리, 빈번한 Voilà, Pardon(자, 실례) 소리를 들을 수 있었다. 그가 여행에서 돌아온 다음 날 그들은 향기로운 선풍기 바람이 부는 가운데서 이발을 하러 시내로 갔다.

여름이면 유리창이 많은 지하실 문처럼 텅 비어 보이는 칼튼 호텔 앞으로 승용차가 지나갔다. 그들 옆으로 지나간 그 차 안에 토미 바르방이 타고 있었다. 그녀는 순간적으로 묵묵하고 생각에 잠겨 있던 그의 표정을 흘끗 보았는데, 그녀를 본 순간 그의 눈이 휘둥그레지고 민첩해진 것을 보고 그녀는 마음이 심란했다. 그녀는 그가 가는 곳에 함께 가고 있었으면 했다. 미용실에 있는 시간은 그녀의 인생이라는 오페라에 낭비적인 막간처럼, 또 하나의 작은 감옥처럼 느껴졌다. 립스틱 바른 입술에 땀이 살짝 배고 향수 냄새를 풍기는 흰 가운의 미용사는 그녀가 알던 수많은 간호사들을 생각나게 했다.

옆방의 딕은 가운을 두르고 얼굴에는 면도 거품을 바른 채 졸고 있었다. 니콜 앞의 거울에 이발소와 미용실을 연결하는 통로가 비쳤다. 그 거울에 토미가 들어와 날쌔게 방향을 바꿔 이발소로 가는 모습을 보고 니콜은 화들짝 놀랐다. 어떤 결판이 나리라는 것을 알고 그녀는 기쁨으로 상기되었다.

그녀는 처음의 몇 마디를 들었다.

"딕, 나 좀 봤으면 하는데."

"……중요한 일인가 보군."

"……중요한 일이야."

"……기꺼이 그러지."

곧 딕이 니콜에게 왔다. 서둘러 씻은 얼굴의 물기를 닦는 수건 사이로 짜증난 얼굴 표정이 드러났다.

"당신 친구가 혼자 흥분해서 왔더군. 우리 모두 함께 보고 싶다네. 그래서 쇠뿔도 단김에 빼자는 데 동의했어. 어서 와!"

"하지만 머리가…… 반밖에 안 잘랐는데요."

"지금 그게 문제야? 어서!"

분한 마음이 드는 가운데 니콜은 빤히 쳐다보고 있는 미용사에게 수건을 벗기라고 했다.

너저분하고 꾸미지 않은 자신을 의식하며 그녀는 딕을 따라 호텔에서 나왔다. 바깥에 나오자 토미는 그녀의 손을 잡고 몸을 수그렸다.

"알리에 카페로 가지." 딕이 말했다.

"우리끼리 있을 수 있는 데면 어디든지." 토미가 동의했다.

여름철 생활의 중심인 궁형으로 늘어진 나무 아래서 딕이 물었다. "당신 뭐 마시겠어?"

"레몬 주스."

"나는 맥주 한 잔." 토미가 말했다.

"나는 소다 탄 블랙큰와이트*." 딕이 말했다.

"Il n'y a plus de Blackenwite. Nous n'avons que le Johnny Walkair(블랙큰와이트는 이제 없습니다. 조니 워커뿐인데요)."

---

*여기서 'Blackenwite'는 'Balck and White'라는 이름의 스카치위스키인데 프랑스인 웨이터가 발음하는 대로 표기되었다.

"Ça va(좋소)."

그녀는…… 도청 장치가 되어 있지 않아요

하지만 남몰래

한번 그걸 해보세요.

"자네 아내는 자네를 사랑하지 않아." 토미가 불쑥 말을 꺼냈다. "니콜은 나를 사랑해."

두 남자는 기이하게 아무런 표정도 짓지 못하고 서로 물끄러미 바라보았다. 그런 입장에 놓인 남자들 사이에는 의사 교환이 별로 없을 수 있는데, 그것은 그들의 관계가 우회적이라서, 각자가 과거에 문제의 여자를 얼마나 소유했으며 또 앞으로 얼마나 소유할 것인지로 구성되어 있는 상황에서 그들이 느끼는 감정은 연결 상태가 불량한 전화선처럼 그녀의 분할된 자아를 거쳐야 하기 때문이다.

"잠깐만." 딕이 말했다. "Donnez moi du gin et du siphon(진 한 잔과 소다수 한 병 주시오)."

"Bien, Monsieur(알겠습니다, 손님)."

"그래, 계속해보게, 토미."

"내가 보기엔 니콜과 자네의 결혼 생활이 갈 데까지 간 게 명백해. 니콜은 끝냈어. 나는 그렇게 되기를 5년 동안 기다렸어."

"니콜의 말을 들어볼까?"

두 사람은 그녀를 바라보았다.

"나는 토미를 아주 좋아하게 됐어요."

그가 고개를 끄덕였다.

"당신은 더 이상 나를 좋아하지 않아요." 그녀가 말을 이었다. "모두 습관일 뿐이죠. 로즈메리가 나타난 이후로 모든 게 달라졌어요."

토미는 이 상황이 마음에 들지 않아 재빨리 끼어들었다.

"자네는 니콜을 이해하지 못해. 한때 아팠다고 언제나 환자 취급이지."

갑자기 어떤 끈덕진 미국인이 그들의 이야기를 훼방 놓았다. 그는 뉴욕에서 갓 도착한 〈헤럴드〉지와 〈타임스〉지를 팔려고 했다.

"여기 없는 게 없습니다." 그가 말했다. "여기 온 지는 오래 됐소?"

"Cessez cela! Allez ouste(그만두시오! 꺼지라고)!" 토미가 소리치고 딕에게 말했다. "봐, 어떤 여자가 그런 걸 견뎌……"

"이보쇼." 그 미국인이 다시 방해했다. "내가 시간 낭비를 한다고 생각하는 모양인데…… 그렇게 생각하지 않는 사람들이 많소이다." 그는 지갑에서 회색의 오려낸 기사를 꺼냈ㅡ 그리고 딕은 그걸 보자 어디서 본 것 같다고 생각했다. 수많은 미국인들이 금자루가 가득한 배에서 쏟아져 내리는 풍자만화였다. "내가 이걸 보고 뒷짐 지고 있을 줄 알아요? 흥, 아니요. 나는 투르 드 프랑스 때문에 니스에서 방금 오는 길이오."

토미가 사나운 "allez-vous-en(꺼져버려)"이라는 말로 그를 쫓아버렸을 때 딕은 그 사람이 5년 전 생탕주 가에서 그에게 말을 걸었던 사람임을 알아보았다.

"투르 드 프랑스 선수들은 언제 여기에 도착합니까?" 딕이 돌아서 가고 있는 그 남자에게 소리쳐 물었다.

"이제 금방 도착해요."

그는 유쾌하게 손을 흔들며 마침내 가버렸다. 그러자 토미가 다시 딕에게 주의를 기울였다.

"Elle doit avoir plus avec moi qu'avec vous(니콜은 자네보다 내게서 더 많은 것을 얻게 될 거야)."

"영어로 말해! 'doit avoir'라니 그게 무슨 뜻이야?"

"Doit avoir? 나와 함께라면 더 행복할 거라고."

"두 사람은 서로에게 낯설 거야. 하지만 니콜과 나는 함께 많은 행복을 누렸네, 토미."

"L'amour de famille(가족 간의 사랑이지)." 토미가 비웃으며 말했다.

"자네와 니콜이 결혼하면 그건 'L'amour de famille'가 아니란 건가?" 소란스러운 소리가 나더니 점점 더 커지자 딕은 말을 멈췄다. 그 소리는 곧 산책길의 구부러진 부분에서 절정에 달하더니, 안 보이는 데서 낮잠을 자다 나온 사람들의 무리가 이내 군중을 이루어 도로변에 늘어섰다.

소년들이 자전거를 타고 질주해 지나갔다. 공들인 장식 술을 단 운동 애호가들을 가득 태운 자동차들이 거리를 지나갔다. 그들은 높은 소리로 나팔을 불어 경주가 가까이 왔음을 알렸다. 구부러진 길을 돌아오는 행렬이 보이자 예상치 못한 요리사들이 속셔츠 차림으로 음식점 문 앞에 나왔다. 제일 먼저 빨간색 저지를 입은 선수가 단독으로 서쪽으로 지고 있는 태양을 등지고 열중해서 자신만만하게 힘을 쓰며 높은 목소리로 시끄럽게 떠들고 응원하는 소리의 멜로디에 맞춰 지나갔다. 그다음 세 선수가 색이 흐려진 마름모꼴을 이루며 나타났다. 다리는 흙이 땀에 범벅되어 누렇게 굳어 있었고 얼굴은 무표정했으며 눈은 무겁고 끝없이 피곤해 보였다.

    토미는 딕을 마주 보고 이렇게 말했다. "나는 니콜이 이혼을 원한다고 생각해. 방해하지는 않겠지?"

    50여 선수들이 한꺼번에 몰려 앞서 간 선수들을 뒤쫓았다. 그들은 200야드에 걸쳐 길게 이어졌다. 몇몇 선수는 빙긋이 웃으며 사람들의 시선을 의식했다. 또 몇몇은 명백하게 지쳐 있었고 대부분은 무관심하고 지쳐 있었다. 작은 소년들로 이루어진 수행단이 지나갔고 몇몇 도전적인 낙오자들이 뒤따랐으며, 소형 트럭이 사고와 실패의 얼간이들을 태우고 지나갔다. 그들은 앞서 하던 이야기로 되돌아왔다. 니콜은 딕이 이야기를 주도하기를 원했지만, 그는 씻다 만 머리에 걸맞은 면도하다 만 얼굴로 앉아 있는 것으로 만족한 듯했다.

    "당신이 나와 사는 걸 더 이상 행복하게 생각하지 않는 게 사실 아니에요?" 니콜이 말을 이었다. "내가 없으면 당신도 하던 일 다시 할 수 있잖아요…… 내 걱정을 안 하면 일도 더 잘 될 거예요."

토미는 초조한 듯 몸을 움직였다.

"그런 말은 하나 마나예요. 니콜과 나는 서로를 사랑해, 그게 전부야."

"그래, 그렇다면." 의사 선생이 말했다. "결말이 난 거네, 그럼 이발소로 돌아가자고."

토미는 한바탕하고 싶었다. "몇 가지 생각해야 할 점이 있는데……"

"니콜과 내가 다시 이야기하겠네." 딕이 공정하게 말했다. "걱정 마, 기본적으로는 동감이니까. 그리고 니콜과 나는 서로를 이해하고 있어. 셋이 논하는 걸 피하면 불쾌해질 가능성도 줄어드는 거야."

딕의 논리를 마지못해 인정한 토미는 유리한 입장을 차지하기 위해서라면 부정행위도 서슴지 않는, 저항할 수 없는 민족적인 성향에 동요되었다.

"이 순간부터 자네가 알아둬야 할 게 있네." 그가 말했다. "모든 세부 사항들이 정해질 때까지 내가 니콜의 보호자 입장에 설 거야. 그리고 여전히 같은 집에 기거한다는 사실을 어떤 방식으로든 악용할 경우 철저히 자네에게 책임을 물을 걸세."

"나는 사랑을 나누려고 허리가 마른 여자가 있는 방에 들어간 적은 한 번도 없어." 딕이 말했다.

    딕은 고개를 끄덕하고 호텔 쪽으로 걸어갔다. 홍채의 테두리가 희디흰 니콜의 눈이 그를 따랐다.

    "딕이 그런대로 공정했는걸." 토미가 인정했다. "니콜, 오늘 밤 나와 함께 있을 거요?"

    "아마 그럴 거예요."

    그렇게 일은 벌어졌다―극적인 사태는 최소한에 그쳤다. 니콜은 캠퍼 사건 때부터 딕이 모든 것을 예상하고 있었다는 것을 깨닫고 의표를 찔린 것 같았다. 하지만 한편으로 행복하고 흥분되기도 했다. 뜻밖에도 이에 관한 모든 걸 딕에게 말했으면 하고 바랐지만 그 기분은 금방 사그라졌다. 하지만 그녀의 눈은 그의 모습이 점이 되어 여름의 군중 속 다른 점들과 섞일 때까지 그를 좇았다.

12

리비에라를 떠나기 하루 전, 딕 다이버는 모든 시간을 아이들과 보냈다. 그는 더 이상 젊지 않았고 자신에 관한 좋은 생각이나 꿈이 많지 않았다. 그래서 그는 그들을 잘 기억해두고 싶었다. 아이들은 올겨울 런던에 있는 이모와 함께 지낼 것이며, 그를 방문하러 미국에 가게 될 것으로 들어 알고 있었다. 그의 동의가 없이는 독일인 여자 가정교사를 해고하지 않기로 했다.

그는 어린 딸에게 꽤 많은 것을 주어서 기뻤다—아들에 관해서는 그다지 확신이 없었다. 아들은 끊임없이 기어오르고, 끊임없이 들러붙고, 끊임없이 가슴에 파고드는 아이여서, 그 아이에게 주어야 했던 것이 언제나 걱정스러웠다. 하지만 아이들에게 작별 인사를 했을 때 딕은 아이들의 아름다운 머리를 목에서 떼내어 몇 시간이고 꼭 안고 있고 싶었다.

그는 6년 전에 빌라 다이애나의 첫 정원을 가꾸어준 늙은 정원사를 포옹했다. 아이들 돌보는 일을 도운 프로방스 출신 하녀의 볼에 입을 맞추었다. 거의 10년 동안 그들과 함께 지낸 그녀가 무릎을 꿇고 울자 딕은 그녀를 휙 일으켜 세우고 3백 프랑을 주었다. 니콜은 합의한 대로 그날 아침 늦잠을 자고 있었다—그는 그녀 앞으로, 그리고 베이비 워런 앞으로도 쪽지를 남겼다. 사르데냐에서 돌아온 지 얼마 되지 않은 베이비는 그 집에 머물고 있었다. 딕은 누군가 선물로 준 1미터 높이의 10리터짜리 브랜디 병에서 한 잔 잔뜩 따라서 마셨다.

그는 칸의 기차역 가까이에 짐을 맡기고 마지막으로 고스 호텔 앞의 해변을 보기로 했다.

그날 아침 니콜과 그녀의 언니가 해변에 도착했을 때 사람이라고는 어린아이들의 전위부대뿐이었다. 백색 하늘에 테두리가 먹혀 들어간 백열(白熱)의 태양이 바람 한 점 없는 날을 덮으며 무섭게 돌진했다. 웨이터들은 바의 카운터에 더 많은 얼음을 추가했다. 연합통신의 미국인 사진기자가 불안정한 그늘 속에서 사진 장비를 다루며 돌계단을 내려오는 사람들을 놓치지 않고 흘끗흘끗 쳐다보았다. 곧 그의 촬영 대상이 될 사람들은 금방 지나간 아편 같은 새벽에 잠들어 어둡게 한 호텔 방에서 늦잠을 잤다.

니콜이 해변에 나가려는데 딕이 눈에 띄었다. 수영복을 입지 않은 그는 위쪽의 돌 위에 앉아 있었다. 그녀는 탈의용 천막 그늘 속으로 몸을 피했다. 잠시 후 베이비가 그녀에게 와 이렇게 말했다.

"딕이 아직 여기 있네."

"나도 봤어."

"떠나기가 아쉬운가 보네."

"여기는 그이의 것이야, 어떤 면에서는 그이가 여기를 발견했지. 고스 영감은 항상 모든 게 그이 덕이라고 해."

베이비는 조용히 동생을 바라보았다.

"자전거 여행에나 몰두하게 내버려두었어야 했는데." 그녀가 말했다. "사람들은 역량이 안 되는 일을 맡으면 허둥대기 마련이지, 제아무리 매력적인 허세를 부려도."

"딕은 6년 동안은 좋은 남편이었어." 니콜이 말했다. "그동안은 그이 때문에 고통받은 적은 단 한순간도 없었어. 그이는 내가 무엇에든 다치지 않게 하려고 항상 최선을 다했어."

베이비가 아래턱을 약간 앞으로 내밀며 말했다.

"그러라고 그런 교육을 받은 거지."

두 자매는 앉아서 말이 없었다. 니콜은 좀 피곤해하며 그런가 하고 상황에 대해 생각했고 베이비는 그녀의 영향력과 돈을 보고 청혼한 가장 최근의 구혼자와 결혼할 것인가 말 것인가를 생각했다. 딱히 '생각' 하고 있다고 볼 수는 없었다. 그녀에게 연애는 오래전부터 비슷비슷해졌는데 그녀가 메말라지면서 연애 그 자체보다는 대화의 화젯거리로 더 가치를 갖게 되었다. 그녀의 감정은 그런 연애 이야기를 하는 데서 가장 진실되게 존재했다.

"갔어?" 니콜이 얼마 있다가 물었다. "12시 기차일 텐데."

베이비가 확인해보았다.

"아니. 테라스 더 높은 데로 올라가서 어떤 여자들하고 얘기하고 있네. 어쨌든 이제 사람들이 많아졌는데 하필 우리가 눈에 띌까마는."

하지만 그는 그들이 천막을 떠날 때 그들을 보았다. 그리고 그들이 다시 사라질 때까지 그들을 놓치지 않고 바라보았다. 그는 메리 밍게티와 아니제트를 마시며 앉아 있었다.

"당신은 그전에는 우리를 도와준 날 밤 같았어요." 그녀가 말하고 있었다. "마지막에 캐럴라인에게 불쾌하게 그런 거 말고는요. 왜 항상 그렇게 친절하게 굴지 않아요? 그럴 수 있을 텐데."

딕은 메리 노스가 그에게 어떤 상황에 대하여 말할 수 있는 입장에 있다는 게 기이하다는 느낌이 들었다.

"당신의 친구들은 여전히 당신을 좋아해요, 딕. 하지만 술이 들어가면 사람들에게 불쾌한 말을 해요. 나는 올여름을 사람들에게 당신을 변호하는 데 다 보냈어요."

"그 소견은 엘리엇 박사*의 고전 중 하나로군요."

"사실이에요. 당신이 술을 마시든 말든 아무도 뭐라 하지 않아요……" 그녀는 머뭇거렸다. "에이브는 술독에 깊이 빠졌을 때도 당신처럼 사람들의 기분을 상하게 하지는 않았어요."

"당신들은 모두 정말 따분해." 그가 말했다.

"하지만 우리가 당신이 가진 전부예요!" 메리가 소리쳤다. "좋은 사람들이 싫으면 그렇지 않은 사람들과 지내봐요. 그래서 얼마나 좋은지 한번 보라고요! 사람들이 원하는 건 오직 즐거운 시간을 갖는 거예요. 그런데 그런 기분을 비참하게 만들면 스스로 젖줄을 끊는 거라고요."

"내가 언제는 젖줄을 물고나 있었나?" 그가 물었다.

두려움 때문에 그와 함께 앉아 있는 동안 자신은 그 사실을 몰랐을지라도 메리는 즐거운 시간을 갖고 있었다. 다시 그녀는 술을 거절하고 이렇게 말했다. "그 이면에 방종이 있어요. 물론 에이브가 그렇게 되고 나서 내가 술에 대해 어떻게 생각하는지 짐작하시겠죠. 좋은 사람이 알코올 중독에 빠지는 과

---

*Charles William Eliot(1834~1926). '하버드 클래식' 50권을 편집한 하버드 대학 총장(1869~1909).

정을 다 봤거든요……"

레이디 캐럴라인 시블리 비어스가 쾌활하게 연극조의 태도를 보이며 경쾌한 발걸음으로 층계를 내려갔다.

딕은 기분이 좋았다―그는 이미 그 시간을 훨씬 앞서 가고 있었다. 좋은 저녁 식사가 끝난 뒤에 남자가 있어야 할 곳에 도달해 있었다. 하지만 그가 메리에게 보인 관심은 고상하고 신중하고 삼가는 관심이었다. 그의 눈은 잠시 어린아이처럼 맑아져 그녀의 동정을 구했다. 그런데 그를 엄습한 것은 이 세상에서 그가 최후의 남자이며 그녀는 최후의 여자라고 그녀를 설득하지 않을 수 없는 예의 그 오래된 필요성에 대한 느낌이었다.

……그러면 그는 다른 그 두 사람의 모습을 보지 않아도 될 것이다, 남자와 여자, 하늘을 배경으로 하여 검고 하얗고 금속성인 그 두 사람…….

"한때 나를 좋아했죠?" 그가 물었다.

"좋아한 게 다 뭐예요, 사랑했는데. 모두가 당신을 사랑했어요. 당신은 말만 하면 누구든 원하는 사람을 가질 수 있었을 거예요……"

"우리 둘 사이에는 언제나 무언가 있었죠."

그녀는 간절한 마음으로 미끼를 물었다. "그랬나요, 딕?"

"언제나…… 당신의 근심거리를 알고 있었어요. 그걸 마주해서 얼마나 용감했는지도 알고 있었죠." 하지만 오래된 그 내면의 웃음이 시작되었고 그는 더 이상 그것을 유지할 수 없다는 것을 알았다.

"나는 늘 당신이 많은 것을 알고 있다고 생각했어요." 메리가 열의를 보이며 말했다. "다른 그 누구보다 나에 대해서 더 많이 알고 있다고요. 어쩌면 그렇기 때문에 우리 사이가 별로 안 좋을 때면 내가 당신을 그렇게 두려워했는지도 모르겠어요."

그는 부드럽고 상냥한 시선으로 흘긋 그녀를 보았다. 어떤 감정을 암시하는 시선이었다. 그들의 시선이 갑자기 결혼하더니 침대에 들어 함께 힘을 썼다. 그때 내면의 웃음이 너무 커져서 메리에게 들리지 않을 수 없을 것 같았다. 딕은 불을 껐다. 그리고 그들은 다시 리비에라의 태양 아래로 돌아왔다.

"가야 해요." 딕이 말하고 일어서며 약간 휘청했다. 그는 이제 건강 상태가 좋지 않았다―피가 천천히 돌았다. 높은 테라스에 있는 그는 오른손을 들고 교황처럼 성호를 그어 해변을 축복했다. 해변의 몇몇 파라솔에서 그를 올려다보는 사람들의 얼굴이 보였다.

"그이한테 가봐야겠어요." 니콜이 일어나려 무릎을 짚었다.
"아니, 그러지 말아요." 토미가 그녀를 꼭 잡아당겨 앉혔다. "그대로 내버려둬요."

13

 니콜은 재혼한 뒤에도 딕과 계속 연락했다. 사무적인 일이나 아이들에 관한 편지들을 보냈다. 그녀가 자주 그랬듯 "나는 딕을 사랑했어요, 그이를 결코 잊지 않을 거예요"라고 말하면 토미는 "당연하지, 왜 그래야 하겠어?"라고 대답했다.
 딕은 버펄로에서 개업했지만 성공하지 못한 게 분명했다. 니콜은 무엇이 문제인지 알아내지 못했지만, 몇 달 뒤에 그가 뉴욕의 바타비아라는 작은 마을에서 일반 내과를 운영하고 있다는 소식을 들었다. 그 후에 록포트에서 같은 일을 하고 있다고 들었다. 어쩌다 그녀는 그가 그곳에 있을 때 다른 데에서보다 그의 생활에 대하여 더 많은 소식을 들었다. 그는 자전거를 많이 탔고 여자들의 흠모의 대상이었으며, 거의 완성 단계에 있는 어떤 의학적 주제에 관한 중요한 논문으로 알려진 원고들이 책상에 항상 수북했다는 소식이었다. 그는 예의가 바른 사람으로 여겨졌으며, 한번은 의약에 관한 공개 보건 집회에서 훌륭한 연설을 했다. 하지만 그는 청과상에서 일하는 어떤 젊은 여자 일에 얽혀들었다. 그리고 의술과 관련된 어떤 문제로 소송에 휩쓸리기도 했다. 결국 그는 록포트를 떠났다.
 그 후 그는 아이들을 미국에 다녀가게 하라는 부탁을 하지 않았고 돈이 필요하냐고 묻는 니콜의 편지에 답장도 하지 않았다. 그녀가 받은 마지막 편지에서 그는 뉴욕의 제네바에서 개업했다고 알렸다. 그녀는 그 편지에서 그가 집안일을 해줄 누군가와 한군데 정착했다는 느낌을 받았다. 그녀는 지도를 펴고 제네바를 찾아보고 그게 핑거 레이크스 지역의 중심부에 있으며 살기에 좋은 곳이란 것을 알았다. 어쩌면 그는, 다시 갈레나의 그랜트 장군이 그랬던 것처럼, 직업적인 일과 관련해서 기회를 기다리고 있을 것이다, 그녀는 그렇게 생각하고 싶었다. 그가 보내온 마지막 짧은 편지는 뉴욕의 호넬 소인이 찍혀 있었다. 제네바에서 상당한 거리에 있는 아주 작은 마을이었다. 어쨌든 그는 이 마을이든 저 마을이든 그쪽 지역에 있는 게 거의 확실하다.

〈끝〉

해설

비극적 의존과 사랑, 인생의 아이러니

공진호(번역가)

> 문필가는 사실,
> 어떤 글을 쓰든 그게 그의 자서전이다.
> _안토니 트롤롭

"이 책은 나의 역작입니다. 이게 마음에 드신다면 나의 신앙고백인《밤은 부드러워》도 읽어주시기 바랍니다." 이것은 1934년《밤은 부드러워》가 출간되었을 때 피츠제럴드가 평론가 필립 렌하트에게《위대한 개츠비》를 주며 헌정한 말이다.《위대한 개츠비》가 "선이 굵은 인상파적 그림"이라면,《밤은 부드러워》는 조밀하고 치밀한 점묘파의 그림과도 같다. 피츠제럴드 자신은 전자를 소네트에, 후자를 서사시에 비유했다. 그는 윌리엄 새커리의《허영의 시장》과 같은 사회·사실주의적 작품을 쓰고자 했다. 하지만 작가 스스로 신앙고백이라고 할 만큼 이 소설에는 자전적인 요소가 적지 않으므로 소설을 논하기에 앞서 그의 인생에 관하여 알아보는 게 좋을 것이다.

1

프랜시스 스콧 키 피츠제럴드는 1896년 9월 24일 미국 중북부 미네소타 주의 세인트폴에서 태어났다. 아버지 에드워드 피츠제럴드는 메릴랜드의 저명한 집안 출신으로서 남부 상류층의 전통적인 기품을 지닌 사람이었다. 그러나 정중한 남부 신사의 기질은 급속히 성장하고 있던 북부의 경쟁사회에 적합하지 않았다. 그는 혼자의 힘으로 무언가 이루기 위해 여러 가지 일을 시도했지만 결국은 모두 실패하고 아내 몰리의 상속 재산에 의존해야 했다. 피츠제럴드는 나이는 어렸어도 아버지의 "실패가 무엇을 의미하는지 잘 이해했던 듯하다". 어머니 몰리 피츠제럴드는 세인트폴의 부유층 사회에서 정신이 살짝 이상한 여자로 여겨졌다. 총명한 다독가였지만 얼이 빠진 듯 멍하게 있기 일쑤였다. 피츠제럴드가의 친구인 캘먼 부인은 "거리에서 [몰리를] 보면 한쪽 발에는 갈색 구두 다른 쪽에는 검은색 구두를 신고 모자는 20년 전에 유행한 별난 것을 쓰고 있곤 했다"고 전한다. 《밤은 부드러워》의 딕 다이버와 니콜의 모습에 실제 모델이 된 머피 부부뿐 아니라 부모의 모습도 투영되었으리라는 것을 짐작하기는 어렵지 않다. 그가 자신의 습작 노트에서 "훌륭한 소설가에 관한 훌륭한 전기는 없었다. 그런 건 있을 수 없다. 한 사람의 전기를 쓰기에 훌륭한 소설가는 너무 많은 사람으로 이루어져 있기 때문"이라고 말했듯이 그는 "인생의 어떤 시점에서 자신의 아동기와 청소년기의 경험을 돌아볼 수밖에 없었고, 풍부한 상상력으로 그것을 서사 예술로 변형시켰다".

피츠제럴드는 1908년에서 1911년까지 세인트폴 아카데미라는 사립학교를 다녔다. 그는 학교에서 다른 학생들 위에 "군림하고 뽐내고 수다스러운" 아이라는 명성을 얻은 반면 학업과 운동에서는 두각을 나타내지 못했다. 그의 장래를 걱정한 부모는 1911년, 그를 뉴저지 주의 해켄색에 위치한 가톨릭 사립학교 뉴먼 스쿨에 보냈다. 하지만 이 학교에서도 그는 똑같은 실수를 반복했다. 일찍이 희곡을 써 세인트폴 YMCA 연극 무대에 올려 "17세의 희곡작가"로 지방 신문의 호평을 받은 점이 특기할 만하다. 그는 항상 독서와 작문을 즐겼다. 연극과 보드빌 쇼를 즐겨 보고 친구들을 모아 자신이 대본을 쓰고 학교 무대에 공연을 올리며 직접 노래를 하기도 했다. 교내 잡지에 보도 기사나 단편, 시, 희곡 등을 기고하기도 했다. 사춘기 때의 이러한 활동은 사실 그다지 특별한 것은 아닐지 몰라도 피츠제럴드에게는 남다른 의미가 있었다. 이때 이미 그의 자존심은 성공에 의존하기 시작했다. 글로써 명성을 얻고자 하는 열망은 그런 마음에서 비롯했다.

1913년 9월, 그는 프린스턴 대학교에 조건부 입학을 했다. 하지만 그는 중고교 시절의 실수를 또 반복한다. 학교 뮤지컬 동아리 트라이앵글 클럽에 들어가 희가극을 쓰는 데 대부분의 시간을 들인 그는 여러 과목에서 낙제하고 2학년이 되기 전 여름을 학점을 만회하는 데 써야 했다. 신장 173센티미터에 체중 63킬로그램, 금발에 파란 눈을 가진 신입생 피츠제럴드는 미식축구에서 두각을 나타내고자 열망했지만 뜻대로 되지 않았다. 당시에는 그 정도 체격조건이면 미식축구를 하기에 부족하지 않았지만 운동선수로서의 강인한 투지가 모자랐다. 2학년 때는 학교의 명성 있는 클럽에 들어가기도 하고 교내지에 정기적으로 글을 기고하기도 하여 많은 것을 성취한 해로 비치지만 학업에 힘쓰지 않아 시험 결과는 형편없었다. 일부 과목들은 재시험 결과마저 좋지 않아 여러 번 낙제의 고배를 마셔야 했다. 결국 3학년이 되어서는 학교의 공직에 선출될 수 있는 자격을 상실했으며, 트라이앵글 클럽의 회장이 되고자 한 뜻을 이루지 못했다. 그는 이 일로 마음의 큰 상처를 받았다. 그래도 그는 창작을 게을리 하지 않고, 계속해서 트라이앵글 클럽에 올릴 희곡을 썼다. 그러나 성적이 좋지 않아 클럽의 순회공연에는 참가하지 못했으며, 1917년부터는 트라이앵글을 위해 쓰는 일을 중단하고 나중에 친구가 된 비평가 에드먼드 윌슨이 편집하는 문예지에 본격적으로 글을 기고했다. 이 일로 그는 그가 존경하던 사람들의 이목과 존경을 받기 시작했다. 최소한 '글'만은 그를 버리지 않았다. 그러나 학업보다는 글 쓰는 일과 연애에 열중한 탓에 졸업은 불투명해졌으며, 1917년에는 군에 입대해 소위로 임관했다. 그는 결국 졸업하지 못했다.

군에 입대한 그는 참전하게 되면 죽을지도 모른다는 생각을 하고 주말마다 소설을 쓰기 시작해서 3개월 만에 12만 단어 길이의 소설을 완성했다. 그는 《낭만적인 이기주의자(The Romantic Egotist)》라는 제목의 이 소설을 찰스 스크리브너스 선스 출판사(스크리브너의 전신)에 보냈지만 퇴짜를 맞았다. 그리고 1918년 6월 앨라배마 주 몽고메리의 부대에 배속되었고 7월에는 몽고메리 컨트리클럽의 무도회에서 앨라배마 주 대법원 판사의 딸인 열여덟 살의 젤다 세이어와 사랑에 빠진다.

젤다와 결혼하기 위해 돈이 필요해진 피츠제럴드는 1917년에 쓴 소설을 개고하여 다시 스크리브너 출판사에 보냈지만 또 퇴짜를 맞았다. 유럽에 파견되기 전에 전쟁이 끝나자 1919년 2월에 제대한 그는 일자리를 얻으려고 뉴욕의 신문사들을 찾아갔지만 일곱 군데에서 모두 거절당하고 결국은 광고회사에 취직해서 광고문안을 작성하는 일을 시작했다. 그리고 4월부터 매달 몽고메리에 내려가 젤다와 만나고 약혼까지했지만, 광고회사의 월급이 변변치 않은 데다 그해 봄에 쓴 19편의 단편소설들마저 모두 퇴짜를 맞자 젤다는 6월에 그와 파혼을 선언한다. 그러자 피츠제럴드는 직장을 그만두고 고향으로 돌아가 7월과 8월 동안 《낭만적인 이기주의자》를 개고하여 《낙원의 이쪽(This side of Paradise)》이라는 제목을 붙였다. 스크리브너는 9월에 마침내 이 소설을 받아들이고 그 이듬해인 1920년 3월에 초판 3,000권을 출간했다. 초판이 3일 만에 모두 팔리고 1921년 말까지 50,000부 가까이 팔렸지만 1920년도의 베스트셀러 10위권에는 들지 못했다. 하지만 이 책으로 인한 유명세 덕분에 단편소설을 더욱 비싸게 팔 수 있게 되어 한 편당 400달러(2013년 가치로 환산하자면 5천 달러에 상당) 받던 것을 900달러(11,000달러)까지 올려 받았다. 어쨌든 《낙원의 이쪽》만으로는 1920년에 6,200달러(약 75,000달러)를 벌어 큰돈은 만지지 못했지만, 이 소설의 출간 결정과 출간에 이르는 6개월이라는 시간은 그의 인생에서 심리적 전기가 되는 가장 중요한 시간이었다. 그는 1937년에 쓴 에세이 〈이른 성공(Early Success)〉에서 다음과 같이 회고했다. "소설이 출간되기를 기다리는 동안 아마추어에서 프로로의 변신이 시작되었다—그때까지의 인생을 꿰매어 맞춰서 하나의 무늬를 만드는 것과 같았다. 나는 한 무늬를 끝냈으며, 이것은 자동적으로 다른 무늬의 시작을 의미했다."

1919년 9월 《낙원의 이쪽》이 수락되고 나서 해럴드 오버를 에이전트로 두게 된 피츠제럴드는 단편소설 시장에서 가장 많은 원고료를 지급하는 《새터데이 이브닝 포스트》에 단편을 팔기 시작하자 11월에 젤다를 찾아갔다. 그리고 그 이듬해인 1920년 1월에 부모의 우려에도 불구하고 다시 젤다와 약혼한다. 1920년 3월 26일 드디어 《낙원의 이쪽》이 출간되어 하루아침에 성공을 거두자 두 사람은 지체하지 않고 4월 3일 뉴욕의 성패트릭 성당에서 결혼식을 올렸다. 이제 그들에게 미래는 달이 부르고 달콤한 향기가 속삭이는 낙원으로 비쳤다.

2

1920년, 피츠제럴드는 뉴욕에서 신혼을 보내고 그해 여름 코네티컷 주의 웨스트포트로 올라가 《아름답고 저주받은 사람들(The Beautiful and Damned)》를 쓰기 시작했다. 그해 9월에는 단편집 《신여성과 철학자들(Flappers and Philosophers)》을 출간했다. 1921년 7월 젤다가 임신하자 그들은 처음으로 유럽을 여행한 후 세인트폴로 갔다. 10월 26일 외동딸 프랜시스 스콧(스코티) 피츠제럴드가 태어났다. 그 이듬해인 1922년 3월 4일에 출간된 《아름다우면서 저주받은 사람들》은 초판 20,600부를 찍었고 연말까지 모두 50,000부가 팔렸지만, 책값 2달러에 인세 15퍼센트를 받았어도 인세수입은 15,000달러에 그쳤으며, 여기에 잡지연재로 얻은 수입 7,000달러을 합해도 22,000달러(약 290,000달러)밖에 되지 않았다. 이 책이 크게 성공하면 잡지에 기고하는 일을 그만두고자 했던 피츠제럴드에게 그것은 몹시 실망스러운 숫자였다.

　1922년 10월, 피츠제럴드는 뉴욕 맨해튼에서 가까운 그레이트 넥에 집을 세내어 이사했다. 그는 같은 동네에 사는 저명한 스포츠 칼럼니스트 링 라드너와 친하게 되는데, 라드너는 이후 《밤은 부드러워》에 나오는 에이브 노스의 모델이 되었다. 피츠제럴드는 나중에 라드너가 1933년 마흔여덟의 나이로 일찍 숨진 것을 매우 애통해했다. 브로드웨이의 연예인들이 선호하는 부유한 이 지역에서 그들은 월세 300달러, 상주하는 하인 부부 월급 160달러, 유모 월급 90달러, 파트타임 세탁부 월급 36달러 등 이것만 해도 매달 8,000달러에 가까운 돈을 지출했다. 두 번째 소설의 인세 수입만으로는 2년도 채 지탱하지 못할 생활수준이었다. 단편소설집 《재즈 시대의 이야기》(Tales of the Jazz Age)가 같은 해 9월에 출간되어 제법 많이 팔렸고 많은 서평이 뒤따랐으나 평론가들에게 진지한 문학작품으로서 인정받지는 못했다.

피츠제럴드는 《아름답고 저주받은 사람들》의 출간을 기다리는 동안 "큰돈을 벌게 해 줄 희곡"이라며 〈식물인간〉을 썼지만, 브로드웨이에서 관심을 보이는 프로듀서는 없었다. 그레이트 넥에서의 생활이 "《위대한 개츠비》제4장에 대한 자료가 되었다"라고는 하지만 주위환경에 따른 분주한 사교생활로 별다른 생산은 하지 못하고 술로 세월을 보냈다.

그러다 사교활동으로 인한 번잡한 주위환경에서 벗어나 창작에 전념하려는 생각으로 젤다와 함께 1924년 4월 프랑스로 향한다. 파리를 거쳐 리비에라에 자리를 잡았지만, 젤다가 프랑스 해군과 바람을 피우자 극심한 환멸에 빠진다. 그 프랑스인은 소설 속에서 니콜이 사랑하게 된 토미 바르방의 모델이 되었다. 그는 그해 여름과 가을에 걸쳐 《위대한 개츠비》를 썼다. 이 세 번째 소설은 많은 개고를 거쳐 1925년 4월 10일에 출간되었다. 두 번째 소설에 비해 기예 면에서 월등한 완성도를 보인 수작이었지만 판매는 매우 저조하여 피츠제럴드는 다시 한 번 실망한다. 그는 4월 말에 파리에 아파트를 얻어 이사하고 5월에 '딩고'라는 이름의 바에서 헤밍웨이를 만나 서로 알게 된다. 당시만 해도 헤밍웨이는 일반인에게 잘 알려지지 않은 작가였지만, 피츠제럴드는 그의 재능을 알아보고 출판사를 소개해 주는 등 도움을 아끼지 않았다

1924년 여름, 프렌치 리비에라에서 피츠제럴드는 부분적으로 《밤은 부드러워》의 주인공 부부의 모델이 되는 중요한 인물들을 알게 되었다. 제럴드 머피와 그의 아내 사라는 상속받은 막대한 재산으로 리비에라에 거주하는 미국인들로서 피츠제럴드 부부에게 언제나 호의를 베풀었다. 1925년 4월에 파리로 옮겨 갔던 피츠제럴드는 경제적 압박과 환멸 속에 집필한 세 번째 단편집 《한심한 젊은이들(All the Sad Young Men)》의 출간을 보고 1926년 3월에 리비에라로 갔다가 그해 12월에 미국으로 돌아간다. 5월에는 헤밍웨이가 머피 부부와 피츠제럴드 부부를 방문해 그해 말까지 함께 머물렀다.

피츠제럴드는 젤다와 함께 영화 시나리오로 돈을 벌 목적으

로 1927년 1월과 2월에 걸쳐 할리우드로 갔다. 그는 열여덟 살이 채 안 된 영화배우 로이스 모란을 보고 마음이 끌렸다. 그녀는 서른 살의 피츠제럴드를 좋게 생각했지만 그에게 마음이 끌리지는 않았다. 눈치를 챈 젤다는 부부 싸움 끝에 자신의 옷을 호텔 욕실에서 불태웠다. 그는 영화배우 콘스턴스 탈미지를 주연으로 하는 〈립스틱〉이라는 제목의 시나리오를 영화사에 제출했지만, 그녀와 싸웠기 때문인지 퇴짜를 맞고 잔금 12,500달러는 받지도 못한 채 선불로 받은 3,500달러 이상을 지출하기만 하고 할리우드를 떠났다. 로이스 모란은 《밤은 부드러워》 속 로즈메리 호이트의 모델이다.

할리우드에서 돌아온 피츠제럴드 부부는 1927년 3월 델라웨어 윌밍턴의 대저택을 임대했다. 로이스 모란으로 인한 다툼에서 모란은 재능을 썩히지 않고 열심히 일하며 산다는 피츠제럴드의 말에 자극받은 젤다는 무용수가 되려는 목적으로 발레를 배우기 시작했다. 그해 《위대한 개츠비》의 인세와 영화 저작권에서 나온 수입을 모두 소진하자 그는 다시 잡지에 글을 기고하기 시작했다. 그들은 잡지에 기고하는 단편소설 수입으로 1928년 여름을 파리에서 보내고 10월에 윌밍턴으로 돌아와 그 이듬해인 1928년 3월까지 그곳에 머물렀다가 4월에 도로 파리로 돌아간다. 그리고 1930년 2월 북아프리카를 여행할 때까지 파리와 미국, 이탈리아, 리비에라를 거치면서 잡지에 단편소설을 연재했다.

1930년 2월의 북아프리카 여행에서 쓴 단편소설은《밤은 부드러워》를 형성하는 기본적인 주제를 제공해주었다. 그리고 4월에는 젤다가 정신분열 증세를 보여 처음으로 파리의 정신병원에 입원했고 6월에 스위스의 병원으로 옮겨 가서 이듬해 9월까지 치료를 받았다. 피츠제럴드는 병원비를 대기 위해 다시《밤은 부드러워》집필을 중단하고 단편소설을 썼다. 이때 그의 나이는 서른세 살, 젤다는 스물아홉 살이었다.

피츠제럴드는《새터데이 이브닝 포스트》에 단편소설을 기고해 최고 4,000달러를 받았다. 2013년의 가치로 환산하면 53,000달러 정도로 상당히 많은 것 같지만 그는 최고의 고료를 받는 작가는 아니었다. 장편소설에서 나오는 수입은 상대적으로 매우 적었으며, 수입의 대부분은 잡지에 기고하는 단편소설에서 나왔다. 1920년대 그의 수입은 연평균 25,000달러로 2013년의 가치로 환산했을 때 30만 달러 정도로 적지는 않았지만, 피츠제럴드 부부의 지출 수준을 감안하면 큰돈이 아니었다. 그는 "돈이 인격에 미치는 영향에 대해 그렇게 설득력 있는 글을 썼지만 자신의 재정은 돌볼 줄 몰랐다".

1931년 1월 피츠제럴드는 아버지의 장례식에 참석하기 위해 미국을 방문하고 유럽으로 돌아가 파리와 스위스를 왕래하며 생활했다. 그해 9월 젤다가 건강을 회복하고 퇴원하자 그들은 미국으로 돌아가 몽고메리에 정착했다. 피츠제럴드는《밤은 부드러워》집필을 계속할 생각을 하지만 경제적 어려움 때문에

11월과 12월에 걸쳐 혼자 할리우드로 갔다. 하지만 아무런 소득을 거두지 못했다. 1932년 2월 젤다의 천식을 다스리기 위해 플로리다에 갔지만 그녀는 다시 정신분열을 일으켜 볼티모어의 핍스 정신병원에 입원했다. 그해 그녀는 입원해 있는 동안《그 왈츠는 나와 함께(Save Me the Waltz)》라는 자전적인 소설을 써서 피츠제럴드와 첨예하게 대립한다. 그가 오랫동안 끝내지 못하고 있는 소설과 똑같이 리비에라에서의 경험이 사용되었기 때문이다. 그는 병원 근처의 집을 임대해 다시《밤은 부드러워》의 집필에 힘쓰기 시작했다. 1925년《위대한 개츠비》를 출간하고 바로 집필에 착수했던 이 소설은 젤다의 정신병으로 인해 처음에 계획했던 것과는 다른 모습을 갖추게 된다. 젤다는 결국 1932년 6월에 자신의 소설을 출간했으며, 1934년 2월에 다시 정신분열을 일으켜 핍스 정신병원에 입원했다.

《밤은 부드러워》는 마침내 1934년 1월부터 4월까지 4회로 나뉘어《스크리브너스 매거진》에 연재되었으며, 단행본은 4월 12일에 출간되었다. 9년 만에 선보이는 장편이라 많은 기대를 불러일으켰으나 판매량은 저조한 13,000부 정도에 그쳤다. 잡지에 이미 연재되어 많은 사람들이 읽은 데다 대공황이 한창 심화되었던 시기였음을 감안하면 완전한 실패라고는 볼 수 없는 판매량이었다. 하지만 어쨌든 기대했던 수입을 얻지 못하자 피츠제럴드는 다시 단편소설을 써서 생활을 유지해야 했다. 1935년에서 1937년은 피츠제럴드의 인생에서 최악의 시기였다. 건강을 잃고 빚에 빠진 데다 잡지에 기고할 글도 쓰지 못할 상황에 처했다. 이 기간에 그는 볼티모어와 노스캐롤라이나 여기저기를 전전했으며, 젤다는 1936년 볼티모어의 하일랜드 정신병원에 입원했다. 피츠제럴드는 일정한 주거지가 없어 열네 살 먹은 외동딸 스코티를 기숙학교에 보냈지만, 딸에게 꾸준히 편지를 보내 올바른 가치관을 심어주려 노력했다. 그 딸은 훌륭하게 성장해 훗날 앨라배마 주의 여류 명사가 되었다.

1937년 7월, 피츠제럴드는 필사적인 노력을 기울여 할리우드로 진출, 6개월간 주당 1,000달러를 받는 계약을 맺고 MGM사의 시나리오를 썼다. 그렇게 해서 모두 91,000달러의 수입을 올렸는데, 이것은 2013년의 50만 달러에 가까운 돈으로써, 당시의 경제공황을 감안하면 더욱 굉장한 액수였다. 이것으로 그동안 빚진 돈을 대부분 다 갚았지만 손에 쥔 것은 얼마 되지 않았다. 할리우드에 있는 동안 그는 영화 칼럼니스트인 쉴라 그레이엄과 사랑에 빠졌다. 1938년 말에 MGM이 계약을 갱신하지 않자 그는《에스콰이어》지에 단편소설을 기고하기 시작했다. 1939년 4월 피츠제럴드는 젤다와 함께 쿠바로 마지막 여행을 갔다가 돌아오는 길에 뉴욕에서 병원에 입원했다. 그해 그는 마지막 소설《마지막 거물의 사랑》을 쓰기 시작했지만 이를 완성하지 못하고 1940년 12월 21일 심장마비로 숨을 거두었다. 아내 젤다는 1948년 하일랜드 병원의 화재로 비극적인 최후를 맞았다.

3

《밤은 부드러워》는 두 가지 판본이 있다. 하나는 1934년에 출간된 원작이고 다른 하나는 피츠제럴드의 친구인 비평가 맬컴 카울리가 재편하여 1951년에 출간한 것이다. 피츠제럴드는 소설의 흥행 실패 요인이 구성의 결함에 있다고 보고 이야기의 진행 순서를 바꿀 구상을 세웠지만 이를 실현하지 못하고 세상을 떠났다. 대공황기의 경제적 어려움 속에 똑같은 책을 약간의 순서만 바꾸어 다시 낼 출판사는 없었다. 카울리의 1951년 판본은 약 10년 동안 출간되었지만, 학자들의 공통된 의견에 따라 원래대로 돌아가 현재는 이 번역의 저본인 1934년 판본만이 출간되고 있다.

피츠제럴드의 의도를 받든 카울리의 개정본대로 재구성하면 소설은 플래시백이 없는 전통적인 서술 형식이 된다. 즉 1934년 판본의 2부의 1장부터 10장까지를 소설의 도입부로 삼고, 1부를 2부로 재배치하는 등 전체를 5부로 나눈다는 것인데, 그러면 연대순 배열이 되어 독자가 혼동되지 않으리라는 것이 피츠제럴드의 생각이었다. 미국의 문학비평가 웨인 부스는 원래의 구성은 "다른 모더니즘 소설에는 적합한 방식일지 모르나 피츠제럴드가 쓰고자 했던 비극에는 맞지 않는다"고 하면서 "출중한 인물인 주인공〔딕 다이버〕이 점차 영락해가는 과정을 직접적이고 전통적인 방식으로 서술했다면 저자가 목적을 이를 수 있었을 것"이라고 평했다.

1부가 시작되는 해는 1925년이며 프렌치 리비에라의 니스와 칸 사이에 위치한 앙티브가 배경이다. 여기에 로즈메리가 찾아오며, 1부는 로즈메리의 관점에서 서술된다. 해변은 그냥 해변이 아니라 "예배용 깔개 같은 해변"이다. 이러한 해변의 '제사장'은 모래사장의 돌과 해초를 솎아내 해변다운 해변으로 '창조'한 딕 다이버이다. 여기서는 종려나무마저 그런 그에게 "경의를 표하는" 듯하다. 그는 모든 것을 통제하지만 열여덟 살의 미숙한 로즈메리는 그것을 알지 못한다. 로즈메리의 시점에 전지적인 작가의 서술이 개입하여 독자에게 그런 점들을 암시해줄 뿐이다.

피츠제럴드는 단순히 전후 리비에라에서 살다시피 한 부유한 미국인들의 방탕을 그리고자 한 것이 아니다. 그랬더라면 영화배우인 로즈메리로 충분했을 테지만 1부의 12장과 13장에 이르면 피츠제럴드가 그리고자 한 건 그런 게 아님을 알 수 있게 된다. 그는 제1차 세계대전을 기점으로 모든 게 바뀌었음을 말한다. 딕 다이버에게 익숙한 세계는 그에게 책임감과 도덕심을 심어준 전쟁 전, 확신의 시대이며, 전후의 시대는 불확실성의 시대, 로즈메리의 시대, 아내 니콜의 시대다. 피츠제럴드는 전작 《위대한 개츠비》를 훨씬 능가하는 예술, 그가 탐독하던 조지프 콘래드처럼 무거운 도덕적 주제를 파고드는 예술작품을 쓰고자 했다. 하지만 이것은 로즈메리의 시점에 의존하기에는 너무 힘겨운 주문이었다. 그럴 때마다 딕 다이버의 영락을 예고하며 전지적인 시점을 제시하는 것은 어김없이 피츠제럴드 자신이다. 가령 "그는 지금 하는 일이 인생에 획을 긋는 일임을 알고 있었다. 〔……〕 하지만 그가 이렇게 행동할 필요를 느낀 것은 그의 마음속에 감춰진 어떤 실재가 투영되었기 때문"이라고 서술하여 내면의 갈등과 혼동을 알린다.

2부의 1장부터 10장은 1917년의 플래시백이다. 연대순으로 보면 모든 것의 시작이다. 딕 다이버는 취리히에서 의사 대 환자로서 니콜을 만나 결국 그녀와 결혼한다. 그는 니콜의 재산에 손을 대지 않으려고 노력한다. "딕은 반드시 자신이 분담할 몫을 계산했다. 다소 금욕주의적으로 살면서 혼자 여행할 때는 3등석을 타고 다니고 〔……〕 제한적이나마 재정적 독립을 유지했다. 하지만 일정한 시점이 지나자 그러기가 어려웠다— 니콜의 돈이 쓰이는 용도에 관하여 번번이 함께 결정할 필요가 생겼다. 물론 니콜은 그를 소유하고 싶고, 그가 영원히 가만히 있기를 바라는 마음에서 돈에 대하여 느슨한 생각을 조장했다." 결혼은 니콜을 치료하는 방편으로 선택한 것이지만 부자의 생활양식과 이로써 황폐해지는 정신은 피할 길이 없다.

니콜의 건강이 호전되는 것과 비례해서 의사로서의 딕은 필요 없어지고, 따라서 남편으로서의 딕도 필요 없게 된다. 니콜의 정신병이 치료되어 건강해짐에 따라 반대로 딕의 존재는 필요 없어지게 된다는 점은 이 소설 최대의 아이러니다. 정신과 의사인 딕 다이버에게 전이된 니콜의 병은 상태가 호전되면서 의사인 남편과의 관계를 갈라놓는 결과를 초래하는 것이다. 비극적 의존과 사랑, 인생의 아이러니는 이 소설을 관통하는 주제가 된다. 이 전이로 니콜은 자유를 얻어 "돈을 날개 삼아" 날아가지만 건강했던 딕은 오히려 움츠러들어 자신 속에 유폐된다.

피츠제럴드가 1925년 《위대한 개츠비》를 출간하고 시작한 이 소설은 17번의 개고를 거쳐 1934년에야 비로소 세상에 나왔다. 아내 젤다의 발병과 9년 동안에 일어난 많은 일들이 이야기에 많은 영향을 끼쳤음은 물론이다. 피츠제럴드는 제럴드 머피와 그의 아내 사라에게 이 소설을 헌정했을 뿐 아니라 딕 다이버와 니콜은 그들을 모델로 설정한 인물들이다. 딕 다이버에게는 제럴드 머피뿐 아니라 어네스트 헤밍웨이, 피츠제럴드 자신 이외에도 여러 사람들이 투영되어 있다. 니콜에게는 아내 젤다의 일부가 투영되어 있다. 하지만 부분적으로만 머피 부부와 비슷할 뿐 총체적으로는 피츠제럴드의 상상의 소산이다. 젤다의 정신분열로 정신병원을 다닌 경험이 없었더라면 소설은 전혀 다른 이야기가 되었을 것이다. 피츠제럴드는 그런 경험을 통해 정신분열증과 정신과 의사에 관한 매우 상세한 지식을 얻었으며, 이것을 소설에 반영했다. 그러나 작중인물들과 모델이 된 실제의 특정 개인을 일대일로 동일시하는 것은 큰 오류를 저지르는 것이다.

주의해서 읽지 않으면 딕 다이버를 단순히 돈 때문에 니콜과 결혼한 한량으로 오인하기 쉽다. 앞서 지적한 소설의 도입부를 이끄는 로즈메리의 시점에 기인한다고 볼 수 있는데 이것은 피츠제럴드 자신도 인식한 구조적인 결점이며, 책이 출간되기 오래 전에 충분히 인식하고 고민하던 점이다. 전체가 연대순으로 서술되었다면 딕 다이버라는 인물을 발전시키는 과정에서 독자의 생각에 그에 대한 신뢰를 심어놓을 수 있었을 것이기 때문이다. 피츠제럴드는 《밤은 부드러워》가 단행본으로 출간되고 나서 편집자에게 보낸 편지에서 1부는 "너무 오랜 동안에 걸쳐 계획을 바꾸어가며 집필한 탓에 너무 길고 상세하지만 뚜렷한 초안에 기초한 것이며, 다시 쓴다 해도 그 초안에는 변동이 없을 것"이라고 역설했다.

딕 다이버는 이상주의적이며 낭만주의자이다. "그는 좋은 사람이 되고 싶고, 친절한 사람이 되고 싶고, 용감하고 지혜로운 사람이 되고 싶다는 생각을 하곤 했지만" 그런 소망이 좌절됨에 따라 점점 더 술에 빠진다. 그의 이상주의는 상징적으로 전쟁과 마리아 월리스가 쏜 두 발의 총알로 산산조각이 났다. "아무런 일도 일어나지 않은 양 다이버 부부와 친구들은 그들의 삶과 함께 거리로 쏟아져 나왔다. 하지만 모든 것은 다가왔다 지나갔다." 모든 것은 변했고 예전과 같지 않을 것이다.

로즈메리가 나타나기 이전에 이미 딕 다이버의 내면에는 변화가 일어나고 있었다. 거의 12년 동안 니콜을 돌봐오던 그의 정신세계는 고갈되고 있었다. 그는 그 세월에 자기 자신을 상실하고 갈망하지만 자기 자신을 탓한다. 그는 세상의 상처를, 다른 사람의 상처를 치유할 수 있으리라고 상상했던 낭만적인 바보였다. "'의사' 다이버는 아내가 최종적으로 자활할 수 있는 길, 그녀가 완쾌할 수 있는 길은, 그녀를 그에게서 다른 남자에게로 '전이'시키는 것임을 안다. 그녀를 아버지로부터 다이버 자신에게로 전이시킴으로써 치료를 시작했듯이. 남편 다이버는 치료자인 의사 다이버가 알고 있는 것으로 번뇌한다." 그는 더 이상 "용감하고 친절하고 지혜로운 사람"이 되기를 포기하고, 그러지 못하는 자신을 받아들이고, "니콜과 세상에 대한 자신의 분노를 인정해야 한다. 그는 그녀로 하여금 그에게서 자유로워질 수 있도록 하기 위하여 그녀에게 모질게 대해야 한다. 그것은 그녀에게 자아라는 최상의 선물을 주는 것이다." 그리고 그것은 그녀와의 마지막 '전쟁'을 통해 성취된다.

딕은 그녀가 보이지 않을 때까지 기다렸다. 그러고 나서 머리를 앞으로 수그려 흉장(胸牆)에 갖다 댔다. 이 케이스는 완료되었다. 의사 다이버는 이제 자유로워졌다.

이 통절한 구절의 "흉장"은 바다를 내다보는 절벽가의 낮은 담으로써 성곽의 포대, 즉 전쟁의 모티프다. 이것은 또한 과거와 현재, 남성과 여성, 부(富)와 의존성, 새 시대의 방종과 지난 시대의 책임의식, 파괴적인 이기심과 과거의 명예, 방종한 부도덕과 신뢰할 수 있는 도덕심, 충동적인 욕구 충족과 사려 깊은 자제력 등 이 소설에 담긴 모든 전쟁과 주요 모티프들을 집약한 것이기도 하다. 다이버가 아버지대로부터 물려받은 것은 워런가(家)의 승리에 소진되었다.

피츠제럴드 소설들은 언제나 꿈과 사랑, 돈과 결혼을 다룬다. 《밤은 부드러워》에서는 근친상간과 정신병이 새로 추가되고 배경이 국제적 무대로 넓혀진다. 그러나 근친상간과 정신병은 이 소설의 핵심이 아니라 장치일 뿐이다. 이 소설은 "변천하며 과도기에 있는 세상, 기존의 가치관이 붕괴되고 미덕과 영속성, 도덕적 목표의식이 타락 속에 상실되는 시기, 이성이 보이지 않는, 새로 다가오는 사회"를 그린다.

*

일본의 소설가 무라카미 하루키는 그가 번역한 《위대한 개츠비》보다 《밤은 부드러워》를 더 좋아하는 것 같다. 그는 "《밤은 부드러워》는 발표한 지 70년이 지난 오늘날까지도 굳건하게 살아남았다"며 몇 번을 읽어도 "도량이 큰 소설"이라고 칭찬한다. "도량이 크지 않거나 아예 없는 소설은 수없이 많다. 그런 소설은 일시적으로 유행하고 화려한 월계관을 쓸지는 몰라도 시간이 지나면 언젠가는 어디론가 사라져 잊힌다. 《밤은 부드러워》는 그 반대다. 〔……〕 이런 소설을 찾아내기는 무척 어렵다. 그렇기 때문에 이 소설은 중요하다." (《무라카미 하루키 잡문집》, 비채, 2011) 또한 하루키는 "몰입의 깊이"가 이 소설의 최대의 매력이라고 한다. 하루키가 말하는 "개인적 몰입을 보편적 몰입으로 부여해가는 것"이야말로 진정으로 가치 있는 문학 작품의 힘일 것이다. 《밤은 부드러워》는 역자에게 각별한 소설이다. 25년 전쯤 처음 읽었을 때와는 사뭇 다른 감동을 주는 이 소설을 번역하며 가슴이 아프기도 했다. 그간 이 작품의 깊이를 들여다볼 수 있는 인생 경험이 붙었기 때문일까. 그렇기 때문에 더욱 소설만큼이나 인생이 파란만장했던 피츠제럴드의 "신앙고백"에 몰입할 수 있는 번역이 되었기를 바라는 마음이 간절하다.

*

이 번역은 1934년 초판본과 같은 스크리브너의 2003년 페이퍼백을 저본으로 삼았다. 그리고 몇 군데는 철자 오기나 편집과 관련해 2010년 출간된 펭귄 클래식의 수정 판본을 반영했다. 소설에 등장하는 수많은 장소와 인물, 시대상과 음악은 인터넷으로 확인하여 필요시에 주를 달았다. 인터넷 외에 참조한 자료는 피츠제럴드 학자 매슈 J. 브루컬리와 주디스 S. 보프먼의 *Reader's Companion to F. Scott Fitzgerald's Tender Is the Night*(Columbia, SC: University of South Carolina Press, 1977)와 워즈워즈 클래식스가 출간한 *Tender Is the Night & The Last Tycoon*(Hertfordshire, UK: Wordsworth Editions, 2011)에 포함된 헨리 클래리지의 주석이다.

**F. 스콧 피츠제럴드
연보**

1896	9월 24일 미네소타 주 세인트폴에서 아버지 에드워드 피츠제럴드와 어머니 메리 맥퀼런 피츠제럴스 사이에서 프랜시스 스콧 키 피츠제럴드라는 이름으로 출생.
1898	사업 실패 후, 비누제조회사에 영업사원으로 취직한 아버지를 따라 가족 모두 버펄로로 이주.
1908	아버지가 직장에서 해고되면서 세인트폴로 귀향. 세인트폴 아카데미 입학.
1909	첫 단편 〈레이먼드 저당의 신비〉를 교내 잡지 《지금과 그때》에 발표.
1911	뉴저지 주 해켄색의 카톨릭 기숙학교 뉴먼 스쿨 입학. 이곳에서 키릴 시고니 웹스터 페이 신부를 만나 큰 영향을 받고 창작을 계속함. 〈뉴먼 뉴스〉에 세 편의 희곡을 발표.

9월, 프린스턴 대학교 입학. 피츠제럴드의 유작을 출간하는 등 후일까지 지속적인 우정을 나누게 될 비평가 에드먼드 윌슨, 시인 존 필 비숍, 존 빅스 Jr. 등과 교우.	1913
룸메이트였던 존 빅스와 학내 유머잡지《프린스턴 타이거》를 편집하고, 뮤지컬 동아리 트라이앵글 클럽의 공연 대본을 쓰는 등 왕성한 활동을 보임.	1914
성적 부진으로 학위 취득에 실패하고 프린스턴 대학교를 자퇴. 육군에 입대하여 캔자스 주 포트레븐워스에서 소위 임관을 위한 훈련을 받음.《낭만적인 이기주의자》의 집필 시작.	1917
2월, 첫 장편《낭만적인 이기주의자》를 완성하고 스크리브너 출판사에 보냄. 6월, 앨라배마 주 몽고메리의 캠프 셰리던에 부임. 평생의 연인 젤다 세이어를 만나 사랑에 빠짐. 8월과 10월,《낭만적인 이기주의자》가 출판사로부터 두 차례 출간을 거절당함.	1918
제대 후 뉴욕으로 가 광고회사의 카피라이터로 근무. 대법원 판사의 막내딸로 안정된 결혼생활을 원했던 젤다에게 장래성이 없다는 이유로 파혼당함. 7월, 회사를 그만두고 세인트폴로 돌아가《낭만적인 이기주의자》개작에 몰두. 9월, 스크리브너가《낙원의 이쪽》으로 제목을 바꿔 출간하기로 결정.《새터데이 이브닝 포스트》등에 단편 원고가 팔리기 시작함.	1919
《낙원의 이쪽》의 성공에 힘을 얻어 다시 젤다에게 청혼, 4월 3일 뉴욕 세인트패트릭 대성당에서 결혼식을 올림. 9월, 스크리브	1920	《낙원의 이쪽》《신여성과 철학자들》

너 출판사에서 단편집 《신여성과 철학자들》 출간.	
5~7월, 첫 번째 유럽 여행. 9월부터 《메트로폴리탄 매거진》에 《아름답고 저주받은 사람들》 연재 시작. 10월, 딸 프랜시스 스콧(스코티) 출생.	1921
3월, 두 번째 장편 《아름답고 저주받은 사람들》이 스크리브너에서 출간. 워너브라더스에 판권이 팔리며 영화화됨. 9월, 단편집 《재즈 시대의 이야기》 출간. 10월, 롱아일랜드 그레이트넥에서 스포츠 칼럼니스트 링 라드너를 만나 《위대한 개츠비》에 영감을 준 호화로운 사교계를 경험.	1922 《아름답고 저주받은 사람들》 《재즈 시대의 이야기》
가족들과의 두 번째 유럽 여행 중 남프랑스 리비에라 지역 앙티브에서 딕과 니콜의 모델이 된 머피 부부를 만남. 《위대한 개츠비》의 초고인 〈황금모자를 쓴 개츠비〉 집필. 그 사이 아내 젤다가 프랑스인 에두아르 조장과 사랑에 빠짐.	1924
《위대한 개츠비》 출간. 평단의 열광적인 찬사에도 불구하고 판매는 기대에 미치지 못함. 5월 파리 몽파르나스에서 어니스트 헤밍웨이와 만나 우정을 쌓음.	1925 《위대한 개츠비》
2월, 《위대한 개츠비》가 브로드웨이 무대에 올려져 호평을 받음. 세 번째 단편집 《한심한 젊은이들》 출간. 봄과 여름을 다시 리비에라에서 보낸 후 미국으로 귀국.	1926 《한심한 젊은이들》
할리우드의 유나이티드 아티스트사에 시나리오 작가로 두 달간 작업. 이 시기 로즈메리의 모델이 된 열일곱 살의 영화배우 로이	1927

스 모란과 만남.

프랑스와 이탈리아 여행.	1928
2월, 북아프리카 여행. 4월 유럽 여행 도중 젤다가 정신분열증 증세를 보임, 9월까지 스위스와 프랑스의 요양소에서 입원 치료를 받음.	1930
1월, 부친 사망으로 인해 단신으로 귀국. 9월, 젤다가 퇴원하자 함께 몽고메리 펠더 애버뉴에 정착. 이곳은 후일 스콧과 젤다 피츠제럴드 박물관이 됨.	1931
1월, 젤다의 정신분열 재발, 정신병원에서 치료를 받으며 자전적 장편소설을 쓰기 시작함. 6월, 젤다가 퇴원 후 피츠제럴드의 편집자 맥스웰에게 자신의 원고를 보내면서 불화가 깊어짐. 10월, 젤다의 소설 《그 왈츠는 나와 함께》가 출간됨.	1932
2월 젤다의 증세가 심해져 방화를 일으킴. 4월, 《밤은 부드러워》 출간. 9년의 집필 기간 동안 모든 것을 쏟아 부은 이 작품은 큰 화제를 불러일으켰으나 책의 판매는 기대에 미치지 못함. 피츠제럴드는 빚을 갚기 위해 필사적으로 단편소설 집필에 몰두함. 6월, 신경쇠약 증세를 보임.	1934 《밤은 부드러워》
알코올 중독으로 건강을 잃고 노스캐롤라이나 주 애슈빌에서 요양.	1935 《기상나팔 소리》
수필 및 서신 모음집 《추락》(1945)에 실리게 될 수필들이 《에스콰이어》지에 발표됨.	1936
막대한 빚을 청산하기 위해 할리우드 MGM	1937

사와 계약을 맺고 시나리오 집필. 젊은 시절 젤다와 꼭 닮은 영화 칼럼니스트 쉴라 그레이엄과 관계를 가짐.

〈바람과 함께 사라지다〉의 각본 작업을 비롯하여 여러 편의 시나리오를 집필하지만 점차 심해지는 알코올 중독으로 인해 성과를 거두지 못하고 할리우드에서 돌아옴. 할리우드를 소재로 한 마지막 장편《마지막 거물의 사랑》의 집필에 착수. | 1939

단편집《팻 호비 이야기》에 수록될 단편들을《에스콰이어》지에 발표. 11월 첫 번째 심장 발작을 겪은 후 12월 21일,《마지막 거물의 사랑》의 집필 도중 심장마비로 사망. | 1940

친구인 에드먼드 윌슨의 편집으로 미완성 유작《마지막 거물의 사랑》이 스크리브너에서 출간됨. | 1941 | 《마지막 거물의 사랑》

뉴디렉션 출판사에서 윌슨이 편집한 에세이집《추락》출간. | 1945 | 《추락》

젤다, 애슈빌의 하일랜드 정신병원에서 화재로 사망. | 1948

옮긴이 **공진호**

뉴욕 시립대학에서 영문학과 창작을 전공했다. 옮긴 책으로《에드거 앨런 포우 시선: 꿈 속의 꿈》,《번역 예찬》,《소리와 분노》,《필경사 바틀비》,《교수들》,《드 니로의 게임》 등이 있다. 서울과 뉴욕에서 거주하며 번역과 창작을 하고 있다.

《밤은 부드러워》 역자 블로그 tenderisnight.blogspot.kr

세계문학의 숲 039

밤은 부드러워 2

2014년 1월 19일 초판 1쇄 인쇄
2014년 1월 26일 초판 1쇄 발행

지은이 | F. 스콧 피츠제럴드
옮긴이 | 공진호
발행인 | 전재국

발행처 | (주)시공사
출판등록 | 1989년 5월 10일(제3-248호)

주소 | 서울특별시 서초구 사임당로 82(우편번호 137-879)
전화 | 편집 (02)2046-2869·영업 (02)2046-2800
팩스 | 편집 (02)585-1755·영업 (02)588-0835
홈페이지 | www.sigongsa.com
세계문학의 숲 홈페이지 | www.sigongclassic.com

ISBN 978-89-527-7089-9(04840)
     978-89-527-5961-0(set)

본서의 내용을 무단 복제하는 것은 저작권법에 의해 금지되어 있습니다.
파본이나 잘못된 책은 구입하신 서점에서 교환하여 드립니다.